dtv

Lukas Moskowicz, Schriftsteller aus Berlin, entdeckt in der Zeitung den Nachruf auf einen Kollegen: Philipp Bach, der mit seinem Roman ›Miss Bohemia‹ großen Erfolg hatte, ist im Alter von 59 Jahren tot aufgefunden worden. Die Umstände sind ungeklärt.
Moskowicz verbindet mit Bach mehr, als ihm lieb ist: Der Autor und seine unberechenbare, verführerische Geliebte Tara hatten ihn wenige Jahre zuvor in seinem Haus bei Key West regelrecht überfallen, um gemeinsam Weihnachten zu feiern. Moskowicz hatte sich dermaßen in die junge Frau verliebt, dass er sogar hingenommen hatte, sie mit Bach teilen zu müssen – bis sie sich eines Tages völlig überraschend von beiden Männern trennte. Auf dem Foto von Bachs Seebestattung ist Tara jedoch eindeutig zu erkennen – und Moskowicz, der die Geschichte mit Tara so gerne verdrängt hätte, ist plötzlich wieder mittendrin …

Mathias Nolte, geboren 1952 in Reinbek, Verlagsbuchhändler und Journalist, lebt heute als freier Autor in Berlin und München. Mit seinem Roman ›Roula Rouge‹ war er auf der Longlist zum Deutschen Buchpreis.

MATHIAS NOLTE

Miss Bohemia

Roman

dtv

**Ausführliche Informationen über
unsere Autoren und Bücher
www.dtv.de**

Von Mathias Nolte
ist bei dtv außerdem erschienen:
Louise im blauweiß gestreiften Leibchen (21320)

Ungekürzte Ausgabe 2016
dtv Verlagsgesellschaft mbH & Co. KG, München
Lizenzausgabe mit Genehmigung des Paul Zsolnay Verlags

Textnachweis: »Some broken hearts never mend«
Musik & Text: Wayland D. Holyfield; © Bibo Music Publishing, Inc.,
Universal PolyGram Int. Publishing, Inc./
Universal Music Publishing GmbH
Umschlaggestaltung: dtv unter Verwendung eines Fotos
von Arcangel Images/Roberto Pastrovicchio
Satz: Eva Kaltenbrunner-Dorfinger, Wien
Druck und Bindung: Druckerei C.H.Beck, Nördlingen
Gedruckt auf säurefreiem, chlorfrei gebleichtem Papier
Printed in Germany · ISBN 978-3-423-21629-6

Für Will Tremper

Coffee black, cigarettes
start this day, like all the rest
first thing every morning that I do
is start missing you

Some broken hearts never mend
some memories never end
some tears will never dry
my love for you will never die

Rendezvous in the night,
a willing woman to hold me tight,
but in the middle of love's embrace,
I see your face

Getextet von Wayland Holyfield, 1976
Gesungen von Don Williams, 1977

Teil Eins

Ich hatte mir geschworen, nie wieder einen Gedanken an Tara zu verschwenden.

Tara war für mich gestorben, sie war toter als tot.

Ich bin mir nicht einmal sicher, ob ich aufgeschreckt wäre, wenn jemand laut ihren Namen gerufen hätte, als ich zu später Stunde bei Fanelli in Soho an der Bar saß, ein Bier trank und in der *New York Times* blätterte.

In dieser Nacht vom fünfzehnten auf den sechzehnten April 2010, als die Aschewolke eines isländischen Vulkans sich am Himmel über Europa ausbreitete, habe ich den Schwur gebrochen – wohl wissend, dass die Zeit des Bedauerns kommen würde.

Manhattan, Mitte April 2010

Es war spät, das Fanelli kaum noch besucht. Ein paar Touristen saßen an den kleinen Tischen mit den rotweißkarierten Wachstuchdecken, ein Liebespaar aus Norwegen oder Schweden, drei betagte, mit Schmuck behängte Ladys aus Neumexiko, die unentwegt kicherten, ein bärtiger Mann, der einen dicken Roman von Richard Price las.

Ein anderer Mann im Tweedjackett hockte gekrümmt am Ende der Bar, die linke Hand stützte seinen Kopf, mit dem Zeigefinger der rechten malte er die Ringe nach, die sein Whiskyglas auf dem Tresen markiert hatte.

Joe, der Barkeeper, lehnte an der Flaschenwand, die Hände auf dem Rücken gefaltet, er starrte abwesend vor sich hin und erweckte den Eindruck, als habe er diese Spelunke schon zu Zeiten der Prohibition bewirtschaftet. Joe war ein ganzer Kerl, groß, Glatzkopf, Arme tätowiert. Auf seinem Oberkörper klebte wie eine zweite Haut ein weißes T-Shirt mit dem Aufdruck *New York ♡'s Me.* Das Herz war rot, verwaschen. Links neben ihm hing eine verblasste Fotografie in einem Mahagonirahmen. Dylan Thomas, dachte ich. Ich glaubte den Dichter an seinem fleischigen Gesicht zu erkennen. Melancholisch blickte er auf sein Bierglas.

Ich saß auf einem Hocker gleich neben der Eingangstür. Durch das Fenster warfen rote Neon-Buchstaben ihr Licht auf das Holz des Tresens, Fanelli's Café – das N, das E und ein L hatten den Geist aufgegeben. Unter dem Leuchtschild vor der Tür standen zwei Männer und rauchten, einer von ihnen war der Kofferträger vom Mercer-Hotel gegenüber, der seine Schicht beendet hatte.

Ich war todmüde und wollte schon gehen. Aber Joe hatte mir, nachdem wir uns eine halbe Stunde unterhalten hatten, ungefragt ein drittes Bier serviert, ein Ale vom Fass, kohlrabenschwarz, es schmeckte nach Lakritze. Dazu hatte er mir die *New York Times* auf den Tresen gelegt.

»Eigentlich wollte ich mich gerade davon machen«, hatte ich gesagt.

»Eins passt noch«, hatte er knapp geantwortet. Die Schlangenfrau auf seinem Oberarm hatte dabei gelacht, so als habe sie eine Ahnung davon gehabt, dass von all dem Ungemach des Tages mir das größte noch blühte.

Es war wirklich ein verfluchter Tag gewesen, dieser fünfzehnte April. Alles was schiefgehen konnte war schiefgegangen. Ich hätte in meinem nach Fisch stinkenden Pensionszimmer in Providence bleiben sollen – im Bett. Keinen Anruf annehmen, in kein Auto steigen, nichts.

Schon in aller Herrgottsfrüh wurde ich von meiner Schwester mit der Nachricht geweckt, dass unser Vater einen schweren Herzinfarkt erlitten hatte. Seine Lage sei ernst, sagte sie, seine Chance zu Überleben fifty-fifty, ich solle sofort nach Hause kommen. »Was machst du in Providence?«, fragte sie. »Wen bei uns, zum Teufel, interessiert denn ein Mord in der amerikanischen Provinz, der sich vor mehr als dreißig Jahren ereignet hat?«

Wahrscheinlich hatte sie recht. Seit fast acht Wochen recherchierte ich in Providence und Umgebung drei Mordfälle, die sich Anfang der achtziger Jahre des letzten Jahrhunderts dort zugetragen hatten und in die indirekt meine Familie verwickelt gewesen war.

Es sollte mein siebter Roman werden. Ich wollte ihn sogar Providence nennen. Der Name klang poetisch in meinen Ohren und geheimnisvoll, und wenn man ihn erklärte, beschrieb er eben nicht nur eine Stadt im Bundesstaat Rhode Island, sondern auch ein Gefühl, das Vorsehung hieß.

Doch ich kam einfach nicht voran. Die Zeugen von damals waren entweder tot, oder sie schwiegen.

Warum wollen Sie diese alte Geschichte wieder aufrollen? Den Satz bekam ich mehr als einmal zu hören.

Auch das Treffen mit der Gerichtspsychologin, die den Fall damals zu beurteilen hatte, war ein Fiasko gewesen. Ich hatte die Frau in einem Heim am Point Judith in Narragansett südlich von Providence aufgespürt. Sie saß in einem Schaukelstuhl und blickte am Leuchtturm vorbei auf den Atlantik. Auf meine Fragen zu dem Fall ging sie nicht ein, stattdessen begann sie vom Kennedy-Mord zu reden und behauptete, lange die Geliebte des ehemaligen Präsidenten gewesen zu sein.

Dass Amerika heute von einem schwarzen Präsidenten regiert wurde, glaubte sie mir nicht. »Ein Neger …«, sagte sie mürrisch.

Aber all das spielte für mich nach dem Anruf meiner

Schwester keine Rolle mehr. Ich musste zurück nach Hause, zurück zu meinem Vater, der in einem Hamburger Krankenhaus am Tropf hing.

Fifty-fifty.

Schon mittags saß ich in einem Mietwagen von Providence nach New York. Es war eine furchtbare und quälende Fahrt, weil mir auf halber Strecke plötzlich einfiel, dass ich meinen Laptop mit allen Kontakten, Dokumenten und Recherchen in der Pension vergessen hatte. Ich überlegte kurz, ob ich umkehren sollte, gab den Gedanken aber schnell wieder auf. Auch wenn mein halbes Leben auf dem Ding war, wenn mein Vater sterben sollte und ich ihn deswegen nicht noch einmal sehen konnte, würde ich mir das nie verzeihen. Ich rief in der Pension an und rang der Wirtin das Versprechen ab, das Gerät, egal, was es kostete, noch am selben Tag per FedEx auf den Weg nach Berlin zu bringen, wo ich in der Meinekestraße ein kleines Apartment besaß.

Das Flugzeug nach Deutschland habe ich an diesem Tag trotzdem nicht erreicht, es herrschte Chaos am Airport in Newark. Drei Stunden stand ich in der Schlange, um schließlich zu erfahren, dass ich den Flug vergessen konnte. Die Asche eines isländischen Vulkans hatte sich am Himmel über Europa ausgebreitet und den Flugverkehr lahmgelegt.

Zuerst glaubte ich an einen schlechten Scherz der kleinen Chinesin hinter dem Lufthansa-Schalter. »Unmöglich, Sir!«, sagte sie. »Keine Chance … Heute geht kein Flugzeug mehr nach Europa.«

»Und morgen? Was ist mit morgen?«

»Nein, Sir, auch morgen wird keine Maschine fliegen, nächste Woche vielleicht …« Ihr Lächeln wirkte wie in Stein gehauen. »Sorry, Sir!«

Ich war fassungslos. Sie schien mir die Verzweiflung anzusehen und versuchte mich zu trösten. »Life isn't meant to be easy«, sagte sie, während ihr Blick auf mein Ticket fiel. Ein wenig verzögert fügte sie dann »Mister Moskowicz« hinzu.

»Life isn't meant to be easy, Mister Moskowicz.«

Wie im Zeitraffer rasten noch einmal die Bilder des Tages an meinen Augen vorbei – Providence, meine aufgebrachte Schwester, mein Vater am Tropf. Würde ich ihn vielleicht nie wieder sehen, weil ein Vulkan tobte?

Die drei Frauen aus Neumexiko verließen kichernd das Fanelli. Joe warf einer von ihnen eine Kusshand zu und zwinkerte. Der Mann im Tweedjackett, der Richard-Price-Leser und das Liebespaar machten noch keine Anstalten zu gehen.

Ich saß vor meinem dritten Bier und blätterte in der *Times*, betrachtete die Fotos, las kleine Meldungen und wunderte mich, dass dem Ausbruch des isländischen Vulkans nur dreißig Zeilen zugebilligt worden waren, Griechenland hingegen, das in die Pleite zu schlittern drohte, hatte die Redaktion immerhin mit zwei Spalten bedient.

Eine Meldung bewegte mich besonders. In Frankreich sollte ein Gesetz aus dem November 1799 – das genaue Datum war mit dem sechsundzwanzigsten Brumaire des Jahres VIII angegeben – abgeschafft werden, das den Frauen verbot, Hosen zu tragen.

Die erschütterndste Nachricht fand ich bei den Nachrufen, die ich immer mit großer Genauigkeit las. Heute waren drei Menschen gestorben, deren Leben von allgemeinem Interesse war.

Eine Überschrift stach mir sofort ins Auge.

Philipp Bach, German Poet and Novellist, Dies at 59

Die Zeile haute mich fast vom Hocker. Meine Ohren begannen zu glühen, meine Hände zitterten. Das Licht des Fanelli-Neons, das von draußen durch die Scheiben strahlte, färbte die Zeitungsseite rot. Vor meinen Augen breitete sich langsam eine Blutlache aus, alles verschwamm. Joe schien meinen Gemütszustand aus den Augenwinkeln beobachtet zu haben. »Noch ein Bier?«, rief er mir vom Ende der Bar zu, wo er sich inzwischen mit dem Mann im Tweedjackett unterhielt.

Ich nickte.

Philipp Bach war tot.

Wir kannten uns gut, sehr gut sogar, wir waren keine Freunde, weiß Gott nicht, aber wir kannten uns seit Jahren. Wir waren uns immer wieder über den Weg gelaufen und jede Begegnung hatte etwas Schicksalhaftes gehabt. Jetzt lag er unter der Erde.

Noch bevor ich mit der Lektüre des Artikels begann, fühlte ich, dass er keines natürlichen Todes gestorben sein konnte. Er musste umgebracht worden sein oder sich selbst umgebracht haben.

Ich nahm einen kräftigen Schluck aus dem neuen Glas und begann den Nachruf zu lesen. Nur flüchtig überflog ich Bachs Biografie – seine Kindheit auf Rügen, die Jugend in Ostberlin, die Flucht 1976 und das Leben in Westberlin bis zum Fall der Mauer. Und dann natürlich die Zeit danach im wieder vereinigten Berlin … Das alles kannte ich wirklich auswendig, und selbst wenn ich etwas vergessen haben sollte, es interessierte mich in diesem Augenblick nicht. Ich wollte wissen, wie Bach gestorben war.

Das erfuhr ich am Ende dieses Nachrufs, den eine gewisse Gretchen Rappaport verfasst hatte. Rappaport schrieb zwar ein wenig kryptisch, aber zwischen den Zeilen las ich doch so viel heraus, dass mir klar wurde, entweder hatte er sich zu Tode gesoffen oder sich ganz bewusst das Leben genommen. Einen Akt fremder Gewalt jedenfalls hatten die ermittelnden Behörden ausgeschlossen.

Bachs Leiche war am ersten April in der Nähe der Glienicker Brücke am Ufer der Havel gefunden worden.

Ich faltete die Hände hinter dem Kopf und starrte für einige Augenblicke an die Decke. Was mich erstaunte war das Gewicht, das Gretchen Rappaport dem literarischen Schaffen Bachs beimaß. Allein, dass sein Leben und sein Tod an dieser Stelle in der *Times* gewürdigt wurden, erschien mir so unglaublich wie absurd. Zugegeben, ich mag ein wenig neidisch und vielleicht sogar eifersüchtig gewesen sein, aber auch nach dem Abzug aller persönlichen Animositäten, die ich gegen ihn hegte, war es mir unerklärlich, wie ihm dieser letzte Coup gelingen konnte.

Es gab kein einziges Werk von Philipp Bach in amerikanischen Verlagen. Was von ihm auf Englisch übersetzt war, erschöpfte sich in zwei Gedichten und einer Kurzgeschichte im *New Yorker*, die in jenem Monat Mitte der neunziger Jahre erschienen waren, als sein Stück *Der zweite Frühling der Margot H. (»Springtime for Margot«)* an einem New Yorker Off-Off-Broadway-Theater zur Aufführung gekommen war. Es wurde dort insgesamt fünfmal gespielt, bevor es wieder vom Spielplan verschwand. Einen wirklich nennenswerten Erfolg in Amerika konnte Bach lediglich drei Jahre nach seiner Flucht aus Ostberlin für sich verbuchen. Er hatte nach seinem Roman *Miss Bohemia* das Drehbuch für einen Film verfasst, der für den Golden Globe nominiert worden war.

Dass die *Times* seine Gedichte jetzt mit der Lyrik Heinrich Heines verglich und seine Stücke und Romane als künstlerische Meilensteine der deutschen Nachwendezeit bezeichnete, war lächerlich und maßlos. Außerdem stimmte es nicht … Romane, im Plural, Philipp Bach hatte nur einen einzigen Roman (*Miss Bohemia*) veröffentlicht, und den auch schon zu Zeiten, als der deutsche Bundeskanzler noch Schmidt hieß.

Es war dieser Roman, der seinen Ruhm in Deutschland begründet hatte, es war dieser Roman, von dem er sein Leben lang zehrte. Bach war sechsundzwanzig, als *Miss Bohemia* 1977 in der Bundesrepublik erschien. In der naiven Annahme, das Buch hätte in der DDR eine Chance, veröffentlicht zu werden, wenn er die Geschichte in ein anderes Land verlegte, hatte er die Handlung in der Tschechoslowakei angesiedelt. Das war natürlich ein Trugschluss, das Manuskript wurde abgelehnt. Und so entschloss er sich, zwei Tage nach der Ausbürgerung Wolf Biermanns, das Land zu verlassen.

Im Herbst des darauffolgenden Jahres erregte Bachs *Miss Bohemia* großes Aufsehen in der Bundesrepublik. Allerdings nur dort, in anderen Ländern wurde dieses Werk wie alles, was er danach verfasste, kaum wahrgenommen.

Wie hatte er es also jetzt auf diese Seite in der *Times* geschafft? Wie war es ihm gelungen, fast gleichberechtigt neben einem verdienten und hoch dekorierten Menschenrechtler, einem engen Freund Martin Luther Kings, auf rund zweihundertfünfzig Zeilen in einer der bedeutendsten Zeitungen der Welt bestattet zu werden?

Ich legte meine Hände wieder auf den Tresen und ertappte mich dabei, wie ich den Kopf schüttelte.

»A last one for the road?«, fragte Joe, während er das leere Glas entsorgte.

Ich erschrak und sah auf die Uhr. Es war kurz nach zwei. Das Liebespaar und der Mann im Tweedjackett hatten sich bereits, von mir unbemerkt, verabschiedet, der Richard-Price-Leser war im Begriff zu gehen. Joe stellte das frisch gezapfte, schwarze Bier neben die *Times* und begann mit einem Lumpen den Tresen zu polieren, dabei pfiff er *Glory, Glory Hallelujah*.

Mein Blick fiel noch einmal auf die Seite mit dem Nachruf. Erst jetzt betrachtete ich die Fotografie genauer, die den Artikel illustrierte. Eigentlich waren es zwei Fotografien, in die größere der beiden war in die obere rechte Ecke ein Porträtfoto Bachs montiert, das ich kannte. Immer wenn über ihn in irgendeiner Zeitung oder Zeitschrift berichtet wurde, erschien dieses Foto. Es war bestimmt schon zwanzig Jahre alt, aber Bach hatte sich in den Jahren kaum verändert, er schien alterslos. Sooft ich ihn gesehen hatte, persönlich oder in Talkshows, unterschied sich sein Konterfei kaum von dem auf dem Foto. Bach wirkte immer kerngesund und so kräftig, als sei er in der Lage, das Berliner Telefonbuch in einem Zug in zwei Stücke zu zerreißen, was einem Wunder gleichkam, wenn man bedachte, wie viele Zigaretten und wie viel Alkohol er seinem Körper zumutete. Sein Haar trug er schon zu jenen Zeiten kurz geschoren als das bei Männern noch nicht in Mode war. Auch das ließ ihn jung erscheinen.

Aber es war nicht das Porträtfoto Philipp Bachs, das mich aufwühlte und mir in den nächsten Tagen zu schaffen machte, es war das große Foto, es war Tara – Tara, die ich aus meiner Erinnerung verbannt hatte wie Ludwig der Fromme seine Judith. Ich sah sie an Bord eines Kutters oder einer Schaluppe, sie stand an der Reling und schien zu lächeln, ihren Kopf bedeckte ein Südwester, dessen breite Krempe wie angeklatscht auf der Stirn lag, in der linken Hand hielt sie einen Fotoapparat.

Es regnete.

War sie es oder war sie es nicht?

Sie war es, zweifellos. Tara nahm an der Seebestattung Philipp Bachs teil. Um sie herum standen ein gutes Dutzend Männer, einer war der Bürgermeister von Berlin, ein anderer Bachs Verleger, der auch mein Verleger war, ein dritter, den ich auch schon einmal gesehen zu haben glaubte, hielt Bachs

Urne in den Händen. Die Bildunterschrift erzählte, dass die Asche des Dichters südlich der Insel Rügen der Ostsee übergeben worden war. Auf den Umlaut bei Rügen hatte die *Times* verzichtet.

Was hatte Tara veranlasst, sich dieser Trauergesellschaft anzuschließen?

Sie hatte ihn verlassen, wie sie jeden verließ. Auch mich.

Weinte sie Bach nach? Und was war mit mir?

Ich verstand nichts mehr.

Ich zahlte meine Rechnung und verließ das Fanelli. Das Neonlicht erlosch, während ich die Prince Street Richtung Mercer-Hotel überquerte, wo ich mich am Nachmittag dieses Tages voller Schrecken und Zeichen weit über meine Verhältnisse eingemietet hatte.

Big Pine Key, Florida, 22. Dezember 2005

Tara – ich weiß nicht, wie oft ich den Tag verflucht habe, an dem wir uns zum ersten Mal begegnet sind.

Es war der Donnerstag vor Heiligabend 2005, als sie bei mir auftauchte. Ich saß mit Schröder, meinem fetten Kater, in Bettys altem Ohrensessel auf der Veranda und fragte mich, ob ich den Lesern des Romans, an dem ich arbeitete, ein Happyend schenken sollte oder ob es vielleicht doch ehrlicher war, das Buch tragisch enden zu lassen, als ein hellblauer 78er Lincoln Continental in der Einfahrt hielt. Aus den geöffneten Fenstern des Autos drang ein Country-Song, ein Lied von Bobby Bare, glaube ich, vielleicht war es aber auch Roger Miller. Jedenfalls war es eines dieser Lieder, in denen es ums Saufen ging und um Frauen, die kein anständiger Mann mit seiner Mutter vergleichen würde.

Durch das Fliegengitter beobachtete ich, wie eine junge

Frau auf der Fahrerseite aus dem Wagen stieg. Sie trug Cowboystiefel, weiße Shorts und ein durchgeschwitztes, blaues T-Shirt mit dem Aufdruck *It's better to be a pirate than to join the navy*, ihre dunklen Haare hatte sie zurückgebunden, auch sie wirkten feucht. Ich stemmte mich aus dem Sessel und ging neugierig ans Gitter.

Warum parkte die Frau in meiner Einfahrt? Was wollte sie von mir?

Sie reckte und streckte sich, wie man es nach einer langen Autofahrt tat, und als sie mich auf der Veranda hinter dem Fliegengitter entdeckte, lächelte sie.

Erst in diesem Augenblick ging die Beifahrertür auf, die Musik dröhnte jetzt noch lauter aus dem Wagen. Ich sah anfangs nur ein Bein in dunklen Jeans, das ebenfalls in einem Cowboystiefel steckte, dann eine Hand, die eine Flasche hielt, und schließlich den Mann, der dazu gehörte.

Es war Philipp Bach. Ich erkannte ihn sofort – sein schmales Gesicht, den rasierten Schädel, die athletische Figur. Bach boxte in einem Club in Kreuzberg am Engelbecken, er beherrschte den Sport gut. Seine Rechte hatte ich Jahre zuvor schon einmal zu spüren bekommen.

Was trieb ihn in diese Gegend? Er war nicht mein Freund, was tat er hier?

Es musste Ende Mai am Wannsee gewesen sein, dass ich ihn zuletzt gesehen hatte. Wir hatten uns auf dem Frühlingsfest unseres Verlags getroffen, und ich hatte ihm erzählt, dass ich im Begriff war, ein erschwingliches Haus auf den Keys zu mieten, um den Roman, der mich seit fast zwei Jahren umtrieb, in Ruhe zu beenden. In Berlin fand ich einfach die Kraft nicht, hatte ich gesagt.

»Die Kraft … die Kraft …!«, hatte er gereizt wiederholt. »Zwei Jahre …! Ein Haus auf den Keys …! Was erzählst du da für einen Schwachsinn, du Tucke?«

Das Wort Tucke spuckte er voller Verachtung aus. Er wirkte angetrunken. Seine Hände ballten sich zu Fäusten, dass man fürchten musste, er könnte wieder zuschlagen. Ich wollte keinen Streit und ließ ihn mit sich und seinem Zorn allein.

Jeder wusste, dass Bach seit Jahren an einem Mammutwerk schrieb, angeblich hatte er schon über zweitausend Seiten verfasst, ein paar davon hatte ich sogar gesehen, er hatte sie mir bei einem Treffen gezeigt. Darin vertiefen durfte ich mich jedoch nicht, nur einen flüchtigen Blick darauf werfen, so, als brauchte er einen Zeugen für die Qualen.

Jetzt stand er vor meinem Haus. Er drehte sich zweimal langsam um sich selbst und checkte die Gegend ab, dann ging er ein paar Schritte vor und trat neben der silbernen Postbox mit Wucht gegen die umgestürzte Mülltonne, die in der Nacht zuvor, wie so oft, von Waschbären durchwühlt worden war.

Woher hatte er meine Adresse? Was wollte er hier? Er war bestimmt zweiundfünfzig Jahre alt, vielleicht sogar noch ein oder zwei Jahre älter, und trat gegen Mülltonnen. Ich verstand ihn nicht. Ich hatte ihn noch nie verstanden. Ich verstand nicht, wie ein Mann, der sich nach außen so gab, wie er es tat, so makellos schöne Kurzgeschichten und Gedichte schreiben konnte, dass einem bei der Lektüre schwindlig wurde.

Die junge Frau verschwand für einen Moment im Auto, die Musik verstummte. Bach trat ein zweites Mal gegen die Tonne. Es schepperte. Als die Frau wieder zum Vorschein kam, hatte sie einen Fotoapparat in der Hand, eine kleine silberne Kamera. Sie hielt das Gerät hoch über ihren Kopf auf mich gerichtet. Ich nahm an, dass sie ein Foto machte, warum auch immer, dabei lächelte sie wieder.

Bach sah auf die Eingangstür, die auf der linken Seite des

Hauses ein paar Meter von der Veranda entfernt lag. Er schien mich, anders als seine Begleitung, hinter dem Fliegengitter noch nicht entdeckt zu haben.

»Moskowicz!«, schrie er. »Moskowicz? Bist du hier?«, er lachte laut. »Wir wollen Weihnachten mit dir feiern ... Hörst du, Moskowicz? Die schöne Tara und ich, wir wollen Weihnachten mit dir feiern!«

Dann hob er die Flasche und sang die ersten Zeilen von *Rudolf, The Red Nosed Reindeer*, das in jedem Restaurant und in jedem Supermarkt hier seit Wochen nervtötend gedudelt wurde.

Ich brauchte nicht viel Fantasie, um mir vorzustellen, dass die folgenden Tage turbulenter, vor allem aber anstrengender werden würden, als ich es mir ausgemalt hatte. Sicher, ich hätte sagen können: Mach dich vom Acker, Bach! Nimm deine schöne Tara an die Hand und verzieh dich.

Bach hätte an meiner Stelle wahrscheinlich so oder so ähnlich reagiert, aber ich ... ich konnte das nicht. Es war einfach nicht meine Art. Und so wurde mir, noch bevor ich die Verandatür zum Vorgarten öffnete und der fette Schröder, aufgeschreckt durch den Lärm, blitzartig das Weite suchte, ganz schnell klar, dass die Feiertage einen anderen Verlauf nehmen würden als geplant.

Ursprünglich hatten Betty und ich vorgehabt, den Heiligabend bei mir zu Hause zu verbringen. Betty wollte einen Truthahn zubereiten, ich hatte bereits für italienischen Wein gesorgt und sogar für einen Tannenbaum von Winn-Dixie. In der Pfandleihe am Overseas Highway, in Hank's Pawn Shop, hatte ich Christbaumschmuck gekauft, der angeblich aus dem späten 19. Jahrhundert stammte und dänischer Herkunft war. Jedenfalls hatte Hank Brown das behauptet, als ich ihn herunterhandeln wollte. Hank war ein Gauner. Er hatte mir einmal eine von Mark Twain signierte Huckleberry-Finn-Ausgabe angedreht. Ein paar Wochen nach dem Kauf stöberte ich wieder in seinem Laden und entdeckte erneut eine signierte Ausgabe des gleichen Romans aus dem gleichen Jahr. Als ich Hank ein wenig grimmig darauf aufmerksam machte, sagte er nur, Twain sei eben ein fleißiger Schriftsteller gewesen, wobei er die Betonung auf fleißig legte. Die Antwort klang wie ein persönlicher Vorwurf.

»Philipp!«

Tara – ich nahm an, dass sie so hieß – rief laut den Namen ihres Beifahrers und deutete mit der Hand, in der sie die Kamera hielt, auf mich.

Und dann noch einmal: »Philipp!«

Erst in diesem Augenblick entdeckte mich Bach auf den Holzstufen zur Veranda. »Da bist du ja, Moskowicz! Ich hab schon befürchtet, wir müssten ohne dich feiern.« Er lachte. »Du hast doch sicher noch ein freies Bett für mich und meine schöne, ein wenig durchgeknallte Geliebte. Wir kommen auch mit wenig Platz aus, wir lieben die Nähe.«

Auch das Mädchen lachte, es hielt die Kamera hoch und machte ein Foto von mir. Ich sah mich auf dem Foto in den roten Boxershorts mit den grünen Tannenbäumen – der Oberkörper nackt, die Beine nackt, mit nichts als den Boxershorts bekleidet. Sie waren ein Geschenk Bettys zum ersten Advent gewesen, sie hatte drei Paar zum Preis von einem davon gekauft.

Seit nunmehr fünf Monaten lebte ich hier auf Big Pine Key. Die Insel lag knapp dreißig Meilen nördlich von Key West entfernt, jenem Ort meiner Träume, wo ich mich ursprünglich niederlassen wollte, um meinen Roman zu beenden. Eine romantische und vielleicht auch ein wenig verkitschte Vorstellung, ich weiß, aber zu meiner Verteidigung darf ich anmerken, ich war nie bis nach Key West gekommen, bis heute nicht. Ich habe weder Hemingways Haus gesehen noch den Sonnenuntergang am *southernmost point* der kontinentalen Vereinigten Staaten, und bin auch nie in Sloppy Joe's Bar auf einen Mojito eingekehrt. An der letzten Tankstelle vor der Seven Mile Bridge entdeckte ich an einem schwarzen Brett einen Anschlag: *Big Pine, Haus zu vermieten, 999 Dollar monatlich, Telefon* ... Ein paar Stunden später war ich Mieter dieses Hauses. Weil ich drei Monate im voraus zahlte, war es mir sogar gelungen, den Zins um 99 Dollar herunterzuhandeln.

Big Pine Key gehörte zu den größeren Flecken Land der Inselkette, hier herrschten Langeweile und Müßiggang. Die Bewohner waren wie der Pfandleiher Hank Brown kleine Geschäftsleute und deren Angestellte – Bootsverleiher, Hoteliers, T-Shirt- und Muschel-Verkäufer, es gab aber auch viele Rentner auf der Insel, Vietnam-Veteranen, Aussteiger und, im Winter, betuchte Menschen aus dem Norden, die der Kälte entflohen. Von den Einheimischen wurden diese *snowbirds* wenig geschätzt. Die einzige Attraktion, mit der sich Big Pine schmücken konnte, waren Rehböcke und Rehkühe, die kaum größer waren als deutsche Pudel. Wegen dieser sogenannten Key Deers, die hier wie Haustiere umherstreunten, hatten die Behörden die Höchstgeschwindigkeit auf den Straßen auf fünfundzwanzig Meilen begrenzt. Dadurch verlangsamte sich der ganze Lebensrhythmus. Auf Big Pine Key spielte sich das Leben in *slow motion* ab.

Für mich erweckte der Ort auf den ersten Blick den Anschein, das ideale Terrain für meine Arbeit zu sein. Ich musste mich um nichts scheren außer um meinen Magen und die weißen Seiten, die ich bis Ende Februar zu füllen hatte. Sah man einmal von Betty McNamara, Bill Smith und Paul Munder ab, pflegte ich auch keine sozialen Kontakte. Mit Betty, Bill und Paul spielte ich Sonnabendmorgens immer Tennis.

Paul war ein Schweiger, er stand pünktlich um acht auf dem Platz und war um eine Minute nach dem Match wieder verschwunden. Außerhalb des Spielfeldes habe ich keine drei Sätze mit ihm gewechselt. Betty und Bill hingegen waren meine Freunde geworden. Bill arbeitete im Sheriff-Office von Big Pine. Der Job war schlecht bezahlt, und so hatte er sich ein zweites Standbein als Kammerjäger geschaffen. Auf seiner Visitenkarte stand in halbfetten Buchstaben *Kill Bill*, eine Zeile darunter: *The Best Exterminator South Of Alaska*. Auf der Rückseite der Karte unterhielten sich eine Ratte und eine Termite, beide waren gleich groß abgebildet. »Hast du Hunger?«, fragte die Ratte die Termite, und die Termite antwortete: »Ich könnte das ganze Haus auffressen, aber Kill Bill war gerade hier.«

Das Geld, das Bill als Kammerjäger verdiente, sparte er, um mit fünfzig auf die Philippinen auszuwandern, wo seine Frau und sein kleiner Sohn lebten, die er nur zweimal im Jahr sah. Zur Polizei nach Big Pine war er Anfang des Jahrtausends versetzt worden, strafversetzt. Er behauptete in Detroit, woher er stammte, in Ausübung seiner Pflicht ein bisschen zu schnell die Waffe gezogen und einen Schwarzen erschossen zu haben.

Betty musste lachen, als Bill nach einem Tennismatch die Geschichte beim Brunch in Rita's Diner am Overseas Highway zum Besten gab. »Billyboy will uns einen Bären aufbinden, Lukas. Glaubst du nicht auch?« Sie lachte richtig laut und sagte: »Strafversetzt … so ein Bullshit! Dann muss man sich ja fragen, warum nicht jeder Cop in Detroit einen Neger abknallt, wenn er damit der Scheißstadt goodbye sagen darf und mit der ewigen Sonne belohnt wird.«

Betty hatte den Humor eines Cowgirls der vorletzten Jahrhundertwende, sie war hübsch, auch wenn sie ihrer Meinung nach ein paar Pfunde zu viel mit sich herumtrug. Ihre kurzen, roten oder rot gefärbten Haare und die Sommersprossen ließen sie jünger erscheinen, als sie war. Wenn es stimmte, dass sie am ersten Tag der Kubakrise das Licht der Welt erblickt hatte, musste sie im Sommer 2005, als wir uns kennenlernten, zweiundvierzig Jahre alt gewesen sein. Auf Big Pine lebte sie seit drei Jahren, sie war aus Palm Beach hierher gezogen, wo sie – betrachtete man die Uhr an ihrem Handgelenk und den Schmuck, den sie zu ihrer Geburtstagsfeier getragen hatte – ein weitaus komfortableres Leben geführt haben musste als hier auf der Insel. Irgendein Schicksalsschlag hatte sie in Palm Beach so hart getroffen, dass ihre Welt von einem auf den anderen Augenblick aus den Fugen geraten war.

Versuchte man Betty das Geheimnis zu entlocken, versiegelte sie mit Mittel- und Zeigefinger ihre Lippen. Auf Big Pine Key lebte man wie in einem Kokon, die Vergangenheit blieb außen vor.

In dieser kleinen, heilen Welt, in diesem Mikrokosmos, in dem man nichts zu fürchten hatte außer einen Hurricane … in dieser Idylle, in der ich mir einbildete, so klar denken und schreiben zu können wie seit langem nicht mehr, hatte mich nun aus heiterem Himmel die Berliner Wirklichkeit eingeholt. Vom ersten Moment an wusste ich, dass Bachs unerwartetes Auftauchen für mein Seelenheil Unheil bedeutete.

Drei Stunden nach dem Überfall saßen wir zu dritt in meinem uralten schwarzen Pickup und fuhren ein paar Meilen Richtung Süden, Richtung Summerland Key dem Sonnenuntergang entgegen. Tara hatte Hunger, einen Mordshunger, wie sie sagte, wenn sie schon hier sei, zwischen zwei Meeren, wollte sie Hummer essen. Sie sagte es so bestimmt, dass keiner, weder Bach noch ich, daran zweifelte, sie könnte nicht das bekommen, was sie wollte.

Wir hockten auf der zerschlissenen und an einigen Stellen mit rotem Leder grob geflickten schwarzen Bank des Pickups – ich hinterm Steuer, Tara in der Mitte, Bach ganz rechts. Links von uns lag der Atlantik, auf der anderen Seite der Golf von Mexico. Beide Wasser wirkten wie riesige, stille Pfützen. Bach suchte einen Country-Sender, seine knochigen Finger drehten nervös am Knopf des Radios. Taras Blick folgte dem Overseas Highway, dann und wann schoss sie ein Foto mit der silbernen Kamera. Sie trug ein blaues Wickelkleid mit roten Punkten und eine Sonnenbrille mit kleinen Schmetterlingen an den Scharnieren, auch das Band, das ihren Pferdeschwanz zusammenhielt, zierte ein Schmetterling.

Wir schwiegen.

Kurz bevor wir uns zu Monte's Restaurant & Fish Market aufgemacht hatten, hatte sie geduscht, im Auto roch es jetzt nach Pampelmuse, so frisch wie eine ganze Plantage. Gelegentlich, wenn ich einen Gang herauf- oder herunterschaltete, berührte meine rechte Hand flüchtig ihr Knie.

Ich fragte mich, wie alt sie sein mochte ... Neunundzwanzig? Dreißig? Was fand sie an Bach? Sie war sicher ein Vierteljahrhundert jünger als er.

Vielleicht hatte sie sich in ihn verliebt, nachdem sie ein Gedicht von ihm in der Schule gelesen hatte, vielleicht hatte sie sich aber auch in der Titelfigur des Romans *Miss Bohemia* wiedererkannt. Das war durchaus möglich, denn auch mich hatte Tara vom ersten Moment an die Heldin des Buches erinnert. Sie strahlte die gleiche Unerschrockenheit aus, die gleiche Wildheit, und ihr Lächeln glich verblüffend dem des Mädchens in dem Film, der nach dem Roman gedreht worden war. Wenn man das Mädchen auf dem Plakat, das damals für den Film warb, mit Tara verglich, sahen sich die beiden erstaunlich ähnlich – die hohen Wangenknochen, die hohe Stirn, die makellosen Zähne. Ich bildete mir sogar ein, den leichten Silberblick in Taras dunklen Augen zu erkennen, den Bach seiner Heldin angedichtet hatte.

Als wir schließlich bei Monte's an dem massiven Holztisch saßen und das Dach aus Segeltuch sich über unseren Köpfen im aufkommenden Wind blähte, erinnerte mich Tara immer mehr an dieses Geschöpf, dem mein ungebetener Besucher seinen frühen Ruhm verdankte. *Miss Bohemia* war die Geschichte der dreiundzwanzigjährigen Pragerin Sabina Krenova, die Anfang der siebziger Jahre in der Tschechoslowakei die »Ermordung« ihres Vaters rächte, eines Bildberichterstatters, von dem die ersten Fotos der toten Demonstranten und ein Augenzeugenbericht über den Einmarsch der sowjetischen Truppen im August 1968 in der West-Presse erschienen waren. Ohne Prozess saß Pavel Kren bis Juni 1969 im Kerker. Im Dezember desselben Jahres starb er an den Folgen einer verschleppten Lungenentzündung, die er sich dort zugezogen hatte.

Es war seltsam, wie dieser Roman, um den ich Philipp Bach lange Zeit beneidet hatte, beim Anblick Taras in mir plötzlich wieder zum Leben erwachte. Ich sah Tara und dachte an Sabina. Wie lustvoll Tara die Langusten, Muscheln, Austern und Krabben aß, die sie sich als Jumbo Platter für 29 Dollar 95 bestellt hatte, wie sie mit einem Plastiklätzchen um den Hals und einem Holzhammer in der Hand die Hummerscheren und Hummerschwänze zertrümmerte, um an das zarte, in Butter getränkte Fleisch zu kommen, und wie sie sich nach dem Verzehr genüsslich ihre fettigen Finger abschleckte, als könne sie die ganze Welt auffressen.

Eine Szene aus dem Buch schoss mir sofort durch den Kopf, während ich Tara beobachtete. In einer hochherrschaftlichen Wohnung unter der Prager Burg hatte Sabina einen Bonzen der KPC bekocht. Fünf Gänge hatte sie zubereitet. Der Bonze hatte nicht einmal den vierten ganz geschafft, als ihm übel wurde. Während Sabina den letzten Gang, eine mit Schokolade und Topfen gefüllte Palatschinke, allein verspeiste, beobachtete sie, wie der erste der sieben Männer, die sie für den Tod ihres Vaters verantwortlich machte, vom Stuhl fiel und von Krämpfen geschüttelt auf einem Perserteppich langsam verendete. Kurz bevor er seinen letzten Atemzug ausstieß, zeigte sie ihm eine Fotografie ihres Vaters.

»Falls du wissen willst, warum …«, sagte sie.

»Ich versteh nicht …«, röchelte der Mann.

»Du musst auch nichts mehr verstehen.«

Sabina lächelte und sagte von da an nichts mehr, sie schleckte sich die letzten Reste des Topfens der Palatschinke von den Fingern und begann die Wohnung zu putzen. Als sie damit fertig war, heftete sie die Fotografie ihres Vaters mit einer Reißzwecke ans Bücherbord.

Am Ende des Kapitels schlenderte sie in Minirock und hohen Stiefeln über das Kopfsteinpflaster der menschenleeren Nerudagasse in Richtung Kleinseite, ihre geschürzten Lippen pfiffen die Melodie der Moldau.

»Tara erinnert mich an Sabina«, sagte ich, nachdem ich ihr eine Weile beim Essen zugesehen hatte.

Bach lachte. Ein wenig spöttisch sah er Tara an, die die Schalentiere auf der Jumbo-Platte alleine weggeputzt hatte. Obwohl der Roman fast dreißig Jahre alt war, wusste er sofort, wovon ich sprach. Auch Tara lachte. Es kam mir so vor, als hätten die beiden den Vergleich nicht zu ersten Mal gehört.

»An Sabina?« Bach tat erstaunt. »Da muss sich Tara aber noch mächtig ins Zeug legen. Nicht wahr, Tara?«

»Ins Zeug legen? Wie meinst du das? Meinst du, ich kann ihr nicht Wasser reichen, deiner Sabina – oder was?« Sie kniff ihm mit den Fingern, die eben noch ein paar Hummerschwänze kleingemacht hatten, kräftig in die Hüften.

Bach schrak auf.

»Meinst du das wirklich, Philipp? Sag schon ...«

Tara lächelte, sie war nicht beleidigt. Sie war auch ein paar Stunden zuvor nicht beleidigt gewesen, nachdem ich die beiden ins Haus gebeten hatte.

»Das ist Tara, Tara aus Berlin.« So hatte Bach sie mir vorgestellt.

»Tara?« Ich hatte kurz gestutzt, weil mir der Name nicht geläufig gewesen war.

»Ja, Tara. Tara wie Brutto. Brutto minus Netto ergibt Tara. Sie ist die Verpackung, mit der ich mich schmücke.«

»Er meint, kein Inhalt, nur schön ... so schön wie ein schwarzer Schwan«, hatte Tara daraufhin entgegnet. Sie war dabei erstaunlich gelassen geblieben, so, als wären Sticheleien dieser Art etwas ganz Alltägliches in ihrem Leben, so, als fände sie sogar Gefallen daran.

Schwarzer Schwan? Ich erinnerte mich, dass ich einmal, zehn Jahre früher, in Bachs Wohnung in Berlin ein Plakat gesehen hatte, auf dem ein schwarzer Schwan neben einem weißen abgebildet gewesen war.

Wo hatten Tara und Bach sich gefunden? Hatte sie ihn gesucht oder er sie? Hatte der Zufall sie vielleicht zusammengeführt, in einem Café, auf einer Bank im Park, im Kino? Seit wann kannten sie sich?

Je länger ich sie an diesem Tag beobachtete, desto mehr hatte ich das Gefühl, Bach versuchte sich ganz ernsthaft das reale Ebenbild seiner irrealen Heldin zu schaffen, aus Tara eine Sabina aus Fleisch und Blut zu machen.

Tara nahm die letzte Auster von ihrem Teller und schlürfte sie. Bach verzog angeekelt sein Gesicht, außer einem halben Crab Cake hatte er nichts gegessen, dafür aber eine Zigarette nach der anderen geraucht, drei Bier aus der Flasche getrunken und einen doppelten Wodka auf Eis.

»Was ist schöner«, fragte er, »Austern essen oder davon träumen, sie zu essen?«

»Sie zu essen«, antwortete Tara. »Vertrau mir. Du solltest mir manchmal vertrauen, Philipp.« Und dann bat sie ihn, ein Foto mit der kleinen, silbernen Kamera zu machen. Sie wollte sich mit der Auster an den Lippen dargestellt sehen, mit dem Lätzchen um den Hals und dem Holzhammer in der Hand.

»Ich führe ein Tagebuch, Lukas. Ein fotografisches Tagebuch. Alles, was wichtig ist in meinem Leben, halte mit diesem kleinen, silbernen Ding fest. Betrachte ich später ein Foto, weiß ich immer sofort, was an dem Tag noch alles passiert ist. Also, wenn ich irgendwann in zehn oder zwanzig Jahren dieses Foto von mir mit dem Lätzchen um den Hals sehe, dann weiß ich genau, das war der Tag, an dem Philipp und ich Lukas Moskowicz in dem kleinen Holzhaus auf den Florida Keys überrascht haben. Ich werde mich dann sogar noch an die lustigen Boxershorts erinnern, die er zur Begrüßung getragen hat, und an seinen verdatterten Gesichtsausdruck in dem Moment, als er Philipp Bach erkannt hat. Selbst dieses Lied, das hier gerade spielt, wird noch in meinem Kopf sein, *Marshmallow World*. Wer singt das übrigens?«

»Frank Sinatra oder Dean Martin, vielleicht aber auch Sammy Davis junior oder alle drei zusammen«, antwortete Bach wie aus der Pistole geschossen. »Die Schallplatte heißt *Christmas With The Rat Pack*.«

»Die Schallplatte ...« Tara lachte.

Abgesehen von der kleinen Bemerkung, dass Tara sich ins Zeug legen müsse, um an Sabina heranzukommen, verlief das Dinner bei Monte's ohne weitere Reibereien. Ich hatte Bach noch nie so ausgeglichen erlebt wie an diesem Abend. Er verzichtete sogar darauf, mich Unterhaltungsschriftsteller zu nennen, ein Wort, das er, was meine Person betraf, mit Vorliebe benutzte, weil er glaubte, mich damit auf die Palme bringen zu können.

Bachs ungewöhnliche Sanftmut während des Dinners in dem Seafood Restaurant rührte wahrscheinlich daher, dass keiner von uns beiden über seine Arbeit sprach. Ich fragte ihn nicht, wie weit er mit seinem *Roman des Jahrhunderts* war, und er erkundigte sich nicht nach meinem neuen Buch.

Im Mittelpunkt dieses Abends stand Tara, alles drehte sich um sie. Bach pries sie, wie ein Schmuckhändler einen lupenreinen Rohdiamanten pries.

Die am Nachmittag noch auf die bloße Verpackung reduzierte Tara schien vergessen, stattdessen wurde mir ein Mädchen vorgeführt, das seinen Abschluss an der Humboldt-Universität zu Berlin mit der Bestnote gemacht hatte, das bis vor kurzem noch bei Mick Negroponte (Nick Negroponte, korrigierte Tara) am Massachusetts Institut of Technology im Hörsaal gesessen hatte und ganz nebenbei in seriösen – Bach benutzte diese alberne Zuschreibung – in seriösen Zeitungen, Zeitschriften und Blogs die Internet-Generation aufs Korn nehmen durfte, ein Mädchen, das von der neuen, digitalen Welt ebenso viel verstand wie von herausragender, analoger Literatur und herausragendem Journalismus.

Während Bach Taras Qualitäten über den grünen Klee lobte, ließ er zwischen den Sätzen keinen Zweifel daran, was für ein toller Hecht er selber im trüben Karpfenteich des Kulturbetriebs war, und dass er es deshalb fertiggebracht hatte, ein Geschöpf wie sie zu erobern.

»Sie ist ein Juwel, Lukas«, sagte er, bevor er einen Zug aus seiner Zigarette nahm und mir den Rauch ins Gesicht blies. Zum ersten Mal sprach er mich beim Vornamen an. »Sieh hin, sieh genau hin, sie ist ein Juwel. Findest du nicht auch? Und dabei hast du noch nicht einmal ihren kleinen, süßen Busen gesehen.«

Tara verdrehte die Augen und entfernte das Plastiklätzchen von ihrer Brust. »Hör auf, Philipp! Ich glaube, du bist betrunken.«

»Betrunken? Unsinn. Ich bin verliebt, bis über beide Ohren. Ich wüsste gar nicht mehr, was ich tun sollte ohne dich … Sie ist meine Muse, Lukas. Ohne sie würde ich keinen Gedanken mehr aufs Papier bringen.«

»Hör schon auf!«, sagte Tara noch einmal. »Das ist kokett.«

»Wo habt ihr euch kennengelernt?«, fragte ich.

Bach legte seine linke Hand, an der ein Siegelring mit einem rostroten Stein steckte, auf Taras Knie.

»Plötzlich stand sie vor mir – bei einer Lesung. Sie trug dasselbe Kleid wie heute, und wie heute roch sie nach Pampelmuse. Kannst du sie riechen, Lukas? Riechst du sie?«

Er schloss die Augen und atmete tief durch die Nase ein und langsam wieder aus.

»Ich habe im Grünen Salon gelesen … ein paar Gedichte und eine unveröffentlichte Kurzgeschichte, der Saal war ausverkauft. Tom Fischer hat mich auf seiner Klarinette begleitet. Du kennst Tom Fischer? Er ist großartig, keiner bläst die Klarinette so zärtlich wie er. Wir haben einen Höllenapplaus bekommen. Plötzlich stand Tara vor mir, sie wollte ein Interview, und ich … ich wollte ihr keines geben. Ich wollte sie. Ich wollte sie flachlegen, auf der Stelle. Ein Interview aber wollte ich ihr nicht geben.«

»Das stimmt nicht so ganz, das ist ein bisschen falsch dargestellt«, unterbrach ihn Tara. Sie erhob sich vom Stuhl und streckte sich, wie sie es bei der Ankunft am Nachmittag vor dem Haus getan hatte. Dann legte sie Bach von hinten ihre Arme um den Hals und beugte sich zu ihm herunter. Ihre Wangen berührten sich. Beide blickten jetzt in meine Richtung, Bach schien durch mich hindurch zu sehen, Tara lächelte, dieses Lächeln, das mir nie mehr aus dem Kopf gehen sollte. Sie sah lustig aus in dem dünnen, blauen Kleid mit den roten Punkten und den Cowboystiefeln, in denen ihre nackten Beine steckten. »Vollkommen falsch dargestellt«, wiederholte sie. »Ich hatte nicht vor, Philipp zu interviewen, Lukas. Ich wollte, dass er sich Zeit nimmt für mich, für mich und meine Arbeit. Hilfe wollte ich. Ich quälte mich seit langem mit einem Aufsatz über Franz Krohn herum …«

»Aufsatz!« Bach lachte, »… mit ihrer Magisterarbeit, sie ist eine Tiefstaplerin.«

»Jetzt redest du Unsinn. Ich wusste, dass Krohn und Philipp eng befreundet waren, bevor Philipp rüber gemacht hat … Ich wollte, dass er mir von der gemeinsamen Zeit erzählt. Hast du *Der Berg* von Krohn gelesen, Lukas? Es ist der beste Roman, der in Deutschland über Freiheit und Selbstbestimmung verfasst worden ist.«

Ich schüttelte den Kopf. Ich hatte das Buch nicht gelesen, ich hatte von ihm gehört, ich wusste auch, dass es sich um eine Art Sisyphusgeschichte handelte und Krohn ein paar Jahre später wegen eines anderen Romans mit Schreibverbot belegt worden war. Bach schien vergessen zu haben, dass er mir die Geschichte des Mannes 1995 in einem Restaurant in der Fasanenstraße schon einmal ausführlich erzählt hatte. Krohn war sein väterlicher Freund gewesen, die Liebe zur Literatur, zum Geschichten erzählen hatte Bach nicht von seinen Eltern geerbt, einem Polier und einer Buchhalterin aus Saßnitz, die 1959 von Rügen nach Berlin gezogen waren, sondern von Krohn. Das wusste ich alles nur zu genau. Aber gelesen hatte ich nichts von dem Mann.

Franz Krohn war vor meiner Zeit.

»Er ist im Jahr nach meiner Flucht an einem Herzinfarkt gestorben«, sagte Bach, »viel zu früh ...«

»Er war neununddreißig«, fügte Tara hinzu. »Franz Krohn und Philipp waren sehr eng miteinander.«

»Vielleicht war es doch nicht zu früh ...«, korrigierte sich Bach. »Vielleicht hätte ich auch mit neununddreißig abtreten sollen, alles, was danach kommt, ist ohnehin nur Stückwerk, Wiederholung.«

Er sah plötzlich traurig aus und schien ernst zu meinen, was er von sich gab. Jedenfalls nahm ich ihm seine Zweifel ab. Zum ersten Mal wirkte er ehrlich auf mich, fast tat er mir sogar ein wenig leid. Ich war kurz versucht zu fragen, ob er immer noch an seinem Roman schrieb, von dem es angeblich schon so viele Seiten gab.

»Du redest wirklich blanken Unsinn, Philipp!«, sagte Tara.

Bach klimperte mit den Eiswürfeln im leeren Glas und winkte der Bedienung. Die Frau kam an den Tisch, sie trug eine rote Weihnachtsmütze mit weißem Stirnbesatz und weißem Pudel, der ihr auf die Stirn gefallen war.

»Noch einen Wodka, Honey?«, fragte sie ungläubig.

Bach nickte, ohne die Frau anzusehen, dann sagte er: »Boris Vian ist mit neununddreißig gestorben. Und Dylan Thomas auch.«

»Ja, und Chopin. Auch der, glaube ich. Aber was soll das jetzt heißen?«, fragte Tara.

»Das heißt, die drei und auch Krohn waren wahrscheinlich schlau genug, rechtzeitig die Kurve zu kratzen. Mit dem frühzeitigen Abgang haben sie dafür gesorgt, dass ihnen der Platz auf dem Olymp sicher war. Sie konnten einfach keinen Fehler mehr machen, der ihnen den Nachruhm versaut hätte.«

»Also, jetzt spinnst du wirklich, Philipp.« Tara schüttelte den Kopf. »Allein schon solche Gedanken zu haben … Nachruhm … was für ein schräges, eitles Wort! Und Olymp … Was schert mich der Olymp? Das Jetzt zählt, nur das Jetzt.«

»Nein, ich spinne nicht. Sie haben ihr Werk vollendet und sind gegangen, ganz konsequent. Adiós!«

»Und Büchner? Der hatte mit dreiundzwanzig alles erreicht, oder was?«, fragte Tara.

»Ja, der Kerl war eben noch ein bisschen schneller als die anderen, der hat eindeutig auf der Überholspur gelebt.« Bach nahm einen Zug aus seiner Zigarette und blies den Rauch versonnen in die Luft.

»Meinst du wirklich, er war erst dreiundzwanzig?«, fragte er mit leiser Stimme.

Bevor wir an diesem Mittwochabend, kurz vor Weihnachten 2005, Monte's Seafood Restaurant verließen, bat Tara die Bedienung, ein Foto von uns dreien zu machen. Sie wollte, dass wir nebeneinander vor dem Plakat *How To Eat Crawfish* posierten, das an der Tür zur Küche befestigt war und in sieben, bunten Piktogrammen erklärte, wie man eine Languste auseinandernahm und verspeiste.

Tara stand für die Aufnahme in der Mitte, Bach links neben ihr, ich rechts. Das Rat Pack sang *Let it Snow … Let It Snow … Let It Snow …*, als die Frau mit der roten Weihnachtsmütze uns ein albernes *cheese* abverlangte und auf den Auslöser der Kamera drückte. Während des Schnappschusses hielt Tara ihr linkes Bein so schräg angewinkelt, dass der Schlitz des Kleides ihren Schenkel bloßlegte.

Spät in der Nacht kam mir dieses Bild noch einmal in den Sinn. Ich hörte, wie Tara und Bach sich liebten, sie gaben sich keine Mühe, dabei besonders leise zu sein. Ich hatte den beiden mein Schlafzimmer überlassen und lag selbst in einem kleinen Zimmer, das nicht viel größer als eine Besenkammer war, auf einer schmalen Matratze, zu meinen Füßen schlief der fette Schröder.

Ein Kollege, der mir nichts bedeutete, liebte seine junge Freundin in meinem Bett, und ich lag in der Besenkammer. Was würde Betty dazu sagen? Ich hatte Bach erzählt, dass Betty Heiligabend einen Truthahn zubereiten wollte und dass Bill, einer der Sheriffs von Big Pine Key, wahrscheinlich auch zum Dinner erscheinen werde.

»Vielleicht sagst du dieser Betty, dass sie besser zwei von den Vögeln in den Ofen schiebt«, hatte Bach geantwortet. »Tara ist mit einem gesunden Appetit gesegnet, wie du vielleicht mitbekommen hast.«

Womit hatte ich das verdient?

Ich war mir sicher, dieser Besuch, egal, wie lange er dauerte, würde mich mindestens zwei Wochen meiner Arbeit kosten. Allein die Zeit, die ich brauchte, um mich im Kopf wieder von Bachs und Taras Berliner Welt zu befreien, würde Tage in Anspruch nehmen. Mit der Furcht, den Abgabetermin des Manuskripts nicht einhalten zu können, schlief ich ein.

Am nächsten Morgen wurde ich von dem Geräusch der Dusche geweckt. Die Tür zu dem Zimmer, in dem ich lag, stand offen, der Wohnraum war lichtdurchflutet, Sonnenstrahlen spiegelten sich auf den lackierten Dielen. Schröder musste mich in der Nacht verlassen und die Tür aufgestoßen haben. Mein Blick fiel auf die gegenüberliegende Badezimmertür. Dahinter hörte ich Tara, die unter der Dusche eines der Lieder vom Abend zuvor summte. Ich war verwirrt. Gerade noch hatte ich an Sabina Krenova gedacht, die im

Prag der siebziger Jahre ihren zweiten Mord vorbereitete, mit dem sie den Tod ihres Vaters rächen wollte. Diesmal hatte sie kein Gift gewählt, sondern Streichholz und Benzin. In meinem Traum hatte Sabina ein blaues Wickelkleid mit roten Punkten getragen, an den Füßen Cowboystiefel und auf dem Kopf eine Sonnenbrille mit Schmetterlingen.

Ich erhob mich von der Matratze und sah schlaftrunken aus dem Fenster. Die Sonne stand schon hoch, neben der umgestürzten Mülltonne ästen zwei Rehe, so groß wie deutsche Pudel. Als ich mich wieder umdrehte, erblickte ich Tara, keine drei Meter von mir entfernt, außer einem Turban, den sie sich aus einem weißen Handtuch geformt hatte, trug sie nichts. Sie lächelte, ihre Haut glänzte.

»Guten Morgen, Lukas. Hattest du eine angenehme Nacht?«

Ich nickte.

»Ich werde mich jetzt anziehen und uns dann ein Frühstück machen«, sagte sie. »Bist du einverstanden?«

Wie zur Salzsäule erstarrt stand ich vor ihr und brachte keinen Ton heraus.

»Du frühstückst doch, oder?«

Ich nickte ein zweites Mal.

»Ich frage nur, weil ... weil Philipp nicht frühstückt, er frühstückt nie ... *coffee black, cigarettes, start this day, like all the rest* ... Damit hat sich's bei ihm.«

Tara verschwand tänzelnd im Schlafzimmer, um sich anzuziehen. Auf ihrer rechten Pobacke sah ich eine Tätowierung.

Manhattan, Mitte April 2010

Es war später Vormittag in New York, stahlblauer Himmel, fünfundsiebzig Grad Fahrenheit. Der Lärm der Straße drang bis ins Hotelzimmer. Das Fernsehen lief, CNN berichtete gebetsmühlenartig über die griechische Tragödie und über den Asche spuckenden Eyjafjallajökull, der die Welt lahmzulegen schien. Das Tablett mit den Resten des Frühstücks stand noch auf dem Bett, daneben lag die aus der *Times* gerissene Seite mit dem Nachruf auf Philipp Bach.

Was war mit meinem Vater? Den ganzen Morgen über war ich nervös gewesen. Ich hatte ein paar Mal versucht, meine Schwester zu erreichen. Vergeblich. Ich versuchte es wieder, es klingelte, viermal, fünfmal … sie nahm ab, klang erleichtert.

Entwarnung.

Mein Vater lebte, auch wenn sein Herz in Zukunft nur noch zu siebenundsechzig Prozent mitmachen würde. Das hatten die Ärzte herausgefunden. Siebenundsechzig Prozent. Nicht sechzig Prozent, nicht siebzig, siebenundsechzig.

Nach dem kurzen Gespräch nahm ich all meinen Mut zusammen und versuchte Tara zu erreichen, das zweite Gespräch, vor dem ich Angst hatte an diesem Tag. Beide Nummern von ihr waren nicht mehr erreichbar.

Irgendwann hatte sie zu mir gesagt, es gehe nicht mit uns, sie habe noch was zu erledigen … ihr Job … Philipp … ich … das alles sei zu viel für sie.

Es tut mir leid, Lukas. Es geht nicht, wirklich nicht. Ich kann dich nicht mehr sehen und Philipp auch nicht.

Das waren die letzten Sätze, die ich von ihr im Ohr hatte. Wie lange war das jetzt her? Anderthalb Jahre? Zwei?

Warum hatte sie Bach nie endgültig zum Teufel geschickt?

Warum hatte sie ihm nicht gesagt, dass er weder Büchner noch Dylan Thomas war, und auch nicht Boris Vian?

Bach hätte ihr nicht geglaubt. Nicht einmal die *New York Times* hätte ihr geglaubt, die Bachs Lyrik posthum mit der Lyrik Heinrich Heines verglich.

Zum hundertsten Mal an diesem Morgen betrachtete ich das große Foto in der *Times* – Tara mit dem tief über die Stirn gezogenen Südwester im Regen auf einem Kutter oder einer Schaluppe in der Ostsee vor Rügen, Bach in der Urne, eine Handvoll Staub.

Hatte Tara seiner Asche vielleicht die Asche seines Manuskripts beigemischt, an dem er so viele Jahre geschrieben hatte? Zweitausend, dreitausend Seiten in einer Urne, ein Cocktail aus Mensch und Werk?

Nach *Miss Bohemia* war von ihm bis zu diesem Tag Mitte April 2010 jedenfalls kein Roman mehr erschienen. Das letzte gedruckte Werk, das ich in Erinnerung hatte, waren seine gesammelten Gedichte aus dem Frühjahr 2009 – ein liebevoll und teuer aufgemachter Band, 320 Seiten zusammengehalten von Deckeln aus blutrotem Leinen, erhaben und pechschwarz gedruckt der Autorenname und der Titel des Buches, *Südwärts*.

Gewidmet hatte Bach den Band *Meinem Freund Franz Krohn, dem ich alles verdanke*.

Als ich die Gedichte bei Kohlhaas & Company in der Fasanenstraße zufällig entdeckte, war ich von der Aufmachung seltsam berührt gewesen. An diesem Morgen in New York erinnerte ich mich, dass ich das Buch wie das Buch eines toten Dichters wahrgenommen hatte.

Jetzt war es das Buch eines toten Dichters, sein letztes.

Berlin, Frühjahr 1995

Und dann erinnerte ich mich an einen Tag Anfang Mai fünfzehn Jahre zuvor, als bei mir das Telefon klingelte und sich Philipp Bach mit ruppiger Stimme am anderen Ende der Leitung meldete.

»Moskowicz?«

»Ja?«

»Bach hier, Philipp Bach. Du bist nach Berlin gezogen, höre ich, arbeitest für einen großen Verlag ...«

Ich bejahte noch einmal.

»Du musst was für mich tun.«

Ich schwieg.

»Ihr habt doch sicher ein Archiv in dem Laden und jemanden der sich mit Wirtschaftsgeschichte auskennt?«

Ich hatte Bach zuvor nur einmal gesehen und war erstaunt über seinen vertraulichen Ton. »Worum geht es?«, fragte ich.

Er antwortete, dass er mir das am Telefon nicht sagen könne, er müsse mich treffen.

Wir verabredeten uns für den späten Nachmittag im Café Adler am Checkpoint Charlie.

Nach dem Gespräch wunderte ich mich, woher Bach meine Telefonnummer hatte. Ich hielt mich erst seit ein paar Tagen in Berlin auf. Die Stadt kannte ich kaum, und ich war bisher auch keinem über den Weg gelaufen, der mit Bach in Verbindung stand. Ich hatte mich überreden lassen, bei der Entwicklung einer neuen Zeitschrift mitzumachen – eine Art Stadtmagazin, das, nach Vorstellung des Verlags, in die ganze Republik ausstrahlen sollte, wie es das *New York Magazine* in Amerika tat. Das Angebot war mir sehr gelegen gekommen, weil es mich für ein paar Monate aus den Klauen der Einsamkeit des Bücherschreibens befreite und obendrein noch recht einträglich war.

Es war die Zeit der Golddigger in der Stadt, die Zeit des nervösen Abbruchs und Aufbruchs, an allen Ecken und Enden wurde Altes klein gemacht und Neues aus dem Boden gestampft. Häuser verschwanden, Häuser entstanden, der Potsdamer Platz glich zwar noch einer Brache, aber eine rote Infobox kündete bereits von der Zukunft dieses riesigen Areals, auf dem in nicht allzu fernen Tagen hohe Häuser in einem Dutzend verschiedenen Brauntönen gen Himmel schießen sollten.

Die Kommandozentralen von Daimler und Sony existierten bis dahin nur auf dem Reißbrett, aber das Kapital machte mobil. Wo man sich auch aufhielt in Mitte oder in den Ostbezirken, man konnte es riechen.

In dieser Zeit der Umwälzung, als sich Berlin als Ganzes neu erfand, als Christo den Reichstag einpackte und die Bonner Republik langsam zur Berliner Republik mutierte, wollten auch die Zeitungsverlage einen Teil vom Kuchen abhaben. Überall arbeiteten Redaktionen ganz offen oder im Geheimen an neuen Projekten, es wurde von einer deutschen *Washington Post* geträumt, von einem deutschen *New Yorker*, von einer deutschen *Vanity Fair*. Berlin sollte zur Schnittstelle der Avantgarde aus Ost und West werden, und die großen Verlage in Hamburg und München glaubten an sechzehn Millionen potentielle neue Käufer – und volle Kassen.

Die Entwicklungsredaktion, bei der ich zu einem Tageshonorar angeheuert hatte und die zu einem großen Hamburger Verlag gehörte, arbeitete in der Mauerstraße nur einen Steinwurf vom Café Adler entfernt, jedoch auf der Ostseite der Stadt. Das Haus, in dem die noch kleine Redaktion vorläufig Quartier bezogen hatte, war heruntergekommen, der Putz bröckelte von Decken und Wänden, auf den Fluren und in den Zimmern roch es nach Bohnerwachs und Katzenpisse, das Tageslicht hatte hier nicht wirklich eine Chance. Wenn man aus dem Fenster sah, gewahrte man Galgen von Baukränen und Abrissbirnen, die zusammen einen schrägen Tanz aufführten.

An diesem Nachmittag war ich froh, der unwirtlichen Atmosphäre des Gebäudes entfliehen zu können. Bach und ich hatten uns um siebzehn Uhr verabredet. Ich saß schon eine Weile vorher auf der Terrasse des Cafés und beobachtete das Treiben auf der Straße. Der Frühling hatte die Stadt erobert, die Sonne schien, ihre Strahlen kaschierten die Tristesse der Umgebung.

An den ehemaligen Checkpoint erinnerten 1995 überlebensgroße Fotos von einem amerikanischen Soldaten, der Richtung Osten blickte, und einem sowjetischen, der seinen Blick nach Westen ausgerichtet hatte.

Rechts und links der Friedrichstraße versuchten Souvenirhändler ihre Geschäfte zu machen. Sie boten Mauerstücke und Flaggen mit Hammer und Zirkel an, Pelzmützen, Matrjoschkas, die aussahen wie Kohl, Reagan oder Gorbatschow, und Militaria jeder Art aus den Beständen der NVA und der Sowjetarmee.

Es war viertel nach fünf, als ich mir einen zweiten Kaffee bestellte und eine Zigarette anzündete. Ich nahm mir vor zu gehen, wenn Bach bis halb sechs nicht auftauchte. Obwohl es in der Sonne keinen wirklichen Grund gab, ärgerte ich mich, dass ich mich auf das Treffen eingelassen hatte, ohne konkret nachzufragen, was er von mir wollte.

Um kurz vor halb sechs entdeckte ich ihn dann. Gelassen schlenderte er die Friedrichstraße aus nördlicher Richtung herauf, er trug Jeans und eine rote Fliegerjacke. An einem der Souvenirstände machte er Halt und ließ sich etwas zeigen. Ich nahm an, dass es sich um einen Militärorden handelte. Er schüttelte den Kopf und ließ sich ein anderes Stück vorlegen. Er schüttelte wieder den Kopf, dann ging er weiter. In der Hand hielt er eine blaue Tasche mit dem weißem Globus und Schriftzug der PanAm. Das Logo der Fluggesellschaft war für mich früher der Inbegriff von Freiheit gewesen. Nur die PanAm brachte einen nach Berlin. Ich erinnerte mich an meinen ersten Flug mit der Airline, Hamburg – Tempelhof, neunzig Mark hin und zurück. Jetzt war PanAm weg wie die Mauer, von einem auf den anderen Tag. Bach führte die Tasche wie ein Andenken aus einer anderen, schöneren Zeit spazieren.

Vor dem Café blieb er stehen, seine Augen wanderten von Tisch zu Tisch, zweimal trafen sich unsere Blicke, er erkannte mich nicht. Ich hob den Arm und gab ihm ein Zeichen. Er kam auf mich zu.

»Hallo, Moskowicz.« Er gab mir die Hand und drückte kräftig zu. »Hab dich nicht erkannt, siehst ja aus, als wärste ganz frisch aus 'ner Modezeitschrift rausgelaufen … Donnerwetter. Und die Haare sind kurz.«

Ich trug einen grauen Anzug und eine rote Krawatte, und beim Friseur war ich auch gewesen.

»Wir hatten Lunch mit den Verlagsleuten aus Hamburg«, sagte ich. In dem Augenblick, als mir der Satz rausrutschte, bedauerte ich ihn auch schon wieder, weil es so klang, als entschuldigte ich mich für meinen Aufzug.

»Lunch … sehr beeindruckend«, nuschelte Bach, während er sich setzte und einen zweiten Stuhl zu sich heranzog, auf dem er die PanAm-Tasche und sein linkes Bein plazierte. »Ich war beim Boxen«, sagte er, wobei er mit der Linken einen Uppercut simulierte. »Boxen lenkt ab.«

Die Bedienung kam zu uns an den Tisch, Bach bestellte einen Wodka mit Tonic und viel Eis. Dann zog er eine Zigarette aus meiner Packung. Er biss den Filter ab und spuckte ihn in den Rinnstein.

»Wolltest du dir dort drüben einen Orden kaufen?« Ich deutete Richtung Souvenirstand.

»Ja, aber der Idiot, dieser fette Russe, wusste gar nicht, wovon ich rede. Ich hab den Vaterländischen Verdienstorden in Bronze gesucht, er wollte mir einen in Gold andrehen. Mein Freund Franz Krohn hat mir seinen bronzenen geschenkt, bevor ich damals rüber gemacht habe. Talisman, er sollte mir Glück bringen. Ich hab ihn verloren. Franz hatte das Ding zusammen mit der Honecker erhalten, Mitte der sechziger Jahre. Zehn Jahre später haben sie es ihm dann …«

Bachs Kopf lag im Nacken, er blinzelte in die Sonne. »Ach, was soll's …«, sagte er. »Schnee von gestern.«

Unser Treffen dauerte eine knappe Stunde, Bach trank drei Wodka Tonic, rauchte fünf Zigaretten und sah jedem Rock hinterher, der an uns vorbeiflanierte. Neunzig Prozent des Gesprächs bestritt er. Während der ganzen Zeit wirkte er nervös, obwohl er behauptete, der Sport beruhige ihn. Er schimpfte auf alles und jeden, auf seine Kollegen, auf die Verleger, die Lektoren und die Theatermacher, auf die Architekten und die Stadtplaner und auf alle Bonzen ohnehin, auf die alten und die neuen.

Zur Untermauerung seines Zorns zeigte er auf ein Gebäude. »Dahinten, zum Beispiel, hinter der Baustelle, auf der dieser Lauder, dieser amerikanische Parfümmensch, jetzt sein American Business Center hochzieht … dahinten, das eingerüstete Haus, siehst du es? Da hat Schalck-Golodkowski mit seiner KoKo residiert und das Tafelsilber des Landes verkloppt. Heute lebt er in einer schmucken Villa in Bayern am Tegernsee und lässt den lieben Gott einen guten Mann sein. Den Dreck hier hat er anderen überlassen.«

Bach ließ keinen Zweifel daran, dass ihm das Leben in Westberlin zu Zeiten der Mauer lieber gewesen war, er sagte es zwar nicht, aber man hörte es aus jedem Satz heraus.

Menschlich verstand ich das in gewisser Weise sogar, im alten Westen galt er als Solitär, als Opfer eines Systems, das von einem anderen System aufgepäppelt worden war. Seinen Ruhm verdankte er zum Großteil seiner Biografie und der Mauer, die er überwunden hatte, nicht seinem Werk, obwohl er mit *Miss Bohemia* nach seiner Flucht einen echten Coup gelandet hatte und seine Gedichte mit zu den schönsten gehörten, die in den siebziger und achtziger Jahren in Deutschland veröffentlicht worden waren.

Aber auch große Romane hatten heutzutage ein Verfallsdatum, und wer las schon Gedichte?

Philipp Bach war ein Verlierer der Wende. Er musste umdenken, um noch einmal ein großes Comeback zu erleben. Und er dachte um. Jedenfalls erzählte er mir, während er den dritten Wodka trank, dass er an dem Roman des Jahrhunderts arbeite und schon über tausend Seiten geschrieben habe.

»Über tausend Seiten?«

»Ja. Und ein Ende ist noch nicht abzusehen.«

»Und wie soll der Roman heißen?«

»Hab ich doch eben gesagt.« Bach sah mich nicht an, sein Gesicht hielt er der Sonne entgegen, er schien zu lächeln.

»Ich muss es überhört haben, sorry. Also, wie soll er heißen, dein Roman?«

»Roman des Jahrhunderts.«

»Was?« Ich glaubte meinen Ohren nicht zu trauen. »Du willst das Buch ganz ernsthaft *Roman des Jahrhunderts* nennen?«

»Genauso. Vielleicht auch *Der Roman des Jahrhunderts*. Er beginnt am ersten Januar 1901 und endet in der Silvesternacht 2000, also in fünfeinhalb Jahren. Was stört dich daran?«

»Meinst du nicht, der Titel könnte vielleicht missverstanden werden?«

Bach lachte. »Missverstanden? Ich lebe doch davon, missverstanden zu werden. Stell dir mal vor, es gäbe keine Missverständnisse, wir wären arbeitslos. Nein, falsch. Nicht wir, du wahrscheinlich nicht, Moskowicz, in der Unterhaltungsbranche gibt es ja keine Missverständnisse. Die ist so durchschaubar wie ein Glas Quellwasser.«

Er nahm seinen Fuß von dem Stuhl, beugte sich vor und kramte in der PanAm-Tasche herum. Mein Blick fiel auf seine Boxhandschuhe und ein nasses, vergilbtes T-Shirt.

»Ich hab ihn doch hier reingelegt?«, grummelte er. Zwischen seinen Lippen klemmte eine Zigarette.

»Wonach suchst du?«

»Den Notizzettel, den ich dir geben wollte, mit meinen Fragen … an euer Archiv.«

»Was für Fragen?«

»Was kostet ne Hure, zum Beispiel?« Bach klang ungeduldig, weil er den Zettel nicht fand. Er wiederholte seinen Satz diesmal ein bisschen ausführlicher, aber nicht weniger aggressiv: »Fragen wie, was eine Hure 1927 in Berlin kostete, zum Beispiel. – Verflucht, wo ist er denn?«

»Wie? Was eine Hure 1927 kostete?«

Schließlich zog er es hervor, ein zusammengefaltetes Din-A4-Blatt, das vom Schweiß des T-Shirts verfärbt war. Er reichte es mir, an seiner Hand blitzte ein Siegelring auf.

Ich entfaltete das Blatt und überflog die ersten Zeilen: *Was kostete 1927 eine Hure in Berlin (eine Stricherin? eine Hure im Club? im Bordell?), eine Flasche Champagner, eine Berliner Weiße, 1 Schnitzel im Café Größenwahn? eine Tasse Kaffee im Kranzler? Miete in der Mommsenstraße (2 Zimmer), Miete (7 Zimmer), ein Mercedes Benz (Type S), Hüfthalter und Seidenstrümpfe? Was war das beste Restaurant der Stadt? Gab es 1927 schon Coca Cola in Deutschland? Was genau ist eine Sarggeburt?*

Ein Blatt voller Fragen, es waren sicher fünfzig.

Bach grinste, als ich ihn ansah. Die Seite war eng mit Bleistift beschrieben, die akkurate Oberlehrer-Schrift passte nicht in mein Bild von ihm. In der letzten Zeile war zu lesen: *Zeitungsberichte über Europameisterschaftskampf Schmeling gegen Delarge (1927/Dortmund).*

»1927, Dortmund«, wiederholte ich laut. Ich sprach mehr zu mir selbst als mit Bach.

»Schmeling hat den Belgier damals verhauen, der Kampf ging über vierzehn Runden, Moskowicz. Aber er hat ihn fertig gemacht, vernichtend«, sagte Bach. »Glaubst du, wir bekommen das alles raus?«

»Was alles raus?«

»Na, die Antworten auf meine Fragen natürlich.« Bach klang ungeduldig.

»Ich glaube nicht.«

»Hör auf! Das ist ein so großer Laden, dein Hamburger Verlag. Ihr habt doch angeblich das beste Archiv im neudeutschen Reich – das erzählt man sich jedenfalls.«

Widerwillig steckte ich den Zettel ein.

»Ich versuch es«, sagte ich. »Aber versprechen kann ich nichts.«

Am nächsten Morgen im Büro brachte ich dann etwas Ordnung in Bachs Fragen, bevor ich sie in den Rechner tippte, ausdruckte und nach Hamburg ans Archiv faxte.

Zu meiner Verblüffung erhielt ich keine sechsunddreißig Stunden später mit der Hauspost die Antworten. Der Archivar musste Spaß an der Arbeit gehabt haben. Jede Frage war geklärt, auch die nach der Bezahlung der Huren. Im Scheunenviertel konnte man angeblich schon für drei Groschen eine bekommen, in einem exklusiven Klub in der Umgebung des Kurfürstendamms musste man hingegen mindestens mit zwanzig Reichsmark oder, wie es in der Umgangssprache hieß, mit einem Pfund rechnen. Bei dem letzten

Betrag hatte der Archivar mit der Hand und in Klammern sogar noch scherzhaft die Bemerkung *Mit nach oben offener Richterskala* hinzugefügt.

Über den Boxkampf Schmeling gegen Delarge fanden sich fünf Artikel in der Hauspost, die beiden mitreißendsten Reportagen stammten aus der *Frankfurter Zeitung* und aus der *Vossischen*, beide waren vom zwanzigsten Juni 1927. Schnitzel wurden zu jener Zeit im Café Größenwahn nicht serviert, ein Preis hierfür war also auch nicht festzustellen.

Ich war zufrieden mit dem Ergebnis der Recherche und sandte die Unterlagen mit einem kurzen Gruß in die Mommsenstraße nach Charlottenburg. Bach hatte die Adresse zusammen mit seiner Telefonnummer auf dem Din-A4-Blatt vermerkt.

Ein Dank für meine Bemühungen erreichte mich nie.

Die folgenden Wochen verflogen, ohne dass ich etwas von ihm hörte. Aus dem Kopf ging er mir deshalb nicht, ich dachte oft an ihn und je länger unser Treffen im Café Adler zurücklag, desto mehr Mitgefühl empfand ich. Er tat mir leid. Ein Mensch, der so sehr darauf bedacht war, durch sein Werk zu wirken, dessen Gedichte und Kurzgeschichten aber fast ausschließlich von Trennung erzählten, von geografischer und seelischer, von Ost und West, dem war mit dem Lauf der Geschichte ein Großteil der Grundlage für seine Arbeit entzogen worden, der musste quasi noch einmal von vorn anfangen.

Und dafür hatte er sich ausgerechnet den dicksten Roman aller Zeiten vorgenommen, den *Roman des Jahrhunderts*.

Nach einem Nachtessen bei einem Italiener in der Bleibtreustraße mit dem Chefredakteur unserer Zeitschrift kam ich einmal zufällig an Bachs Haus vorbei. Es war später Frühling und kurz nach zwei in der Nacht. Das ganze Gebäude lag im Dunkeln, nur hinter einem Fenster brannte Licht. Ich nahm an, dass Bach dort arbeitete und nach Worten suchte, ich stellte mir vor, wie er verzweifelt mit jedem Satz rang, den er zu Papier brachte, wie er sich ganze Absätze immer wieder laut vorlas, um sicher zu sein, seinem Text den richtigen Swing zu geben, die Melodie der Perfektion. So fahrlässig und grob er im persönlichen Gespräch mit der Sprache umging, seine geschriebenen Sätze wirkten wie in Marmor gemeißelt.

Tausend Seiten hatte er angeblich bisher schon verfasst. Wenn der Roman chronologisch angelegt war und die Recherchen des Hamburger Archivs für ihn gedacht waren, dann durfte Bach zu diesem Zeitpunkt gerade einmal ein Viertel seiner Wegstrecke zurückgelegt haben, das hieß, wenn ich richtig rechnete, er hatte noch rund dreitausend leere Seiten zu füllen, vorausgesetzt natürlich, dass er jeder Dekade des Jahrhunderts ungefähr das gleiche Gewicht zuschrieb.

Bei dem Gedanken an die Zahl gruselte es mich.

In der Nacht vor dem Haus in der Mommsenstraße beschloss ich, ihn noch einmal zu treffen. Ich wollte mehr von ihm wissen.

Die Redaktion rüstete sich in diesen letzten Frühlingswochen gerade für den Endspurt, ein erstes ausgeschriebenes Dummy wurde vorbereitet, die Zeit der Geschwätzigkeit ging zu Ende, *man müsste, man könnte, man sollte* war passé, echte Themen waren gefragt.

Neben viel Kleinkram hatte ich in jenen Tagen zwei große Geschichten für die Nullnummer übernommen, einmal handelte es sich um eine sechzehnseitige Fotostrecke über Christo und seine Frau in Berlin, während der Verhüllung des Reichtags, zum andern um eine Reportage über den Krieg in der jüdischen Gemeinde der Stadt, in der sich die alteingesessenen Mitglieder mit den Zugereisten aus den ehemaligen Ostblock-Ländern zofften. Beide Geschichten betreute ich als Redakteur.

In der nächsten Themenkonferenz, einen Tag nach meinem Essen mit dem Chefredakteur, bot ich nun selbst an, ein Porträt zu schreiben. Ich schlug Philipp Bach als Thema vor, erklärte den Kollegen, die ihn nicht mehr kannten, wer er war, erinnerte an den unglaublichen Erfolg von *Miss Bohemia* in den siebziger Jahren und beschrieb die Qualen, die Bach heute durchlebte, auch wenn ich bisher nur vermutete, dass er sich quälte.

Begeistert wurde der Themenvorschlag anfangs nicht aufgenommen. Erst als ich erzählte, dass sein neues Buch *Roman des Jahrhunderts* hieß und ein paar tausend Seiten stark sein sollte, horchte die Runde am Konferenztisch auf. Und als sich schließlich ganz am Ende der Diskussion eine schüchterne Volontärin zu Wort meldete und sagte, sie habe gehört, dass von Bach im Herbst ein Stück mit dem Titel *Der zweite Frühling der Margot H.* auf dem Spielplan des Theaters am Hallischen Ufer stehe, wurde das Thema akzeptiert.

Gleich nach der Konferenz rief ich bei ihm an. Am Telefon klang er, als habe ihm jemand ein Messer in den Rücken gestoßen und vergessen, es wieder herauszuziehen. Er schien zu leiden. Ich verriet ihm noch nicht, dass ich über ihn schreiben wollte, ich fragte lediglich, ob er Lust habe, mit mir essen zu gehen. Er sagte zu – zögerlich, jammernd zwar, aber er sagte zu.

»Du hast doch sicher ein Auto?«

Nachdem ich bejahte, meinte er, ich solle ihn doch am Freitagabend um acht nach dem Training am Engelbecken abholen. Er gab mir die genaue Adresse.

Bevor wir auflegten, sprach ich ihn noch auf *Der zweite Frühling der Margot H.* an. Ich wollte wissen, warum er mir im

Café nicht von dem Stück erzählt hatte und dass es im Herbst zur Aufführung kam.

»Ich hab's vor zwei Jahren geschrieben, es ist ein gutes Stück«, antwortete er. »Kein Theater wollte es haben. Jetzt machen es diese Idioten vom Hallischen Ufer. Ich musste unterschreiben, dass ich mich von den Proben fernhalte. Sei's drum, sie werden's schon versauen.«

»Und warum hast du unterschrieben?«

»Dreimal darfst du raten, Moskowicz.«

Am darauffolgenden Freitag, es war der zweite Juni 1995, fuhr ich nach der Redaktionsarbeit von der Mauerstraße Richtung Engelbecken. Die Tage zwischen der Konferenz und der Verabredung hatte ich genutzt, um mich auf das Treffen vorzubereiten. Ich hatte Bachs Bücher noch einmal gelesen, ein paar seiner Kurzgeschichten, die jüngsten Gedichte und natürlich auch seinen einzigen Roman, letzteren, wie ich zugeben musste, immer noch mit großem Vergnügen und nicht minder großer Bewunderung. Mit seiner Heldin Sabina Krenova war ihm ein Geschöpf gelungen, das es in seiner Radikalität und Chuzpe in sich hatte.

Für die Vorrecherchen des Bach-Porträts hatte ich auch das Archiv in Hamburg noch einmal bemüht. Viel war über ihn in den vergangenen Jahren nicht geschrieben worden. Außer ein paar positiven Besprechungen seines letzten Gedichtbands und seine Teilnahmen an Talkshows, in denen er sich nicht selten unflätig, wie es in einer Kritik hieß, zu Wort gemeldet hatte, wenn es um die Kulturschaffenden in der DDR ging, fanden sich fast ausschließlich Belanglosigkeiten in den Zeitungen.

Eine Meldung aus der *BZ* allerdings hatte es in sich. Auf der Fahrt von Rügen nach Berlin war er im Sommer des Jahres zuvor in eine Polizeikontrolle geraten. Man hatte 1,8 Promille bei ihm festgestellt, was mit dem Entzug der Fahrerlaubnis für ein Jahr und einer saftigen Geldstrafe geahndet wurde. Auf dem Beifahrersitz neben ihm hatte ein siebzehnjähriges Mädchen gesessen, das ebenfalls stark alkoholisiert gewesen war.

Als ich um kurz nach acht vor dem Eingang der Boxschule Karsunke auf ihn wartete, fragte ich mich, ob er alleine lebte oder ob er eine Frau oder eine Freundin hatte, die seine Launen ertragen musste.

Ich stand ans Auto gelehnt und rauchte eine Zigarette, aus dem kleinem Biergarten neben der Boxschule schallte Gelächter herüber und das Geklapper der Bestecke auf dem Porzellan. Es war warm, der Flieder blühte und die Bäume trugen ein sattes Grün zu Schau. Irgendjemand hatte mir einmal erzählt, dass es ein Gesetz in der Stadt gab, das jeden Hausbauer noch vor dem Richtfest verpflichtete, einen Baum zu pflanzen. Ein schöneres Gesetz konnte ich mir nicht vorstellen.

Um zehn nach acht kamen Bach mit einem Basecap der *Fighting Sioux* auf dem Kopf und ein zweiter Mann mit weißer Häkelmütze aus dem Kellereingang der Boxschule. Die beiden verabschiedeten sich. Bach trug die Fliegerjacke und über der Schulter die Tasche der PanAm, sein rechtes Auge war leicht angeschwollen, auf der Braue pappte eine dicke Schicht Vaseline.

»Schmerzt es?«, fragte ich.

Bach streckte mir eine Hand entgegen.

»Lass mich mal ziehen …«, sagte er. »Hab keine mehr.« Ich reichte ihm meine Zigarette, er nahm hastig zwei Züge und gab sie mir zurück.

»Scheiß-Türke, er hat unter der Gürtellinie gekämpft. Das hier …«, er zeigte auf die Braue, »das war nicht etwa seine geniale Rechte, das war sein hirnloser Schädel.«

Wir stiegen ins Auto, Bach warf das Basecap auf die Ablage vor der Windschutzscheibe und zog aus der Tasche einen silbernen Flachmann in einem Etui aus Schweinsleder hervor und nahm einen kräftigen Schluck daraus.

»Das hab ich jetzt gebraucht«, sagte er. »Du auch?« Er hielt mir den Flachmann vor die Nase.

Ich schüttelte den Kopf.

»Ich würde gern sehen, wo du gelebt hast, bevor du …«

»… bevor ich rüber gemacht habe?«

»Ja«, sagte ich und befürchtete im selben Augenblick, er könnte die Absicht meiner Neugier durchschauen.

»Vergiss es! Ich war nie mehr dort.«

»Seit '76 nicht mehr?«

»Nie mehr. Mich werden dort auch keine zehn Pferde mehr hinkriegen. Wir fahren jetzt zu mir nach Hause, ich dusche, verarzte meine Wunde richtig und dann gehen wir zu Fofi. Wir werden uns die Birne vollknallen, Moskowicz.« Er schlug mir mit der flachen Hand auf den Schenkel und lachte. »Dein Laden zahlt doch, oder?«

Ich nickte und drehte den Zündschlüssel um.

Ein paar Minuten später, wir fuhren die Oranienstraße in Richtung Westen, änderte er plötzlich seine Meinung. »Okay, von mir aus, lass uns einen Abstecher in die Vergangenheit machen, die zwanzig Minuten bringen uns auch nicht um. Bieg einfach die nächste rechts ab, und dann fährst du erst mal ein Stück geradeaus …«

Bach lotste mich durch den Osten. Obwohl er angeblich so viele Jahre nicht mehr hier gewesen war, kannte er die Straßen besser als jeder Taxifahrer. Ich überlegte kurz, ob ich ihm gestehen sollte, dass ich vorhatte, über ihn zu schreiben, verwarf den Gedanken aber schnell wieder, weil ich fürchtete, er könne uns den Abend kaputtmachen. Ich konnte mir überhaupt nicht vorstellen, wie er auf mein Ansinnen reagieren würde. Er schien mir einfach nicht berechenbar.

Was hatte ihn veranlasst, so plötzlich seine Meinung zu ändern? Wieso hatte er sich von einer auf die andere Sekunde doch zu dieser Reise ins Gestern entschlossen? Je länger ich mit ihm zusammen war, desto rätselhafter kam er mir vor.

Als wir beim ehemaligen Ministerrat die Spree auf der Mühlendammbrücke überquerten, sagte er leise: »Hier haben Biermann und ich unsere erste Wasserleiche gesehen.«

»Wann war das?«, fragte ich.

»Was weiß ich …«, antwortete er. »'71 oder '72.«

Wieso hatte er in jener Zeit schon Biermann gekannt? Bach musste 1971 oder 1972 gerade mal zwanzig Jahre alt gewesen sein, vielleicht einundzwanzig.

Irgendwann, kurz bevor wir im Bötzowviertel rechts in die Liselotte-Herrmann-Straße einbogen, las er laut den Namen der Eckkneipe. »Noteingang – den Laden gab's damals hier nicht. Aber da drüben …«, er zeigte, seinen Oberkörper leicht nach unten geduckt, durch die Windschutzscheibe auf ein Haus in der Bötzowstraße, in dem sich ein Restaurant namens Chez Maurice befand, »da war eine Kneipe, Hennings Bierstuben. Beim dicken Henning habe ich für meinen Vater immer Berliner Pilsner vom Fass in der Milchkanne geholt, jeden Abend einen halben Liter mit viel Schaum drauf. Und im Haus daneben hat mein Freund Franz im Erdgeschoss gewohnt, er war viel älter als ich, aber er war mein Freund. Er hat mir *Emil und die Detektive* vorgelesen. Ich war gerade mal acht, als meine Eltern '59 von Rügen hergezogen sind.«

Ich parkte den Wagen. Die Dämmerung hatte eingesetzt, Bach sagte nichts mehr, und so gingen wir schweigend die Häuser der Liselotte-Herrmann-Straße ab, einige erstrahlten schon im neuen Glanz, andere waren eingerüstet, den meisten aber sah man noch die Verletzungen der Vergangenheit an. Ich war mir sicher, Bach wusste zu jedem Haus eine Geschichte, aber er schwieg beharrlich. Erst vor der Nummer 10 blieb er stehen und sagte: »Hier, dort oben unter dem Dach, dort hat sich im Sommer ’59 ein Maler umgebracht, Liebeskummer. Er hatte sich in ein verwöhntes Mädchen aus Grunewald verliebt. Es war der heißeste Sommer des Jahrhunderts, Moskowicz. Er hat die Menschen total verrückt gemacht, es war ein Sommer wie LSD.«

»Und wo habt ihr gewohnt?«

»Dort, auf der anderen Seite, in der Nummer 33.« Er drehte sich um und zeigte auf ein nicht renoviertes Haus, dem man noch die Narben des Krieges ansah. Er betrachtete das Haus für eine lange Minute, bevor er schließlich sagte: »Komm, lass uns abhauen, ich halt’s hier nicht mehr aus.«

Wir gingen die Straße zurück zum Auto. An einem offenen Fenster stand eine junge Frau und spielte Saxophon, begleitet von einem Piano, nur ihre Silhouette war zu erkennen, sie hatte lange Haare und spielte hinreißend schön. Bach blieb stehen und sah zu ihr herauf.

»*Canteloupe Island*«, sagte er, sein Kopf bewegte sich zur Melodie.

»Melancholisch?«, fragte ich.

»Unsinn. Du weißt doch, was Melancholie ist, oder?«

»Was meinst du?«

»Melancholie ist nicht etwa die Sehnsucht nach dem Gestern oder die Sehnsucht nach dem Duft von Flieder oder nach Erdbeeren, wie sie früher geschmeckt haben, und schon gar nicht *Canteloupe Island* – nein, Moskowicz, Melancholie ist Heimweh nach sich selbst. Das hat ein Österreicher gesagt, ich hab vergessen, wer es war, aber er hatte recht.«

Um halb zehn waren wir wieder im alten Westen, wir standen vor Bachs Haus in der Mommsenstraße, er kramte hockend vor sich hin fluchend in der PanAm-Tasche und suchte nach seinen Wohnungsschlüsseln. Der Gedanke, der mir durch den Kopf schoss, kam mir seltsam vor, aber ich hatte das Gefühl, dass er während unseres kurzen Aufenthalts im Osten der Stadt ein anderer Mensch gewesen war, nachdenklicher und auch verwundbarer. Doch wahrscheinlich bildete ich mir das nur ein, oder ich wünschte es mir für die Dramaturgie der Geschichte, die ich über ihn schreiben musste.

Die Idee, dass sein Leben nur im Osten ehrlich funktionierte und im Westen Camouflage war, gefiel mir gut, aber ich musste aufpassen: Man hatte mich beauftragt ein Porträt über Philipp Bach zu schreiben, keinen Roman.

Während er weiter nach den Schlüsseln suchte, fiel mein Blick auf die Klingelschilder neben der Tür, es waren viele Doppelnamen darauf zu lesen, Müller/Bernsdorf, März/Schönberg, Bach/Looskamp. Entweder heirateten die Menschen nicht mehr, oder die Frauen behielten ihre Mädchennamen.

»Wer ist Looskamp?«, fragte ich.

»Meine Ex.« Bach zog die Schlüssel aus der Innentasche der roten Fliegerjacke und schüttelte den Kopf.

»Da steck ich sie sonst nie rein«, sagte er, bevor er die Haustür aufsperrte.

»Anna Looskamp?«

»Ja, die.«

»Wohnt ihr zusammen?«

»Wir waren sechs Jahre ein Paar, dann waren wir drei Jahre getrennt und vor zwei Jahren sind wir dann hier gemeinsam eingezogen ...«

»Und?«

»Das war ein Fehler, nach drei Monaten ist sie wieder

ausgezogen und hat mich auf der hohen Miete und einem noch höheren Berg offener Rechnungen sitzen lassen. Aber das Ganze war ja auch eine Schnapsidee …«

»Was meinst du?«

Wir gingen die Stufen in den zweiten Stock hinauf. Bach antwortete nicht, er blieb auf halber Treppe stehen und sah mich an. Die Schwellung über seinem Auge hatte inzwischen bedrohliche Ausmaße angenommen, mit den Fingerspitzen tupfte er die Vaseline auf seiner Braue ab, dabei verzog er sein Gesicht.

»Scheiß-Türke«, sagte er.

»Was war eine Schnapsidee?«

»Na, so eine Wohngemeinschaft funktioniert einfach nicht. Du kannst nicht mit einer Frau, mit der du sechs Jahre zusammen warst und die du sechs Jahre gevögelt hast, nach drei Jahren Pause wieder zusammenziehen und sie dann nicht mehr vögeln. Das geht einfach nicht, das funktioniert nicht, für diese Konstellation hat unser Kleinhirn keine Lösung vorgesehen. Das endet im Krieg.«

Die Sätze kamen ohne Ironie über Bachs Lippen, weder lächelte er dabei, noch zwinkerte er mit dem freien, unverletzten Auge.

Ich kannte Anna Looskamp nicht persönlich, aber ich wusste sehr genau, wer sie war. Ich hatte sie einmal als Ophelia auf der Pfauenbühne in Zürich gesehen und dann noch einmal im Hamburger Schauspielhaus als Genia Hofreiter in *Das weite Land*, sie war richtig gut, temperamentvoll und frech, und sie konnte hinreißend ausfallend werden, so ordinär wie eine Straßenhure auf der Oranienburger.

Meine Vorstellung, was in der Wohnung, vor deren Tür wir gerade standen, abgegangen war, nachdem die beiden sich entschlossen hatten, nach drei Jahren Pause wieder zusammenzuziehen, war bildhaft. So wie ich Anna Looskamp auf der Bühne erlebt hatte, war mir sofort klar, dass sie sich nichts bieten ließ, nicht Nichtachtung und erst recht nicht Nicht-Beachtung. Das widersprach allein schon ihrer Berufsauffassung.

Ich folgte Bach in die Wohnung, ein Duftgemisch aus verbranntem Knoblauch und kaltem Nikotin schlug mir entgegen. Bach ließ die PanAm-Tasche aufs Parkett fallen und warf die Fliegerjacke hinterher. Dann machte er Licht.

»Komm mit«, sagte er.

Die Wohnung war groß, riesig. Von einem breiten Flur gingen rechts drei aufwendig mit Stuck und Blattgold verzierte Zimmer ab, die durch offen stehende Flügeltüren verbunden waren, überall lagen Bücher auf dem Boden und stapelweise Zeitungen und Zeitschriften, Poster mit Texten, die aussahen wie Manuskriptseiten, dazwischen kleine Flaschen. Jägermeister, vermutete ich. In dem letzten der drei Zimmer stand ein Tisch mit Tellern, an denen verschiedene Essensreste klebten, eine Wodkaflasche neben benutzten Kaffeetassen und einem leeren Marmeladenglas, in dem ein Messer steckte, daneben, aufgeschlagen, ein dickes Buch. Ich nahm es zur Hand, eine Balzac-Biografie.

Der Roman des Jahrhunderts, als menschliche Komödie des 20. Jahrhunderts, dachte ich.

»Er ist ein ganz großer«, sagte Bach, während er die Tür zum Balkon öffnete. »Und weißt du, was das Unfassbare an ihm ist?«

»Na?«

»Dieses Genie, dieser dicke, kleine Mann hat in seinen Romanen alle durchschaut, jede menschliche Schweinerei hat er gerochen, jede Intrige, jeden Verrat … im wirklichen Leben aber, da ist er auf alles und jeden hereingefallen, im wirklichen Leben war er ein totaler Loser, Moskowicz. Das begreift man doch nicht.«

»Fühlst du dich ein bisschen verwandt mit ihm?«, fragte ich und bemühte mich dabei, so scherzhaft wie möglich zu klingen. Ich merkte, dass ich meine Fragen nur noch im Hinblick auf das Porträt stellte, und kam mir ein wenig schäbig vor. Bevor es zu spät war, musste ich ihm sagen, was ich vorhatte.

»Ob es mir ähnlich geht wie ihm, meinst du? Oder was?«

Bach ging ganz ernsthaft auf die Frage ein, er überlegte ein paar Sekunden, dann antwortete er: »Nein, ich glaube nicht. Oder vielleicht doch? Ich weiß nicht. Möglich ist es, ja. Was den Kaffeeverbrauch und das Geld angeht, ganz sicher.« Er betupfte seine Augenbraue. »Ich musste gerade Mariola vor die Tür setzten, meine Polin, die hier geputzt hat. Und mit der Miete bin ich auch schon einen Monat zurück oder sogar zwei, obwohl die Wohnung für diese Gegend verhältnismäßig günstig ist.«

»Sie ist vor allem sehr schön«, sagte ich.

»Ja, das ist sie.«

Vom Balkon gingen wir wieder auf den Flur, mein Blick fiel aufs ungemachte Bett im Schlafzimmer, am Fußende lief ein Fernsehgerät, der Ton war abgeschaltet, auf einem Nachttisch stand ein prall gefüllter Aschenbecher mit filterlosen Kippen. An der Wand hing ein altes Plakat mit der Aufschrift *Kommt zum Tierpark Berlin.* Mein Blick verweilte für einen Moment auf der Abbildung. Es waren zwei Schwäne darauf zu sehen, ein weißer und ein schwarzer, die einträchtig nebeneinander schwammen.

»Komm«, sagte Bach noch einmal. Ich folgte ihm ins Berliner Zimmer, er knipste die Schreibtischlampe an. Der Tisch stand in der Mitte des Raumes, auch hier fiel mein Blick zuerst auf einen vollen Aschenbecher, dann auf einen Rechner aus der MS-DOS-Gründerzeit und auf eine Batterie von leeren Flaschen, große Flaschen, kleine Flaschen. Ein Schuhkarton stand auf dem Schreibtisch gefüllt mit Jägermeister, daneben ein Stapel aufgeblasener Manuskriptblätter, mindestens sechzig mal achtzig Zentimeter groß. Das Papier überlappte die Tischkante. Auch auf dem hellen Parkett, das von schwarzen Brandlöchern übersät war, lagen Blätter in dieser Größe. Auf einigen davon waren Fußspuren erkennbar. Bach öffnete den Schraubverschluss einer Flasche aus dem Karton. »Bedien dich«, sagte er, bevor er die Flasche auf einen Zug leerte.

»Was sind das für Blätter?«, fragte ich. »Diese Poster, die hier überall herumwehen?«

»Das ist mein Roman.«

»*Der Roman des Jahrhunderts?*«

»Ja, was sonst?« Wieder nestelte er an der Braue herum. »Ich schreib doch nicht mehrere Romane auf einmal.«

»Und warum so groß?«

»Ich hab ihn im Copy Shop an der Lietzenburger vergrößern lassen, Din-A1.«

Ich nahm eine Flasche Jägermeister, öffnete sie und trank einen Schluck.

»Du musst gar nicht so grinsen, Moskowicz.« Bach klang gereizt. »Du solltest das genauso machen, es hilft. Egal, was für Bücher man schreibt, es hilft. Glaub mir!« Er nahm das oberste Blatt von dem Stapel, der auf dem Tisch lag, und hielt es sich mit beiden Händen, die Schrift auf mich gerichtet, vor die Brust.

»Das liest sich doch gut, so groß. Oder? Du erkennst die Fehler viel besser, du weißt ganz schnell, was falsch an dem Text ist. Es wirkt so irreal, so, als ob du, der Verfasser, überhaupt nichts mit dem, was da geschrieben steht, zu tun hast. Du bist ein Fremder in deinem eigenen Werk.«

»Und von diesen Blättern gibt es schon tausend?«

»1078 … Aber Schluss jetzt. Ich mach mich fertig, und dann gehen wir.«

Bach verließ das Berliner Zimmer in Richtung Dienstbotentrakt, wo das Parkett endete und einfache Dielen den Boden bedeckten. Ich vermutete, dass sich dort nicht nur die Küche, sondern auch das Badezimmer befand. Bevor Bach auf dem knarrenden Holz verschwand, rief er mir zu: »Du kannst gern einen Blick aufs Manuskript werfen, aber vertief dich nicht zu sehr drin. Es könnte dich irritieren.«

Ich nahm am Schreibtisch Platz und fuhr wie im Daumenkino die rechte Ecke des Poster-Stapels ab. Er umfasste die Seiten 89 bis 159. Ich las im Licht der Lampe ein paar Absätze auf Seite 89, aber da ich die Zusammenhänge nicht begriff, gab ich schnell wieder auf und machte mich auf der Suche nach den ersten Seiten. Irgendwo mussten sie ja liegen. Ich suchte zuerst auf dem Parkett um den Schreibtisch herum, dann in den anderen Zimmern, in denen ich Blätter auf dem Boden gesehen hatte. Ich suchte ein paar Minuten lang, überall Fehlanzeige. Der Anfang des *Roman des Jahrhunderts* war nicht auffindbar, dabei hätte ich gerne den ersten Satz dieses Mammuts gelesen.

Aus dem Dienstmädchentrakt klang laut ein Countrysong. Während ich die Regale mit den Büchern studierte, hörte ich, wie Bach mit einstimmte. Er war stark, voller Energie, der Boxkampf gegen den Türken und die Verletzung im Gesicht schienen ihm wenig ausgemacht zu haben. Mit seinem Gesang im Ohr ging ich die Bücherwand ab. Ein Regal war offensichtlich ausschließlich den Erstausgaben seiner Werke vorbehalten, zwischen einem Gedichtband und *Miss Bohemia* entdeckte ich auf dem Bord *Der zweite Frühling der Margot H.*, vierundneunzig fotokopierte, von einer Spiralbindung zusammengehaltene Seiten.

Ich nahm das Skript, setzte mich auf eine verspaakte, mit

rotem Samt ausgeschlagene Chaiselongue und begann im Licht einer staubumtanzten Bogenlampe in dem Stück zu lesen, während Bach *Some Broken Hearts Never Mend* intonierte. Es war das erste Mal, dass mich sein Musikgeschmack nachdenklich stimmte.

Der zweite Frühling der Margot H. spielte in Santiago de Chile am siebten Oktober 2019. Die zweiundneunzig Jahre alte Margot H. hatte auf Kaffee und Kuchen zum siebzigsten Geburtstag der DDR geladen und alle waren gekommen – Krenz, ein Neffe von Karl-Eduard von Schnitzler, der auferstandene Erich Mielke mit seinem Ziehsohn Markus Wolf, die Urenkelin von Anna Seghers, Kati Witt, Inge Viett (im Rollstuhl) und als böser Geist natürlich auch Günter Schabowski, dem Bach eine Rolle als Dritter-Akt-Komiker zugeschrieben hatte. Ehrengast der Veranstaltung waren Kim Jong-il und sein Sohn Kim Jong-un, die als Ersatz für den erkrankten Fidel Castro herhalten mussten und (laut Regieanweisung des Autors) während des gesamten Dramas zum Schweigen verdonnert worden waren.

Das Stück begann mit einem Toast auf Erich Honecker. Der Staatsratsvorsitzende weilte in Form seiner Asche unter den Gästen, die in einer Urne auf einem Tisch stand. Von seinen Überresten waren leider nur noch zwei Drittel übrig, weil – wie Margot H. an diesem Nachmittag gestand – ihr während des letzten heimlichen Besuchs beim Klassenfeind ein Malheur passiert war.

Bei der Einreise in Berlin Schönefeld hatte ein ignoranter Zollbeamter darauf bestanden, dass sie die Urne öffnete. In dem Behältnis könnte ja auch Kokain enthalten sein, hatte er angeblich gesagt. Nachdem Margot H. der Anweisung des Zöllners nachgekommen war, hatte sich durch eine defekte Klimaanlage und den überraschenden Windstoß, der dadurch ausgelöst worden war, ein Teil der Asche im Flughafengebäude verflüchtigt.

Mea Culpa, sagte sie in ihrer Tischrede. Sie wisse, die Aktion sei eine Schnapsidee von ihr gewesen, aber sie wollte doch mit dem Vorsitzenden unbedingt noch einmal ins Waldviertel fahren. Dann seufzte sie und fügte nach einer Gedankenpause hinzu: Ein Gutes habe das kleine Malheur am Flughafen natürlich, ein Teil von Erich werde jetzt immer den Schwachen und Unterdrückten im Land zur Seite stehen.

Ich amüsierte mich bei der Lektüre der ersten Seiten. *Der zweite Frühling der Margot H.* schien mir in der Tradition einer amerikanischen screwball comedy der dreißiger oder vierziger Jahre verfasst zu sein, wie die Kritik und das Publikum am Hallischen Ufer darauf reagieren würde, konnte ich mir nicht vorstellen.

»Wieso liest du das Stück, Moskowicz?«

Philipp Bach stand neben der Chaiselongue und blickte auf mich herunter. Ich hatte ihn nicht gehört. Er trug Jeans und ein graues Jackett mit Fischgrätmuster, sein weißes Hemd war so weit aufgeknöpft, dass ein Teil seiner behaarten Brust frei lag. Über das verletzte Auge hatte er eine schwarze Seeräuberklappe mit der Abbildung eines weißen Totenkopfs gestülpt. Er roch nach billigem Rasierwasser. Ich musste lachen, als ich ihn so sah. Dabei sah er gut aus, seltsamerweise überhaupt nicht lächerlich.

»Wo hast du denn das Ding her?« Ich zeigte auf sein rechtes Auge.

»Ach, davon hab ich ein gutes Dutzend, das Auge macht mir immer wieder zu schaffen. Der Türke war nicht der erste, der es darauf abgesehen hat.« Bach nahm mir das Theaterstück aus der Hand. »Warum liest du das und nicht den Roman, wie ich dir gesagt habe?«

»Ich hab die ersten Seiten nicht gefunden und bin mittendrin nicht richtig in die Handlung gekommen.«

»Es geht doch nicht um die Handlung, es geht um die Anmutung, den Sound. Außerdem müssen die Seiten irgendwo hier liegen ...«

Bach schüttelte den Kopf, dann korrigierte er die Lage der Augenklappe.

»Egal, lass uns abhauen. Fofi wartet ...«

Manhattan, Mitte April 2010

Vier Tage hielt mich die Aschewolke über Europa Mitte April 2010 davon ab, nach Berlin zurückzukehren, vier Tage lief ich meist ziellos durch Manhattan, und immer waren Tara und Bach bei mir. Es verging keine Stunde, in der ich nicht an die beiden erinnert wurde. Egal, ob ich im Kino saß oder in einem Restaurant, ob ich mir im Apple-Store in Soho, gleich neben dem Mercer, einen Vortrag über die digitale Zukunft und den Tod der Kreditkarte anhörte oder mir die Brache ansah, die der Anschlag auf das World Trade Center hinterlassen hatte – Tara und Bach waren allgegenwärtig. Sie gingen mir wegen des Nachrufs nicht mehr aus dem Kopf.

Am Ground Zero bat mich eine junge Frau, ein Foto von ihr zu machen, sie reichte mir eine flache, silberne Kamera. Als ich auf den Auslöser drückte, entdeckte ich an den Scharnieren der Sonnenbrille zwei kleine Schmetterlinge, und als ich danach die Qualität des Fotos auf dem Display kontrollierte, glaubte ich statt der jungen Frau Tara zu sehen, wie sie gut vier Jahre zuvor mit dem Lätzchen um den Hals und dem Holzhammer in der Hand die Auster aß.

Auch im Kino wurde ich an sie und Bach erinnert. Ich hatte mir eine Komödie mit Andy Garcia und Julianna Margulies ausgesucht, *City Island*, ich wollte endlich einmal wieder lachen. Bevor der Film begann, lief ein Trailer zu dem Thriller *Black Swan*, der im Herbst des Jahres in die Theater kommen sollte. *Er meint, kein Inhalt, nur schön ... so schön wie ein schwarzer Schwan*, hörte ich Tara sagen, und dann kam mir wieder das Poster in den Sinn, das 1995 in Bachs Wohnung in der Mommsenstraße gehangen hatte, der weiße und der schwarze Schwan einträchtig nebeneinander schwimmend als Reklame für den Tierpark Berlin.

Aber es sollten nicht nur Erinnerungen sein, mit denen Tara in diesem April wieder so unerwartet in mein Leben eingebrochen war. Am vorletzten Tag meines unfreiwilligen Aufenthalts in der Stadt brachte uns der Zufall wieder ganz real zusammen, zwar für ein paar Minuten nur, jedoch lange genug, um meinem Tun in den nächsten Tagen eine andere Wendung zu geben als geplant.

Nach *City Island* saß ich in einem Coffee Shop an der achten Avenue. An meinem Fenster hetzten wie getrieben hunderte Menschen vorbei. Die Sonne schien, es war ungewöhnlich warm für einen Tag im April. Ich hörte Hupen und Sirenen, ein Taxifahrer stritt sich mit einem Jogger, aus dem offenen Fenster drohte der Fahrer dem Jogger mit der Faust. Ein defekter Hydrant auf der anderen Straßenseite spuckte Wasser in den blauen Himmel, ein Hund, dessen linkes Vorderbein amputiert war, überquerte hüpfend wie ein Känguru die Avenue.

Mein Blick wanderte den Häuserblock zwischen der 40. und 41. Straße ab, in dessen Mitte ich in riesigen Lettern den Schriftzug der *New York Times* entdeckte. Mir fiel der Nachruf ein.

War er dort, in diesem Gebäude mit den großen Buchstaben an der Fassade, verfasst worden?

Ich sah die beiden Fotos vor mir, das Porträt Bachs und

den Kutter vor Rügen. Hatte die Autorin des Textes Bach gekannt? Hatte sie vielleicht sogar Tara gekannt?

Wie hieß sie noch?

Gretchen? Ja, Gretchen. Und weiter? Es dauerte einen Moment, dann sah ich den Namen kursiv unter dem Artikel vor mir: Gretchen Rappaport.

Als ich den Coffee Shop in Richtung *Times*-Building verließ, stand ein pechschwarzer Mann splitternackt unter der Fontäne des Hydranten, er hatte ein Stück Seife in der Hand und wusch sich, dabei riss er immer wieder die Arme in die Luft und lachte laut. Um ihn herum versammelte sich eine Menschentraube und applaudierte. Der Mann war glücklich, aber wie lange wohl noch? Auf der Höhe der 40. Straße sah ich zwei Polizisten herantraben, sie trugen dunkle Sonnenbrillen, wie man sie in Hollywood-Filmen trug, und ihre Fäuste, offensichtlich zu allem bereit, umklammerten Schlagstöcke.

Eine Viertelstunde später saß ich in einem unterkühlten Großraumbüro im elften Stock des *Times*-Buildings, mir zur Seite Gretchen Rappaport. Sie redigierte einen Text, ihre Finger tanzten auf der Tastatur des Rechners, gelegentlich wandte sie sich mir zu und sagte: »Einen Moment noch, Lukas Moskowicz … Bin gleich soweit.« Sie sprach perfekt Deutsch mit einem leichten Berliner Akzent.

Ich wunderte mich, wie geschmiert alles gelaufen war, nachdem ich das Foyer der *Times* betreten hatte. Weil die meisten Menschen Schwierigkeiten mit der Aussprache meines Namens hatten, hatte ich dem Pförtner der *Times* meine Visitenkarte gegeben und gesagt, ich wolle zu Gretchen Rappaport. Der Mann hatte einen Blick auf die Karte geworfen und zum Telefon gegriffen.

»Worum geht es?«

»Um Philipp Bach.«

Ein paar Sekunden vergingen, dann schien die Frau tatsächlich am anderen Ende der Leitung zu sein.

»Ein Mister Lukas Moskowicz ist für Sie hier, es geht um einen Philipp … Philipp …« Der Mann sah mich fragend an.

»Bach …«, wiederholte ich. »Philipp Bach.«

»Um einen Philipp Bach, sagt Mister Moskowicz.« Er sprach Bachs und meinen Namen aus wie die Chinesin am Lufthansa-Schalter in Newark, die mir mitgeteilt hatte, dass ich den Flug vergessen konnte.

Life isn't meant to be easy.

Der Mann sah mich über seine rote Lesebrille an. »Misses Rappaport möchte wissen, um was es genau geht?«

»Ich war ein Freund Bachs, die Nachricht seines Todes in der *Times* hat mich schockiert. Ich wollte mehr erfahren … von der Verfasserin des Nachrufs.«

Der Mann wiederholte meine Sätze ins Telefon und legte auf. Dann stellte er mir einen Besucherausweis aus und zeigte auf den Lift.

»Elfter Stock rechts, sie erwartet Sie.«

Gretchen Rappaport war hübsch – streichholzlange, strohblonde Haare, die in alle Richtungen standen, braune, ungeschminkte, von Lachfältchen umlagerte Augen. Sie trug einen dunklen Rollkragenpullover, helle Khakihosen und knöchelhohe Converse. Sie musste um die vierzig sein, ein paar Jahre älter als Tara.

Der Großraum, in dem sie arbeitete, war riesig, überall hockten Redakteure und Reporter in schallgedämpften Waben mit zwei, drei oder vier Schreibtischen, einige hatten ihre Füße auf dem Tisch und lasen Zeitung, andere machten Interviews oder chatteten mit Kopfhörern via Skype, die wenigsten schienen zu schreiben. Ich fragte mich, wie man in dieser Atmosphäre überhaupt etwas zu Papier bringen konnte.

Wie hatte ich das früher gekonnt? Fast fünfzehn Jahre meines Lebens hatte ich in vergleichbarer Umgebung verbracht.

Gretchen Rappaport haute mit dem Zeigefinger auf die Return-Taste ihres Rechners und drehte sich zu mir um.

»So, das war's, ab ins System – und weg! Feierabend!«

Wieso sprach sie so gut Deutsch?

»Was kann ich für Sie tun, Herr Moskowicz?«

In Stichworten erzählte ich, warum ich vor ihr saß – ich erzählte von meiner langen Abwesenheit von Deutschland, vom Herzinfarkt meines Vaters, vom überstürzten Aufbruch in Providence, vom Laptop, den ich dort vergessen hatte, und von dem Chaos, das der isländische Vulkan auf dem Flughafen angerichtet hatte. Und dann erzählte ich, wie mich der Nachruf auf Philipp Bach in der *Times* nachts im Fanelli fast vom Hocker gehauen hatte.

Während ich sprach, taxierte Gretchen Rappaport mich von den Schuhen bis zu den Haaren, dabei lächelte sie. Vielleicht hatte ich zu viel erzählt und zu kompliziert.

»Danke, dass Sie sich die Zeit für mich nehmen«, sagte ich schließlich.

»Nichts zu danken ...«, antwortete sie. »Philipps Freunde sind auch meine Freunde. Sie haben Ihre Bücher im selben Verlag wie er veröffentlicht, nicht wahr?«

Woher wusste sie das? Woher wusste sie überhaupt, dass ich schrieb? Sie schien meine Verwirrung zu spüren.

»Als der Pförtner mir Ihren Namen nannte, habe ich Sie kurz gegoogelt ...« Jetzt lachte sie wie jemand, der einem anderen einen Streich gespielt hat. Sie war schnell und sie war smart, sie hatte meine Gedanken gelesen.

»Philipp und Sie waren doch befreundet, nicht wahr?«

»Befreundet?«, antwortete ich zögernd. »Befreundet ist vielleicht zu viel gesagt. Wir kannten uns lange und gut, sehr gut sogar. Wir haben uns in Berlin immer wieder mal gesehen und vor ein paar Jahren einige sehr denkwürdige Wochen zusammen in Florida auf den Keys verbracht. Aber richtig befreundet … nein, das waren wir nicht. Das wäre gelogen.«

Ich erzählte von meinem ersten längeren Treffen mit Bach am Checkpoint Charlie, das unser Verhältnis meines Erachtens am besten beschrieb, ich erzählte, wie er mich genötigt hatte, das Hamburger Archiv für die Recherchen an seinem Buch zu missbrauchen.

»Ja, das konnte er: andere für sich einspannen! Aber er war ja auch verrückt mit diesem Roman, dem *Roman des Jahrhunderts* … Vielleicht ist er à la longue daran zerbrochen. Kein Mensch kann sich fast zwanzig Jahre lang ein Thema auf die Fahne schreiben, ohne irgendwann zu liefern. Wahrscheinlich konnte er einfach nicht mehr. Er war ein Pessimist und ein Maniac … Es ist ein Jammer …«

Spätestens jetzt war mir klar, dass der groß aufgemachte Nachruf in der *Times* kein Auftrag gewesen war, den Rappaport von ihrem Ressortleiter erhalten hatte, sondern eine Herzensangelegenheit der Autorin. Ich war mir plötzlich sicher, dass sie Bach auswendig kannte, und stellte mir vor, wie sie in der Redaktionskonferenz für ihren langen Text und die Fotos auf der Seite gekämpft hatte.

»Sie kannten Bach offenbar besser als ich«, sagte ich.

»Ja, das ist wohl so. Ein paar Jahre kannte ich ihn richtig gut … wirklich richtig gut. Eine Zeitlang waren wir sogar ein Paar, ich habe ihn geliebt, wir haben uns geliebt. Und gestritten haben wir – wie die Kesselflicker.« Sie lachte. »Aber ich habe ihm viel zu verdanken, er hat mir nicht nur beigebracht, wie man mit Liebeskummer umgeht, sondern auch Deutsch und Schreiben. Ohne ihn säße ich wahrscheinlich nicht auf diesem Stuhl.«

Kesselflicker … Auch dieses Wort konnte sie nur von Bach gelernt haben. Kein Mensch in ihrem Alter gebrauchte es, Ausländer schon gar nicht. Was mich aber wirklich an diesem späten Nachmittag erstaunte, war ihre Redseligkeit. Vielleicht rief mein unerwartetes Auftauchen Erinnerungen in ihr wach, die ihr Kleinhirn längst ad acta gelegt hatte.

Gretchen hatte von 1993 bis 1995 in Berlin studiert, sie stammte aus Bismarck in North Dakota, dort war sie aufgewachsen, dort war sie auf die Highschool gegangen und aufs College. Wer einmal Bismarck besucht hat, der weiß, wo die Welt aufhört.

»Glauben Sie mir, Lukas, in Bismarck ist der Hund begraben.«

Berlin war Rappaports erste Großstadt. Die Zeit, die sie dort verbrachte, sei die glücklichste ihres Lebens gewesen, sagte sie. Drei Tage nach ihrer Ankunft, im Frühjahr '93, hatte Bach sie auf der Friedrichstraße angesprochen. Die Straße wirkte damals wie die *mainstreet* einer Geisterstadt auf sie, nur ein Geschäft, Benetton. Sie betrachtete die Auslagen in den Fenstern, als Bach sie ansprach und fragte, ob sie mit ihm auf ein Glas gehe. Sie hatte Ja gesagt, ohne zu überlegen, sie wusste nicht warum, aber sie hatte Ja gesagt. Sie sind ins Engelbecken gegangen, ein bayrisches Restaurant am Engelbecken in Kreuzberg, dort, wo auch die Boxschule lag, in der Bach trainierte.

»Sie wissen, dass Philipp boxte, Lukas?«

Ich nickte.

Philipp und Gretchen hatten fünf Stunden in dem Restaurant verbracht oder sogar noch länger, Schweinebraten mit Semmelknödeln gegessen und Tegernseer Bier getrunken, viel Bier. Sie hatten den ganzen Abend Deutsch gesprochen. Wenn sie ein Wort falsch gebrauchte, korrigierte Philipp sie, wenn sie ein Wort suchte, schenkte er es ihr.

Irgendwann, nachdem sie am Ende des Abends mit einem Schlehengeist auf ihr Treffen angestoßen hatten, hat Philipp versucht, Gretchen zu küssen.

»Er wollte doch tatsächlich mit mir schlafen.« Der Satz ging ihr ganz selbstverständlich über die Lippen. »An unserem ersten Abend! Wir kannten uns gerade mal ein paar Stunden, und er wollte mich ficken ...« Sie lachte.

Gretchen hat das nicht zugelassen, und Philipp hat es nicht noch einmal versucht. Stattdessen hat er aus einer blauen PanAm-Tasche einen Roman gezogen und Gretchen geschenkt. *Für Gretchen, die Standhafte* hat er als Widmung hineingeschrieben, und unter seine Signatur hat er seine Telefonnummer gesetzt.

Der Roman hieß *Miss Bohemia*.

Gretchen hat ihn verschlungen. Die junge Sabina Krenova, die den Tod ihres Vaters rächte, wurde zu ihrer Heldin.

Insgesamt siebenmal in vier Wochen hat sie das Buch gelesen, bis ihr Deutsch so gut war, dass sie alles verstanden hatte.

Dann wählte sie Philipps Nummer.

Gretchen Rappaport sah verträumt an die Wand der Wabe, an der ich erst jetzt neben vielen anderen Fotos ein Foto von Philipp Bach entdeckte, das ihn mit Gretchen nachts auf der Terrasse der Paris Bar in Berlin zeigte. Gretchens Kopf lag auf Philipps Schulter, ihre Lippen leuchteten so rot wie der Schriftzug über dem Eingang des Restaurants, ihre Haare trug sie schon damals so kurz wie heute, nur ein wenig dunkler erschienen sie mir.

Ich zeigte auf das Foto.

»Ja, das war im Sommer '93«, sagte sie, »am Independence Day. Mein Gott, war ich verliebt! Und wie jung ich war! Das Basecap der *Fighting Sioux*, das Philipp trägt, gehörte mir. Ich glaube, er hat es nie mehr vom Kopf genommen ...«

Gretchen wandte ihren Blick von dem Foto ab und sah mich an. »Aber Sie sind doch nicht nach New York gekommen, um sich die Geschichte eines verliebten Mädchens im Berlin der neunziger Jahre anzuhören, Lukas? Und Sie wollen doch wohl auch nicht hören, wie Philipp Bach später dieses Mädchen, das Sie dort an der Wand so glücklich sehen, in die Verzweiflung gestürzt hat, weil er wieder mit seiner Ex, einer exaltierten und überschätzten Schauspielerin, zusammen gezogen ist – in eine große Wohnung in der Nähe des Kurfürstendamms?«

Ich schüttelte den Kopf. »Nein, das wollte ich nicht.« Der Geruch der Mommsenstraße schoss mir in die Nase, ich sah die verbrannten Knoblauchzehen, das Messer im leeren Marmeladenglas, die Brandstellen auf dem teuren Parkett, die vielen Flaschen und den auf Din-A1 aufgeblasenen *Roman des Jahrhunderts* vor mir. »Nein, ich wollte mehr über seinen Tod erfahren und, wenn ich ehrlich bin, auch den Grund, warum die *New York Times* ihn so wichtig genommen hat.«

»Die Antwort auf die zweite Frage kennen Sie ja jetzt. Trotz allem: die Größe des Nachrufs entsprach der qualitativen Größe seines Werks, davon bin ich fest überzeugt. Ich musste mich nicht verbiegen, um den Text zu schreiben. Philipp war ein Ausnahmeschriftsteller, nicht nur sein *Miss Bohemia*, auch seine Gedichte und Kurzgeschichten suchen ihresgleichen in der Literatur.«

Gretchen Rappaport lachte, wahrscheinlich spürte sie, wie gestelzt sie gerade daherredete.

»Sie sehen, das Mädchen von damals hat dem Dichter Bach die Schandtat verziehen. Über sein Ende weiß es aber auch nicht viel mehr, als in den deutschen Zeitungen zu lesen war. Die Polizei vermutet, er hat sich einfach tot gesoffen – mit Absicht oder auch nicht. Aber was spielt das für eine Rolle? Er soll mitten in der Nacht volltrunken ans Ufer der Havel gegangen sein und sich zum Sterben hingelegt haben, einsam, wie ein Hund, der spürt, dass seine Zeit abgelaufen ist …«

»Sie haben von Philipps Tod aus der Zeitung erfahren?«

»Nein, das nicht … nicht aus der Zeitung, nein …« Sie machte eine Pause und fuhr sich mit gespreizten Fingern durch die kurzen, strohblonden Haare. Sie sah plötzlich traurig aus.

»Diese denkwürdigen Wochen mit Philipp auf den Keys, von denen Sie sprachen … wann war das, Lukas?«

Ich rechnete zurück. »Vergangene Weihnachten vor vier Jahren. Warum?«

»Dann haben Sie also auch Tara kennengelernt, nicht wahr? Sie war doch auf der Reise dabei …«

Gretchen Rappaport überraschte mich ein weiteres Mal. »Ja, Philipp und Tara standen plötzlich vor meinem Haus auf Big Pine Key. Ich hatte mich für ein paar Monate dorthin zurückgezogen, um in Ruhe zu schreiben. Daraus wurde während ihres Aufenthalts allerdings nichts … Aber woher wissen Sie, dass Tara Philipp begleitet hat?«

»Ich wusste es nicht, ich habe es vermutet. Die beiden waren vorher für ein paar Tage hier, hier bei mir New York, ich habe ihnen geholfen, das Auto zu kaufen, in Brooklyn haben wir es gekauft, diesen alten Lincoln oder Cadillac, der angeblich einmal Johnny Cash gehört hatte. Mit diesem Auto wollten sie in den Süden, ein bestimmtes Ziel hatten sie nicht. Es war Taras Idee, sie hatte Philipp verordnet, für ein paar Monate den Roman zu verlassen. Der bringe ihn um, hatte sie gesagt, nicht der Alkohol, nicht die Zigaretten … der Roman bringe ihn um.«

»Und von Philipps Tod wissen Sie von Tara?«

»Ja, sie hat mich angerufen. Um vier Uhr morgens klingelte mein Telefon. Tara sagte: ›Er hat es geschafft, Gretchen. Er hat sich umgebracht.‹ Ganz emotionslos hat sie gesprochen, sie klang so gelassen, als berichtete sie, dass sie im Wald Bäume gesehen hat.«

Ein bärtiger Mann steckte seinen Kopf in die Wabe. »Dein Text ist okay, Gretchen«, sagte er. »Ich brauch dich nicht mehr.«

»Gut, dann werde ich jetzt gehen … danke, Tom.«

Der Mann verschwand wieder, Gretchen Rappaport stand auf.

»Haben Sie Lust, noch eine Kleinigkeit zu essen, Lukas?«, fragte sie, während sie das MacBook schloss, das neben ihrem Computer auf dem Schreibtisch stand.

»Ja, gern. Vielleicht sagen Sie mir aber vorher noch, wo ich Tara erreichen kann. Ich habe vor zwei Tagen versucht, sie anzurufen, die Nummern, die ich von ihr hatte, waren nicht mehr erreichbar.«

»Wir können sie auch sofort anrufen.« Gretchen öffnete den Laptop noch einmal.

»Nein, das möchte ich nicht.«

Der Gedanke mit Tara in Gegenwart Gretchen Rappaports sprechen müssen, erschreckte mich. Zu lange hatte ich nichts mehr von ihr gehört, zu deutlich waren mir in diesen Tagen in New York wieder ihre letzten Worte im Ohr. *Tut mir leid, Lukas. Es geht nicht mehr … Philipp … mein Job … du … das ist alles zu viel für mich.*

»Doch, wir rufen sie jetzt an«, wiederholte Gretchen. »Ich

habe Tara auch nicht gesprochen, seit sie mir die Bilder von der Seebestattung gemailt hat. Sie hat mir nur noch geschrieben, dass mein Nachruf sie berührt hat, aber das war es dann auch. Rufen wir sie an, vielleicht erfahren wir ja etwas Neues.«

Blitzschnell klickte sie auf das Icon eines Videochat-Programms, und keine dreißig Sekunden später erschien Tara auf dem Bildschirm des MacBooks.

»Hallo Tara …«

»Hallo Gretchen«, antwortete Tara, bevor sie mich im Hintergrund des Bildes entdeckte und stutzte …

»Lukas …? Bist du das, Lukas?«

Ich nickte.

»Was machst du da?«

Wir sprachen kaum zwei Minuten lang miteinander. Ich sagte ihr, dass ich in New York festsaß, und dass ich vergeblich versucht hatte, sie zu erreichen.

»Wenn du wieder in Berlin bist, melde dich, Lukas. Gretchen hat meine Koordinaten.«

Über Philipp Bach verlor sie kein einziges Wort.

Auch Gretchen, mit der sie anschließend ein paar Sätze wechselte, konnte ihr keine Neuigkeiten entlocken, was den Tod des Dichters anging. Auf Gretchens Frage, wie sie die traurigen Tage verbringe, berichtete Tara nur noch, dass sie gar keine Zeit habe, traurig zu sein, sie habe *freelance* das Lektorat für einen Roman übernommen, der sehr gut sei und im Herbst auf den Markt komme. Es sei die Geschichte von zwei Serienkillerinnen im Berlin der zwanziger Jahre des letzten Jahrhunderts. Mehr dürfe sie aber nicht verraten, man habe sie verpflichtet eine Verschwiegenheitsklausel zu unterschreiben.

»So, jetzt muss ich euch aber verlassen«, sie hielt einen dicken Packen Papier vor die Kamera, »das Manuskript ist

Montag kommender Woche fällig, und ich habe mindestens noch ein Drittel der Wegstrecke vor mir.«

»Seltsam«, murmelte Gretchen, nachdem sie Tara verabschiedet und den Rechner endgültig zugeklappt hatte. »Wirklich seltsam.«

»Was meinen Sie?«

»Kam sie Ihnen etwa nicht so vor? Sie war so anders als sonst, so ernst und zurückhaltend, ja, fast reserviert, überhaupt nicht Tara eben.«

Sie zwinkerte mir zu, während sie ihr MacBook in ihrer Tasche verstaute.

»Irgendetwas verschweigen Sie mir, Lukas Moskowicz. Da muss was vorgefallen sein zwischen Ihnen und ihr … ich werd's schon noch herausbekommen.«

»Wohin gehen wir?«, fragte ich.

»Zu Fanelli, wohin denn sonst?«

Zehn Minuten später saßen wir im Taxi Richtung *downtown*, es roch nach Knoblauch, der Fahrer des Wagens trug einen Turban, im Radio spielte ein Lied, das ich keiner Sprache zuordnen konnte. Gretchen zog einen Spiegel und einen Lippenstift aus ihrer Tasche, in der sie auch ihren tragbaren Rechner verstaut hatte, und begann sich die Lippen anzumalen, was kein leichtes Unterfangen war, weil das Auto ohne Stoßdämpfer auszukommen schien. Jede Unebenheit der Straße bekamen wir im Fond mit Wucht zu spüren. Gretchen gab sich alle Mühe, den Lippenstift ruhig zu halten, es gelang ihr nur mit Mühe. Sie fluchte vor sich hin.

Ich betrachtete sie von der Seite und dachte an Tara und an den Moment, als ich am Morgen des vierundzwanzigsten Dezember 2005 ihre knallrot geschminkten Lippen zum ersten Mal berührt hatte. Das war am menschenleeren Strand von Bahia Honda gewesen, ein paar Keys nördlich von Big Pine. Ich hörte Tara laut lachen und meinen Namen rufen, ich sah, wie sie durch den Sand spurtete und ein halbes Dutzend Mal hintereinander ein Rad schlug, bevor sie sich mir in die Arme warf und ihren Mund auf meinen Mund drückte.

»Jetzt tun wir etwas Verbotenes, Lukas!«, hörte ich sie flüstern, »etwas Unanständiges, etwas, das man an Weihnachten eigentlich nicht tut.«

Und wieder hörte ich sie laut lachen.

Über vier Jahre war das jetzt her. Das Bild verschwand aus meiner Erinnerung, und Taras Gesicht tauchte auf dem Bildschirm des Rechners auf. Während des Chats in Gretchens Büro war sie ungeschminkt gewesen, sie hatte eine Brille getragen, keine billige Sonnenbrille mit Schmetterlingen an den Scharnieren, eine richtige Brille, die ihren leichten Silberblick hervorzuheben schien. Ihre Haare lagen auf den Schultern, sie waren viel kürzer als bei unserer letzten Begegnung, und auch die Farbe schien sie geändert zu haben, sie wirkten heller.

Ich musste Gretchen recht geben, Tara hatte im Gegensatz zu ihrem sonst so ausgelassenem Temperament ernst gewirkt, ruhig und kühl, und als sie mit mir sprach, klangen ihre Sätze fast ein wenig so, als spreche sie mit einem flüchtigen Bekannten, der ihr in einem unpassenden Moment zufällig auf der Straße begegnet war.

Was hatte ich ihr getan? Was war passiert? Nichts. Gottergeben hatte ich knapp zwei Jahre zuvor ihre Entscheidung, mich nicht mehr zu sehen, hingenommen. Getröstet hatte mich damals nur ihr Satz, dass sie nicht nur mich, sondern auch Philipp verlassen werde, was, wenn ich mir die jüngsten Ereignisse noch einmal vergegenwärtigte, offensichtlich schamlos gelogen war.

»Tara geht Ihnen nicht aus dem Kopf. Hab ich recht,

Lukas?«, sagte Gretchen, als das Taxi vom Broadway aus östlicher Richtung in die Prince Street einbog. »Ich glaube, Sie müssen mir heute Abend noch einiges erklären.«

Um kurz vor sieben betraten wir Fanelli's Café, die drei defekten Neonbuchstaben über dem Eingang waren wieder zum Leben erwacht. Der Geräuschpegel im Restaurant übertraf selbst den der Straße, die Tische mit den rotweißkarierten Wachstuchdecken waren bis auf den letzten Platz vergeben, nur am Tresen war noch der Hocker frei, auf dem ich in meiner ersten Nacht in New York gesessen hatte. Joe erkannte mich wieder. Gretchen hatte noch nicht auf dem Hocker Platz genommen, da reichte er mir auch schon ein dunkles Bier.

»Und für Annie?«, fragte er.

Gretchen überlegte, dann bestellte sie einen Gin Tonic, änderte die Bestellung aber kurz darauf in einen Wodka Tonic.

»Wodka macht weniger Kopfschmerzen«, sagte sie.

»Wieso Annie?«, fragte ich.

»Wegen der kurzen, blonden Haare ... Annie Lennox. Er wollte witzig sein ... Ist aber ein alter Witz, wenn es überhaupt einer ist.«

Während der nächsten halben Stunde vergaßen wir, warum wir zusammen saßen. Wir redeten über uns, über unsere Arbeit und die Städte, in denen wir lebten, Bach und Tara schienen vergessen. Gretchen begann von meinen Büchern zu reden, sie entschuldigte sich, dass sie keines davon gelesen hatte, sie werde es aber nachholen, das verspreche sie. Dann wollte sie wissen, warum meine Geschichten alle in Berlin spielten, wenn ich doch gar nicht in Berlin schrieb.

»Keine Ahnung«, sagte ich, »vielleicht brauche ich den Abstand und die Ruhe.«

Gretchen lachte.

Keinen Makel konnte sie an Berlin entdecken, sie pries selbst die Langsamkeit der Stadt im Vergleich mit der Geschwindigkeit, die man in anderen Metropolen rund um die Uhr ertragen musste.

»In New York muss alles schnell gehen«, sagte sie. »Wenn du stehenbleibst, wirst du umgerannt. Wenn du nicht schnell bist, bist du nicht.«

Gretchen redete und redete, sie ließ nichts aus, sie schilderte Berlin in den leuchtendsten Farben, sogar Marzahn konnte sie eine gewisse Erotik abgewinnen, ganz zu schweigen vom Umland, den vielen Seen und den geschichtsträchtigen Orten.

Sie schloss ihr Plädoyer mit dem Satz, dass Berlin so offen sei wie keine andere Stadt der Welt – »… vor allem aber ohne Dünkel, Lukas! Vollkommen ohne Dünkel. Die Menschen werden nicht an ihrem Portemonnaie gemessen oder an ihrer Stellung, sondern an ihrem Witz und ihrer Spontaneität. Das ist einmalig auf der Welt. Der Penner, wenn er originell ist, ist genauso willkommen wie der Bürgermeister.«

»Und warum leben Sie nicht in Berlin?«, wollte ich wissen.

»Ganz einfach, der falsche Mann hat mich in einem falschen Moment in die falsche Stadt gelockt. Und da bin ich nun, ratlos, wie der Esel zwischen zwei Heuhaufen, der nicht weiß, welchen er wählen soll, und verhungert.«

Sie nippte an ihrem Wodka Tonic und lächelte. »Ich finde, wir sollten uns duzen, Herr Moskowicz. Dieses *Und-warum-leben-Sie* … das klingt doch albern, meinen Sie nicht auch?«

Wir stießen an. Bevor ich mein Glas zum Mund führte, prostete ich noch Dylan Thomas im Bilderrahmen an der Wand zu.

»Wer ist das?«, fragte Gretchen.

»Dylan Thomas.«

»War der so dick?«

»Ja, er war dick, dick und klein, einsfünfzig vielleicht. Er ist nur neununddreißig Jahre alt geworden, das Foto muss kurz vor seinem Tod entstanden sein. Das Schicksal hat ihn nicht ganz so schlimm behandelt wie Philipp Bach. Thomas starb hier in der Stadt in einem Hotelzimmer, wenn ich mich recht erinnere – volltrunken zwar, aber in einem Bett, nicht am Ufer eines eiskalten Flusses.«

»Meinst du, das Foto von Thomas wurde an dieser Bar aufgenommen?«

»Wer weiß?«

Auf Tara kam unser Gespräch erst wieder, nachdem ein Tisch frei geworden war, und wir zwei Burger bestellt hatten und eine dritte Runde Getränke.

»Und hier hast du von Philipps Tod erfahren, Lukas?«

»Nicht hier, dort, an der Bar auf dem Hocker, auf dem du gerade noch gesessen hast. Das rote Neonlicht von draußen – siehst du es? – es hat sich wie eine Blutlache über deinen Artikel gelegt. Ich konnte kaum glauben, was ich las … Und dann dieses Foto! Ich war schockiert, Tara auf dem Kutter in der Ostsee, der Bürgermeister von Berlin, die Urne. Ich habe mich sogar gefragt, ob vielleicht nicht nur Bach in dem Gefäß war, sondern auch der *Roman des Jahrhunderts*.«

»Das klingt jetzt aber sehr makaber!« Gretchen lachte. »Obwohl … ich habe mir natürlich auch so meine Gedanken gemacht …«

»Was für Gedanken?«

»Über Tara, natürlich, und über Philipps Tod. Schließlich habe ich ihn einmal geliebt, so sehr, wie keinen anderen vor ihm und keinen anderen danach. Taras Anruf mitten in der Nacht hat mich schon sehr verwirrt … ihre Ankündigung, dass sie mir alle Unterlagen mailen würde. Sie hat doch tatsächlich das Wort *Unterlagen* gebraucht, das klang schon sehr seltsam. Ich bekam danach kaum noch ein Auge zu, die Erinnerungen sind mit mir durchgegangen.«

»Und was waren das für Unterlagen? Hat sie die geschickt?«

»Ja, als PDFs und Scans – ein paar Artikel aus den Boulevardzeitungen, ein Protokoll der Polizei und ein Foto.«

»Das Foto der Seebestattung …«

»Nein, die Seebestattung war doch erst später, ein Polizeifoto. Weiß der Teufel, wie sie daran gekommen ist. Sie sagte, dass sie Philipp identifizieren musste. Er hatte ja keine Angehörigen mehr.«

»Sie hat dir das Foto von dem Toten am Ufer der Havel geschickt?«

»Ja.« Gretchen zeigte auf das MacBook, das aus ihrer Tasche herausguckte.

»Das glaube ich nicht.«

»Ich konnte es auch kaum glauben …«

»Hast du das Foto auf dem Gerät?«

Sie nickte, und während sie das MacBook aus der Tasche zog und hochfahren ließ, sagte sie, nicht so sehr die Tatsache, dass Tara im Besitz des Fotos war, habe sie irritiert, sondern wie Philipp auf dem Foto aussah. Die Leiche sei inszeniert gewesen.

»Wie, inszeniert? Das verstehe ich nicht?«

»Du wirst es gleich verstehen, Lukas. Nur ein klein wenig Geduld noch …«

Die Kellnerin brachte die Burger an den Tisch. Gretchen schob ihren Teller beiseite. Der Barmann hatte Recht, sie ähnelte tatsächlich sehr dem Bild, das ich von Annie Lennox im Kopf hatte.

»So«, sagte sie, »hier …« Sie rief das iPhoto-Programm

auf und schrieb *Philipp B* in die Suchleiste, dann scrollte sie ein paar hundert Bilder herunter.

Ihr Fotoarchiv ähnelte dem Taras, das ich in Big Pine gesehen hatte. Auch Gretchen schien ein fotografisches Tagebuch zu führen. Am Fuß des iPhoto-Fensters las ich *14 740 items*. Fast 15 000 Fotos speicherte ihr Rechner, auf ein paar hundert davon war offensichtlich Bach verewigt.

»Du hast viele Fotos von Philipp«, sagte ich.

»Ja, auch die alten, die aus den Neunzigern sind hier drauf, ich habe sie im Lauf der Zeit eingescannt. Aber jetzt sieh hin, sieh genau hin … jetzt …«

Gretchen klickte auf das letzte Piktogramm und der tote Philipp Bach nahm den gesamten Bildschirm ein. Ich starrte auf die Fotografie. Bach lag im Kies oder Sand am Ufer eines Flusses. Sein Kopf glänzte, er trug die rote Fliegerjacke, die auf der Fotografie braun aussah, neben ihm lag das Basecap der *Fighting Sioux* …

»Fighting Sioux«, murmelte ich vor mich hin.

»Ja«, sagte Gretchen, »es ist mein Basecap, er hat es über all die Jahre gehütet, wie seinen Augapfel, aber darum geht es nicht … Was fällt dir sonst noch an dem Bild auf?«

»Ich weiß nicht …«

»Sieh genau hin, Lukas! Was fällt dir auf?«

Ich nahm meinen Burger in beide Hände und biss hinein. Mit vollem Mund antwortete ich: »Ich weiß es wirklich nicht … Bach scheint auf dem Foto tot zu sein, sein Kopf glänzt, er trägt die rote Fliegerjacke, die er immer trug … Was soll mir auffallen? Ich sehe nichts.«

»Wie liegt er da?« Gretchen vergrößerte die Brustpartie des Toten.

»Er liegt auf dem Rücken, seine Arme hat er auf der Brust gekreuzt.«

»Genau!«

»Und, was heißt das?« Ich nahm einen zweiten Bissen vom Burger. »Sag, was glaubst du?«

»Du hast doch *Miss Bohemia* gelesen, nicht wahr?«

Ich nickte.

»Sabina Krenova hat den Tod ihres Vaters gerächt – an sieben Männern. Den ersten dieser Bonzen der KPC hat sie in einer hochherrschaftlichen Wohnung auf der Kleinseite in Prag vergiftet ... Richtig?«

Ich nickte noch einmal.

»Den zweiten Bonzen hat sie in einer Datsche verbrannt, mit Haut und Haaren ... der dritte starb bei einem Autounfall auf der Strecke zwischen Prag und Pilsen ... Richtig?«

»Ja, wenn du es sagst, wird es sicher so gewesen sein, aber was schließt du daraus?«

»Erinnere dich an den letzten Bonzen, den Sabina um die Ecke gebracht hat ... Und erinnere dich, wo es war.«

Gretchen zog den Teller mit dem Burger zu sich heran und schnitt mit Messer und Gabel ein Stück heraus.

»Es fällt mir nicht ein. Ich habe das Buch 1995 zum letzen Mal gelesen ... ich hab's vergessen. Wo hat sie ihn umgebracht?«

»Am Ufer der Moldau, der Mann war vollgepumpt mit Alkohol, er ist jämmerlich verreckt ... Und wie hat die Polizei ihn gefunden, Lukas?«

»Wie?«

»Ja, wie lag er da?«

»Wenn du so fragst: Wahrscheinlich auf dem Rücken mit gekreuzten Armen über der Brust.«

»Richtig. Und jetzt kommt's: In seiner Jackentasche hat man ein Schwarzweißfoto gefunden, das gleiche wie bei den anderen sechs Männern. Sabina hat doch jedem Toten ein Foto ihres Vaters hinterlassen ...«

»Ja«, sagte ich. »Und?«

Gretchen nahm einen Schluck Wodka Tonic. Dann scrollte sie ein paar Bilder im Rechner hoch, bis sie auf das *thumbnail* eines Dokuments stieß. Sie klickte darauf und es öffnete sich in voller Bildschirmgröße.

»Das ist das Polizeiprotokoll, unterschrieben von einer gewissen M. Lenz, Hauptkommissarin in Potsdam.« Gretchen wandte ihren Blick vom Screen ab und sah mich an.

»Hat man die Leiche auf der Brandenburger Seite der Havel gefunden?«, fragte ich.

»Was weiß ich? Das spielt doch jetzt überhaupt keine Rolle.« Gretchen klang ungnädig. »Interessant ist doch nur, dass man in Philipps Fliegerjacke eine Schwarzweißfotografie entdeckt hat. Den Mann, der darauf abgebildet war, konnte man zwar kaum noch erkennen, das Wasser hatte das Foto fast vollkommen zerstört, aber es war ein Schwarzweißfoto, wie in *Miss Bohemia*, genau so … Was sagst du nun?«

Ich sah Gretchen fassungslos an und musste lachen.

»Ach«, sagte sie, »du findest mich lustig, ja?«

»Nein, überhaupt nicht. Ich glaube nur, dass du vielleicht … aber, lassen wir das.«

Und wieder musste ich lachen.

»… dass ich vielleicht was?«

»… dass du deinen Job bei der *Times* an den Nagel hängen und Romane schreiben solltest.«

»Sehr komisch, Herr Moskowicz! Wirklich sehr komisch!« Gretchen wirkte für einen Moment zutiefst empört und beleidigt, dass ich mir nicht die geringste Mühe gab, ihre Schlussfolgerungen nachzuvollziehen, sie schien zu glauben, dass ich mich lustig über sie machte.

Nachdem sie ihren Burger verzehrt und noch eine Runde Getränke bestellt hatte, unternahm sie einen neuen Anlauf, mich zu verunsichern. Sie glaube, sagte sie, dass Tara mehr als nur ein Geheimnis in sich trage.

»Was wissen wir denn von ihr, Lukas?«, fragte sie, um die Antwort gleich selber mitzuliefern. »Gar nichts, auch du nicht, obwohl du – das fühle ich … obwohl du meinst, du weißt alles über sie. Aber sie ist ein Buch mit sieben Siegeln für uns. Ich glaube nicht einmal, dass ihr Name echt ist. Kein Mensch heißt Tara. Wahrscheinlich hat Philipp sie so getauft, aus einer Schnapslaune heraus oder weil er schlicht überzeugt war, der Name passe besser zu ihr. Tara ist ein Produkt Philipps, davon bin ich felsenfest überzeugt, er hat sie sich geschnitzt wie Geppetto sich Pinocchio geschnitzt hat. Am Ende schließlich ist ihm dann alles aus dem Ruder gelaufen …«

Und dann erzählte sie ihre Version der Geschichte.

Sie erzählte von dem Schriftsteller Philipp Bach, der sich in die Hauptfigur seines erfolgreichsten Werks verliebt hatte, in das böhmische Mädchen alias Sabina Krenova – in ihre Chuzpe und Willensstärke, ihren Humor, ihr mädchenhaftes Aussehen, ihren Silberblick … und natürlich in ihre Schnelligkeit im Kopf und in den Beinen.

Dieses perfekte Geschöpf, das er selbst erschaffen hatte, hat ihn Jahre lang davon abgehalten, einen neuen Roman fertigzustellen. Bach konnte einfach nicht gegen Sabina anschreiben, er wusste, egal, was er anpackte, es war zum Scheitern verurteilt, Sabina versperrte ihm den Weg, ein weiteres Buch zu verfassen. Und so verbreitete er die Mär von dem ein paar tausend Seiten starken *Roman des Jahrhunderts*, die ihn davor schützte, einen Termin einhalten zu müssen.

Das ging solange, bis Tara plötzlich aus dem Nichts auftauchte und Sabinas Rolle übernahm …

Gretchen redete wie ein Wasserfall. Dass Tara und Sabina Krenova aus einem Holz geschnitzt waren, konnte ich ja noch nachvollziehen, das war mir schon Weihnachten 2005 in Big Pine aufgefallen, Gretchens Analyse hingegen, was den *writer's block* Bachs betraf, erstaunte mich aber fast noch mehr als die unglaubliche Mordtheorie, die sie zuvor geäußert hatte. Es kam mir so abwegig vor, so absurd, was sie von sich gab, dass ich kaum Worte fand, darauf einzugehen. Diesmal verkniff ich mir jedoch das Lachen und sagte: »Aber ich habe den *Roman des Jahrhunderts* gesehen, schon 1995 hat Bach ihn mir zu lesen gegeben, lange bevor Tara in sein Leben getreten ist. Er hatte das Manuskript auf Plakatgröße aufblasen lassen, damit er Abstand zu ihm gewinnt.«

»Camouflage«, erwiderte Gretchen, »alles Camouflage! Ein paar Seiten wirst du gesehen haben, und gelesen hast du wahrscheinlich nichts, sonst wäre dir vielleicht aufgefallen, dass Philipp dir eine Kopie des Manuskripts vom *Mann ohne Eigenschaften* untergejubelt hat.«

»Das ist jetzt aber ein Spaß, oder?« Ich wusste nicht mehr, was Gretchen ernst meinte und was nicht.

»Ja, das ist ein Spaß, aber zugetraut hätte ich's ihm«, antwortete sie. »Es könnte so gewesen sein. Ohne Spaß, Lukas. Und das Manuskript vom *Mann ohne Eigenschaften* besaß Philipp wirklich.«

»Wie gut kennst du Tara persönlich?«, fragte ich.

»Gut genug, um zu wissen, dass sie mit allen Wassern gewaschen und tanzbereit ist.«

»Tanzbereit?«

»Ja.« Gretchen lachte. »Das hat Philipp oft gesagt. *Die Berlinerin ist tanzbereit.* Sex und Treue gehören bei ihr nicht zwingend zusammen in ein und dasselbe Repertoire. Und Tara ist eine waschechte Berlinerin.«

»Wie oft habt ihr euch gesehen?«

»Wer?«

»Tara und du.«

»Die Woche, bevor sie dich in Florida besucht hat, hier bei mir in New York, und dann noch einige Male danach in Berlin. Ich fahre einmal im Jahr nach Berlin, meistens im Juli. Im vergangenen Jahr haben Tara und ich sogar ein paar Tage ohne Philipp auf Rügen verbracht. Er war auf Lesereise mit seinen gesammelten Gedichten, *Südwärts*. Was Tara betrifft, hat mir die Reise nach Rügen in vielen Dingen die Augen geöffnet. Wenn du willst, erzähl ich dir einmal davon. Aber sie bleibt nach wie vor ein Rätsel für mich.«

Der Mann im Tweedjackett, der am ersten Abend mit dem Finger die Ringe auf den Tresen nachgemalt hatte, betrat das Restaurant. Er steuerte direkt auf seinen Hocker zu. Noch bevor er Platz nahm, reichte Joe ihm einen Whisky.

Erst jetzt bemerkte ich, dass viele Gäste sich bereits verabschiedet hatten, die meisten Tische waren verwaist, nur die Bar war noch gut besucht. Gretchen legte den Laptop in die Tasche zurück, kramte ihren Lippenstift heraus und griff nach einem sauberen Messer vom Nebentisch. Im Spiegelbild der Klinge begann sie sich zu schminken. Als sie damit fertig war, fuhr sie sich mit gespreizten Fingern durch die Haare und sah mich an, als wolle sie hören, dass sie schön aussah.

»Du siehst schön aus«, sagte ich.

»Danke, Lukas, aber lenk nicht ab, wir sind noch nicht fertig. Jetzt bist nämlich du dran. Ich habe so viel preisgegeben, jetzt will ich wissen, was da bei euch war, zwischen dir und Tara. Und sag nicht NICHTS, da war was, ich weiß es. Spill the beans!«

»Spill the beans?«

»Ja, lass es raus!«

»Ich weiß nicht, was du meinst.«

»Du weißt es genau. Aber gut ... dann will ich alles von Beginn an wissen, jede Einzelheit. Ich stelle die Fragen und du antwortest. Okay?«

Ich nickte.

»Also, wie war es, als die beiden bei dir auf den Keys auftauchten? Hast du dich auf den ersten Blick in Tara verliebt oder hat es eine Weile gedauert?«

»Das ist doch Quatsch. Wieso soll ich mich in sie verliebt haben?«

»Weil sich alle in sie verlieben, Lukas. Alle! Und weil sie es darauf anlegt. Also, schieß los ...«

Ich gab nach und erzählte, ich erzählte, wie am Donnerstag vor Heiligabend 2005 der hellblaue Lincoln Continental in meiner Einfahrt hielt, ich erzählte, wie Tara in dem durchnässten *It's-better-to-be-a-pirate*-T-Shirt und den Cowboystiefeln aus dem Wagen stieg, ich erzählte, wie Philipp Bach ihr mit einer Bierflasche in der Hand folgte, ich erzählte, wie er gegen meine Mülltonne trat und immer wieder meinen Namen schrie, und ich erzählte, wie ich kurz darauf nicht mehr Herr über mein eigenes Haus, über meine Zeit und meine Gefühle war.

Ich erzählte vom Dinner in Monte's Seafood Restaurant, von Taras hemmungsloser Lust am Essen und ihrem Tick, alles fotografisch festhalten zu müssen. Ich erzählte sogar, wie sie am Morgen nach ihrer Ankunft plötzlich nackt, nur mit einem Turban auf dem Kopf, ungeniert vor mir stand und alles nach Pampelmuse roch.

Gretchen unterbrach mich. »Dann hast du auch das Tattoo auf ihrem Hintern gesehen?«

»Den Anker?«

»Ja, den und den Delphin, der sich wie eine Schlange um den Anker windet. Du weißt, was das heißt?«

»Was meinst du?«

»Tara, auch wenn es auf den ersten Blick nicht so scheint, überlässt nichts dem Zufall, alles hat seine Bedeutung.«

»Und was bedeutet das Tattoo?«

»Der Delphin steht für Schnelligkeit, eine Eigenschaft, die man Tara blind zuschreiben kann, wie ich dir schon gesagt habe. Sie ist schnell – im Kopf und auf den Beinen. Der Anker hingegen versinnbildlicht Beharrlichkeit. Tara gibt nicht auf, ein Ziel, das sie sich gesetzt hat, verliert sie solange nicht aus den Augen, bis sie es erreicht hat – im Kleinen wie im Großen. Sie hat es sogar bis aufs MIT zu Negroponte geschafft, ohne einen Pfennig Geld zu besitzen. Ich frage mich nur, welches Ziel sie mit Philipp verfolgt hat und wahrscheinlich jetzt, nach seinem Tod, noch immer verfolgt. Sie ist und bleibt die große Unbekannte für mich. Die Geschichte zwischen Tara und Philipp war mehr als eine gewöhnliche Liebesgeschichte. Davon bin ich felsenfest überzeugt.«

Gretchen leerte ihr Glas, dann verschränkte sie ihre Arme hinter dem Kopf und sagte lächelnd: »Aber ich habe dich unterbrochen, Lukas. Fahr fort … erzähl mir alles, alles über eure gemeinsame Zeit auf der Insel. Und vor allem, sei ehrlich! Ich bin sehr gespannt …«

Big Pine Key, Florida, Heiligabend 2005

Zwei Tage nach ihrer Ankunft, kurz vor Sonnenaufgang am Sonnabend, wurde ich von Tara geweckt. Mit geschlossenen Augen spürte ich ihre kalte Hand auf meiner nackten Schulter und roch ihr Parfum.

»Lukas, wach auf! Wach auf, Lukas! Die Sonne ruft, zeig mir deinen Strand.«

Ich blinzelte durch die noch halbgeschlossenen Augen und sah auf die Uhr, es war erst zwanzig nach sechs. Tara saß mit knallrot geschminkten Lippen auf dem Rand der Matratze und lächelte.

Brauchte sie keinen Schlaf?

Selbst für den nervösen Schröder, der gewöhnlich bei der leisesten Störung das Weite suchte, war es zu früh. Wie ein kleiner Sandsack lag er am Fußende meiner Matratze und rührte sich nicht.

»Wo ist Philipp?«, murmelte ich.

»Der schläft noch, den bekommt nichts aus den Federn, wir fahren ohne ihn.«

»Du willst um diese Uhrzeit an den Strand?«

»Ja.«

»Kein Mensch ist jetzt dort.«

»Gerade deshalb will ich ja hin, Lukas – Bahia Honda! Wie das schon klingt! Komm, steh auf. Sei kein Frosch, lass uns den Sonnenaufgang einfangen.«

Den ganzen Freitag hatten Bach und sie zu meiner Überraschung außer Haus verbracht. Nach dem Frühstück – das bei Bach, wie von Tara vorausgesagt, nur aus schwarzem Kaffee und Zigaretten bestand – waren die beiden in Richtung Key West abgezogen und erst weit nach Mitternacht zurückgekehrt. Ich war ihnen dankbar dafür gewesen, so hatte ich ein paar Zeilen schreiben können und mich am Nachmittag sogar noch auf eine Tennisstunde mit Betty verabredet.

Meine Freundin Betty hatte die Nachricht vom unerwarteten Auftauchen Taras und Bachs mit Gleichmut hingenommen, auch dass die beiden den Truthahn mit uns teilen wollten, war für sie kein Problem, der Vogel, den sie besorgt habe, sei fett genug für uns alle, hatte sie gesagt. Außerdem könne es ja ganz lustig werden, wenn wir zu fünft in den Weihnachtstag hinein feierten. Auch Kill Bill habe sich inzwischen nämlich entschlossen, den Heiligen Abend zusammen mit uns zu verbringen. Wir müssten ihn allerdings ein wenig aufmuntern, er habe seit sieben Tagen nichts mehr von seiner Frau und seinem kleinen Sohn in Manila gehört und mache sich Sorgen. Er fürchtete, seine Frau habe ihn verlassen.

»Und wann kommt diese Betty heute?«, fragte Tara, nachdem ich ihr das Dinner angekündigt hatte.

»Gegen zwei, der Truthahn braucht fast fünf Stunden, behauptet sie.«

»Sie will den Vogel tatsächlich bei uns in den Ofen schieben?«

Ich glaubte meinen Ohren nicht zu trauen. *Bei uns … bei uns in den Ofen schieben*, hatte sie gesagt.

»Ja, bei uns«, antwortete ich.

»Da bin ich aber gespannt, wie die Frau so ein Festmahl mit allem drum und dran für fünf Personen in so einer kleinen Küche hinbekommen will.«

Sie lachte.

Wir fuhren in dem metallicblauen 78er Lincoln Continental, Tara saß hinterm Steuer, zwischen ihren Schenkeln klemmte ein Pappbecher mit Kaffee, den sie sich noch auf die Schnelle in Rita's Diner hatte abfüllen lassen. Bevor wir aufgebrochen waren, hatte ich ihr gesagt, sie solle einen Pullover mitnehmen. Doch sie hatte sich geweigert. Sie trug wieder nur das blaue Wickelkleid mit den roten Punkten.

»Du wirst frieren«, sagte ich.

Sie antwortete nicht.

Warum hatte sie sich so früh am Morgen die Lippen angemalt? Was hatte sie vor?

Der Overseas Highway schien uns ganz allein zu gehören, keine Menschenseele war zu sehen, nur ein paar Pelikane und Möwen kreuzten dann und wann die Straße vom Atlantik zum Golf von Mexico, und am Ortsausgang von Big Pine ästen zwei Mini-Rehe, von deren Art, wie ein Schild verkündete, im Jahr 2005 schon sechsundachtzig totgefahren worden waren. »Sechsundachtzig süße Bambis, tot. Nur in diesem Jahr«, sagte Tara. Ich nickte. Im Radio spielte *Little Green Apples*, Taras Kopf bewegte sich zum Rhythmus der Musik. Ich fragte mich, woher Bachs Liebe zur Country-Musik rührte, und ob er Tara damit angesteckt hatte. Zwischen Tachometer und Handschuhfach zierte eine vergoldete Plakette das Armaturenbrett des Wagens. In erhabenen Lettern war darauf zu lesen:

Special 10th Anniversary Edition for June Carter Cash
Ford Motor Company
1978

Ich zeigte auf die Plakette und sah Tara fragend an.

»Der Wagen gehörte früher June Carter, Johnny Cash hat ihn ihr zum zehnten Hochzeitstag geschenkt.«

»Sagt wer?«

»Der Dealer in Brooklyn.«

Ich dachte an den Pfandleiher Hank, der mir die von Mark Twain signierte Ausgabe von *Huckleberry Finn* angedreht hatte, und musste lachen. Pfandleiher und Autoverkäufer gehörten ein und demselben Schlag an, das wusste ich von Updike.

»Ihr habt das Auto in Brooklyn gekauft?«

»Ja, gleich nach unserer Ankunft in New York, eine ehemalige Geliebte von Philipp hat uns dabei geholfen. Sie glaubte übrigens auch, dass die Geschichte mit der Plakette ein *fake* war. Aber Philipp ließ sich nicht von dem Kauf abbringen, das Ding hat uns sicher zweihundert Dollar extra gekostet. Philipp ist verrückt nach Johnny Cash.«

»Und nach Don Williams.«

»Nein, von dem mag er eigentlich nur dieses *Coffee Black, Cigarettes*. Das ist Philipps Hymne.«

»Der Song heißt nicht *Coffee Black, Cigarettes*, er beginnt zwar so, aber er heißt, glaube ich, *Some Broken Hearts Never Mend*.«

»Ganz wie du willst, Lukas. Er ist in dem Jahr auf den Markt gekommen, als Philipp nach Westberlin rüber gemacht hat, vor Urzeiten also.« Die Frau, der der Sänger in der ersten Strophe nachweinte, sei Philipps alte Heimat gewesen – nicht die DDR, sondern sein Ostberliner Biotop, und die Geliebte in der zweiten Strophe, die bereit war, sich ihm mit Haut und Haaren hinzugeben, bei der seine Liebe oder Liebesfähigkeit jedoch versagte, verkörpere den Westen.

Tara sprach so, als führe sie einen wissenschaftlichen Beweis, sie ließ keinen Zweifel daran, dass sie glaubte, was sie sagte.

Als ich mich fragte, wer von beiden durchgeknallter war, sie oder Bach, bemerkte ich, dass wir über Taras Theorien die Abfahrt nach Bahia Honda verpasst hatten. Es war Punkt sieben Uhr, vor uns lag bereits die Seven Mile Bridge, die wir jetzt wohl oder übel in beide Richtungen überqueren mussten, um an den Strand von Bahia Honda zu kommen. Tara machte das nichts aus, im Gegenteil, von der Brücke, meinte sie, könne man den Sonnenaufgang wahrscheinlich sogar besser beobachten. Wir fuhren noch zwei, drei Meilen, dann stoppte sie den Wagen und schaltete das Radio aus.

»Du kannst hier nicht anhalten, das ist verboten«, sagte ich. »Hast du die Schilder nicht gesehen?«

»Die Schilder? Schilder können einem nichts verbieten, Lukas«, antwortete sie. »Etwas verbieten, das können nur Menschen, und selbst die können es auch nur versuchen. Und … was siehst du?«

»Wie, was sehe ich?«

»Siehst du hier irgendwo einen Menschen?« Sie lächelte, während sie den Kaffeebecher auf der Ablage plazierte und die silberne Kamera aus dem Handschuhfach kramte. Dann öffnete sie die Tür und stieg aus dem Wagen. Ich blieb noch für ein paar Augenblicke sitzen und beobachtete durch die Windschutzscheibe, wie sie die Arme ausbreitete und sich dreimal blitzschnell um sich selbst drehte. Anschließend formte sie die Hände vor ihrem Mund zu einem Trichter und schrie vor Glückseligkeit ein in die Länge gezogenes Ja in die Einsamkeit. Die Kamera baumelte dabei an ihrem Handgelenk, das Kleid flatterte im Wind. Schließlich sah sie mich durch die Scheibe an und deutete mit dem Finger übers Meer. Als ich nicht reagierte, gestikulierte sie wild in südöstliche Richtung. Ich wandte mich um, mein Blick folgte ihrem Fingerzeig über das Geländer der Brücke, übers Wasser bis zum Horizont, wo ein leuchtender Strich die aufgehende Sonne ankündigte. Ich verließ den Wagen und stellte mich hinter sie. Sie lehnte sich mit dem Rücken an mich, die Kamera hielt sie der Sonne entgegen, ohne aufs Display zu achten.

»Ist das nicht schön, Lukas?«, flüsterte sie. »Ist das nicht wunderschön?«

Das Schauspiel dauerte nicht einmal drei Minuten, der Himmel verfärbte sich im Sekundentakt, bis sich die goldrote Scheibe als Ganzes machtvoll über dem Horizont erhob und ihr Licht sich im Wasser spiegelte.

»Lukas, sag was!«

»Was soll ich sagen?«

»Ist das nicht wunderschön?«

»Ja, wunderschön. Ein wenig kitschig vielleicht, aber wunderschön.«

»Die Sonne kann nicht kitschig sein, Lukas ... der Himmel und das Wasser auch nicht. Nur ein Mensch kann kitschig sein und natürlich das, was er fabriziert. Und jetzt frage ich dich noch einmal: Siehst du hier weit und breit irgendwo einen Menschen?«

Zwanzig Minuten nach Sonnenaufgang schlenderten wir barfuß durch den Sand von Bahia Honda. Tara schien immer noch ehrlich ergriffen von dem Naturereignis, das sich ihr gerade dargeboten hatte. Sie schwieg. Ihre Cowboystiefel hielt sie in der linken Hand, ihren rechten Arm hatte sie unter meinem Pullover um meine Hüften gelegt. Die Kamera hatte sie mir anvertraut, sie steckte in meiner Jeans.

»Du frierst, willst du meinen Pullover?«, fragte ich.

Sie antwortete nicht.

Schweigend folgten wir ein paar hundert Meter dem Ufer des Atlantiks. Neben einem Holzsteg, der im Wasser endete, stand der alte Luke Fisher, den mir Betty einmal vorgestellt hatte. Wie die Kellnerin in Monte's Seafood Restaurant trug auch er eine rote Mütze mit einer weißen Troddel, seine Hände umklammerten einen Spazierstock, er malte Buchstaben in den Sand.

»Guten Morgen, Luke«, rief ich ihm zu. »Frohe Weihnachten.«

Er antwortete nicht.

»Wer ist das?«, fragte Tara.

»Luke Fisher, er ist verwirrt. Wenn er sich nicht hier am Strand aufhält, sitzt er vor Rita's Diner auf der Bank und starrt vor sich hin.«

»Woher kennst du ihn?«

»Jeder hier in der Gegend kennt ihn.«

»Und was schreibt er mit dem Stock in den Sand? Er lässt sich dabei ja gar nicht stören.«

»Valery, den Namen seiner Frau. Sie ist vor ein paar Jahren während eines Hurricanes gestorben.«

»Er schreibt immer nur ihren Namen in den Sand?«

»Immer nur Valery, dann kommt das Wasser, der Name versandet …«

»… und er schreibt wieder Valery.«

»Ja, genauso ist es – Valery, Valery, Valery … tagein, tagaus.«

»Das ist aber traurig.«

Tara sah mich an, ihr Silberblick kam mir stärker vor als gewöhnlich.

»Stell dir einmal vor, du stirbst«, sagte sie, »und ich stehe später am Strand und schreibe deinen Namen mit einem Stock in den Sand. Das Wasser kommt, löscht den Namen und ich schreibe ihn noch einmal, und das mache ich wieder und wieder. Das ist doch traurig.«

»Das ist traurig, ja. Vor allem aber ist es falsch. Warum soll ich mir vorstellen, dass ich sterbe? Ich müsste mir vorstellen, dass Philipp stirbt und du seinen Namen in den Sand schreibst, nicht meinen.«

»Nimm doch nicht alles so genau, Lukas. Du nimmst immer alles sehr genau, das ist mir schon aufgefallen. Deinen Namen oder Philipps, wo ist denn da schon der Unterschied?« Tara lachte.

Sie löste sich von mir, ließ ihre Stiefel fallen und begann zu laufen, zuerst langsam, dann immer schneller, sie lief geradeaus und sie lief im Zickzack, sie lief durchs fußhohe Wasser, dass es aufspritzte, und sie lief im Kreis, wie ein wildes Tier, das nach langer Gefangenschaft zum ersten Mal wieder seinen Käfig verlassen durfte. Und als ich dachte, sie sei außer Atem, schlug sie ein Rad und dann ein zweites, insgesamt sechsmal hintereinander tat sie das, sie schlug jedes Rad so gerade wie eine Eins, bis sie wieder prustend vor mir stand, ihre Arme um meinen Hals warf und ihre Lippen auf meine Lippen presste.

Als sie mich wieder freigab, flüsterte sie: »Jetzt kannst du dir sicher besser vorstellen, dass ich auch deinen Namen in den Sand schreibe, Lukas Moskowicz. Oder?«

Ich habe mich oft gefragt, wann ich mich in Tara verliebt hatte. Vielleicht war es in diesem Moment am Strand von Bahia Honda gewesen, vielleicht war es aber auch schon passiert, als sie sich von Bach mit dem Lätzchen um den Hals bei Monte's fotografieren ließ, oder sogar schon, als sie in der Einfahrt meines Hauses aus dem Lincoln stieg und mich durchs Fliegengitter anlächelte.

Ich weiß es nicht so genau.

In dem Augenblick, als sie mich am Strand küsste, wusste ich aber eines ganz sicher: Ich hatte ein richtiges Problem.

»Hör auf zu grübeln, Lukas«, sagte Tara. »Lass uns schwimmen gehen! Ich war noch nie an Weihnachten im Meer.« Sie atmete noch immer heftig, als sie den Gürtel ihres Kleides löste und auch mich aufforderte, mich auszuziehen.

»Nein, das ist mir zu kalt«, sagte ich.

»Das Wasser ist nicht kalt, wirklich nicht, ich habe es eben an den Füßen gespürt. Es ist angenehm. Komm, mach schon!«

Das Kleid fiel in den Sand. Tara stand nackt vor mir, sie lächelte. Noch einmal legte sie nur ganz kurz ihre Arme um meinen Hals und küsste mich, dann wandte sie sich abrupt ab und lief los. Ich sah den Anker auf ihrem Hintern, ich sah, wie das Wasser aufspritzte und sie sich nach ein paar Metern fallen ließ.

»Sei kein Schlappschwanz«, hörte ich sie rufen. »Komm, Lukas! Komm ins Wasser!«

Ich setzte mich in den Sand, legte die Arme um meine angewinkelten Beine und verfolgte die gleichmäßigen Bewegungen ihres Körpers im spiegelglatten Wasser.

Was war das für eine Liebe zwischen ihr und Bach? Was dachte sie sich dabei, mich zu küssen? Was für ein Spiel spielte sie, und mit wem spielte sie es? Mit mir? Mit Bach? Oder gar mit uns beiden? Je länger ich nachdachte, desto absurder kam mir die Situation vor.

Bis zu diesem Überfall auf meine Gefühle hatte ich nicht einen Augenblick daran gezweifelt, irgendetwas könne nicht stimmen zwischen ihr und Bach. Die beiden waren mir verliebt vorgekommen, und sie schienen sich so gut zu kennen, dass der grobe Zynismus, mit dem sie sich gelegentlich begegneten, ihrer Liebe nichts anhaben konnte, im Gegenteil, man musste sogar den Eindruck gewinnen, der spöttische Schlagabtausch gehörte zu ihrer Beziehung wie das Salz in die Suppe.

Wie alt mochte Tara sein? Ende zwanzig? Anfang dreißig? Um den Dreh herum musste es sein. Sie benahm sich aber wie ein später Teenager, der ausprobieren wollte, wie weit er gehen konnte.

Ich erinnerte mich, wie Bach und sie am ersten Abend, nachdem wir Monte's verlassen hatten, herumfrotzelten. Bach hatte sie als *cock teaser* bezeichnet, weil sie auf der Bank im Pickup ihre Beine fast bis zum Schritt entblößt hatte. Er hatte behauptet, sie wolle mich reizen. Tara hatte daraufhin nur laut gelacht und ihn in Anspielung auf ihr und sein Alter als *cradle snatcher* bezeichnet.

Bach war zweifellos ein *cradle snatcher*. Man sagte ihm nur Freundschaften mit wesentlich jüngeren Frauen nach. Aber vielleicht hatte er selbst auch recht, was Tara betraf. Vielleicht war ihr Spiel mit mir am Strand ihr Lieblingsspiel.

Ich zog die Kamera aus der Hosentasche und fotografierte, wie sie aus dem Wasser stieg. Sie ging langsam federnd, fast ein wenig kokett, so als sei sie sich bewusst, welche Wirkung sie damit hervorrief.

Als ihre Füße den trockenen Sand berührten, blieb sie stehen und streifte sich mit beiden Händen die Haare hinter die Ohren, bevor sie sie bündelte und kopfüber auswrang. Dann setzte sie ihren Weg in meine Richtung fort. Ich hörte Bach sagen: *Und dabei hast du noch nicht einmal ihren kleinen, süßen Busen gesehen, Moskowicz.*

Als sie wieder vor mir stand, lächelte sie. »Du bist eine Memme, Lukas. Das Wasser ist herrlich.«

Sie ging in die Hocke, um nach ihrem Kleid zu greifen. Ich zog meinen Pullover aus und reichte ihn ihr.

»Nimm auch den, sonst erkältest du dich. Du hast Gänsehaut, du frierst.«

Tara ließ das Kleid zurück in den Sand fallen und erhob sich, während sie den Pullover über den Kopf zog.

»Und was ist hiermit?« Sie deutete auf ihren Schritt. »Braucht sie etwa keine Wärme?«

»Sie?«

»Ja, SIE. Was denn sonst … Glaubst du, das ist ein Kerl?« Tara kicherte und setzte sich rittlings auf meinen Schoß. Ihre Hände umfassten meine Wangen, sie gab mir noch einen Kuss, bevor sie meinen Oberkörper an den Schultern zu Boden drückte und flüsterte: »Jetzt tun wir etwas Verbotenes, Lukas Moskowicz, etwas Unanständiges, etwas, das man an Weihnachten eigentlich nicht tut.«

Sie griff hinter ihren Rücken. Ich spürte, wie sich ihre Hand an dem Gürtel meiner Jeans zu schaffen machte.

»Nein, nicht, das geht nicht, Tara!«, flüsterte ich. »Hör auf! Luke Fisher … er steht keine dreißig Meter von uns entfernt.

»Du bist verrückt! Was hat Luke Fisher mit uns zu tun? Luke Fisher weiß nicht einmal, dass es uns gibt. Er ist bei Valery, und wahrscheinlich liegen die beiden gerade im Sand und lieben sich …«

Tara lachte dreckig und öffnete blindlings die Schnalle des Gürtels.

»Hör auf«, sagte ich noch einmal. »Das kannst du nicht machen.«

»Was kann ich nicht machen?«

»Wir können DAS hier nicht machen.«

Ihre Hand verschwand in meiner Hose.

»Er sagt aber etwas ganz anderes, Lukas. Er ist vollkommen anderer Meinung als du. Du hast ihn schlecht erzogen, er gehorcht dir nicht ... Er führt sein eigenes Leben.«

Ich gab auf.

Ich schloss die Augen und sah Tara vor mir, ich sah, wie sie einen Mann am Strand von Bahia Honda liebte.

Tara trug einen viel zu großen, dunkelblauen Pullover, sie lächelte, gleichmäßig bewegte sie sich auf dem Schoß des Mannes auf und ab, an ihren Beinen klebte Sand. Irgendwann, ich weiß nicht, wie viel Zeit vergangen war, ließ sie sich auf die Seite fallen, dabei umklammerten ihre Arme den Hals des Mannes und ihre Beine seinen Rücken.

»Jetzt bist du dran«, hörte ich sie flüstern. Der Mann folgte ihren Worten und stieß zu, zuerst langsam, dann immer schneller. Wie eine Maschine kam er mir vor, er wirkte zornig und hörte solange nicht auf, bis Tara die Umklammerung löste und die Arme ausgestreckt fallen ließ. Als sich ihre Hände in den Sand gruben und zu Fäusten ballten, wurden die Bewegungen des Mannes langsamer, bis sie schließlich ganz versagten. Dann legte er seinen Mund zwischen Taras Schulter und Wange und schmeckte das Salz.

Es war kurz vor zehn, als wir wieder vorm Auto standen. »Guck, wie schnell sie ist«, sagte Tara, während sie in den Himmel deutete.

Seit wir das Auftauchen der Sonne von der Brücke aus beobachtet hatten, war sie sicher ein paar tausend Kilometer gewandert.

»Ist es nicht erschreckend, dass wir zugucken können, wie die Zeit vergeht?«

Ich antwortete nicht.

»Warum bist du so still, Lukas? Hast du ein schlechtes Gewissen?«, fragte sie. »Du musst keine Angst haben, ich werde Philipp nichts verraten.«

»Du?« Jetzt musste ich lachen. »Du wirst Philipp nichts verraten?«

»Nein, ich werde ihm nichts sagen. Ich schwöre es. Ich glaube, er würde es dir … nein, er würde uns das übel nehmen …«

Ich erinnerte mich, dass Bach aus geringerem Anlass einem etwas übel nehmen konnte, und wenn ich an den Tag im späten Frühjahr 1995 zurückdachte, als ich ihn von der Boxschule am Engelbecken abgeholt hatte, dann klang dieses *Übelnehmen* sogar noch euphemistisch in meinen Ohren.

Bevor wir in die Wohnung gefahren waren, hatten wir einen Ausflug in seine alte Heimat gemacht. Er war mir dort ganz zurückgenommen erschienen, nachdenklich und fast ein wenig melancholisch. Selbst in seiner Wohnung kam er mir noch so verletzlich vor, dass ich sogar so etwas wie Freundschaft für ihn empfand.

Später war er dann wieder ganz der Alte gewesen, voller Wut und Zynismus. Anfangs genoss er seinen Auftritt bei der Griechin Fofi noch, die Blicke, als er mit seiner Totenkopf-Augenbinde das Restaurant betrat, das Geflüster an den Tischen, die Komplimente wildfremder Frauen, die seine Gedichte priesen und sich auf die anstehenden Premiere seines Stückes freuten.

Zu fortgeschrittener Stunde waren Bach dann aber alle

Sicherungen durchgebrannt. Nach dem, ich weiß nicht wievielten, Wodka begann er mich beim Verlassen des Restaurants zu beschimpfen, er bezeichnete mich als hinterhältig und verlogen, behauptete sogar, ich hätte ihm sein Leben gestohlen. Und obwohl ich ihm vorher gesagt hatte, dass ich ein Porträt über ihn veröffentlichen wollte, und er damit einverstanden gewesen war, verlangte er die Notizen zurück, die ich mir in der Nacht bei Fofi gemacht hatte.

Als ich mich weigerte, die Zettel herauszugeben, bekam ich die Kraft seines durchtrainierten Körpers zu spüren. Zweimal schlug er mit der Faust nach mir, das erste Mal haute er noch in die Luft, weil er betrunken war und die Augenbinde trug, die zweite Rechte aber traf mich so hart an der Schulter, dass ich den Schlag noch Tage danach spürte.

Damals hatte ich mir geschworen, nie wieder ein Wort mit Bach zu wechseln, was mir bis zu seiner Ankunft in Big Pine Key auch mehr oder weniger gelungen war.

»Woran denkst du«, fragte Tara, als wir Bahia Honda verließen und dem Overseas Highway nach Hause folgten.

»An deinen Mann«, antwortete ich, »und die Unverfrorenheit, die er hatte, hier aufzutauchen.«

»Du meinst Philipp? Wieso Unverfrorenheit?«

Berlin, Anfang Juni 1995

Um kurz vor elf schlenderten wir den Kurfürstendamm hinauf. Es war der erste Freitag im Juni und die erste Nacht, in der man spürte, dass der Sommer nicht mehr lange auf sich warten ließ. Der Himmel war sternenklar, die Menschen auf der Straße schienen mit sich selbst zufrieden. Es waren viele, sie kamen aus allen Richtungen, aus dem Theater oder

Kino, sie betrachteten die Auslagen in den Schaufenstern, saßen auf den Terrassen der Cafés und Restaurants oder beobachteten neugierig die Hütchenspieler aus dem Kosovo, die unter den Platanen des Boulevards ihr Glück genauso versuchten wie ihre einfältigen Kunden oder die Kaugummi kauenden, russischen und ukrainischen Huren in ihren kniehohen, schwarz oder weiß lackierten Stiefeln.

Bach hatte auf dem Weg von der Mommsenstraße bis zum Restaurant kaum ein Wort gesprochen. Wenn überhaupt, antwortete er nur einsilbig auf meine Fragen. Immerhin aber gab er mir das Okay für das Porträt, das ich für die Nullnummer des Magazins schreiben sollte.

»Wenn's dich glücklich macht, Moskowicz, nur zu: schreib!«, war seine knappe Antwort gewesen.

Während der ganzen Wegstrecke hatte ich noch den Geruch von abgestandenen Essensresten und kaltem Nikotin in der Nase, die Flaschenberge und aufgeblasenen Manuskriptblätter vor Augen, das vergilbte Plakat vom Tierpark Berlin, den weißen und den schwarzen Schwan, die von Kippen überquellenden Aschenbecher, die schwarzen Brandflecken auf dem hellen Parkett.

Was für ein trauriges, unzufriedenes Leben Bach führte, dachte ich. Wie sollte ich dieses Leben in Worte fassen?

Meine Gedanken suchten nach einem Einstieg für das Porträt. Sollte ich seine Wohnung beschreiben, sollte ich mit dem *Roman des Jahrhunderts* in Postergröße beginnen? Oder sollte ich von unserer kurzen Reise in die Vergangenheit erzählen, von seinen Erinnerungen, wie er als Junge für seinen Vater abends in die Eckkneipe gehen musste, um in der Milchkanne einen halben Liter Bier mit viel Schaum zu holen, oder wie er auf dem Schoß des Schriftstellers Franz Krohn gesessen hatte und *Emil und die Detektive* vorgelesen bekam?

Wahrscheinlich würde ich mit Krohn beginnen. Über Bachs Beziehung zu dem Schriftsteller, von dem ich nichts wusste, außer dass er Anfang der sechziger Jahre den hochgelobten Roman *Der Berg* veröffentlicht hatte, wollte ich ohnehin mehr erfahren. Krohn schien eine Schlüsselfigur in Bachs Leben zu sein. Bach hatte den Mann in meiner Gegenwart ein paar Mal liebevoll erwähnt, zum ersten Mal im Café Adler, als es um den Vaterländischen Verdienstorden ging. Ich nahm mir fest vor, Bach später im Restaurant auf Krohn anzusprechen.

Aber auch über seine Flucht musste er mir mehr verraten. In den Clippings des Archivs hatte ich keine Details gefunden, wie es ihm gelungen war, im Dezember 1976 nach der Ausweisung Biermanns sein Land zu verlassen.

Der dritte Punkt, den ich mir im Kopf notiert hatte, war die Alkoholfahrt von Rügen nach Berlin im Sommer 1994. Die *BZ* hatte gemeldet, dass Bach mit 1,8 Promille im Blut erwischt worden war. Neben ihm im Auto hatte ein siebzehnjähriges Mädchen gesessen. Diese Geschichte interessierte mich aus purer Neugier, nicht weil ich vorhatte, sie in dem Porträt zu erwähnen.

Als wir den Kurfürstendamm auf der Höhe der Fasanenstraße erreichten, wurde Bach wieder ein wenig gesprächiger. Er riss mich aus meinen Gedanken und zeigte mir das Haus, in dem Musil am *Mann ohne Eigenschaften* gearbeitet hatte, und etwas später den Garten des Literaturhauses, in dem angeblich ein Elefant begraben lag. Und kurz bevor wir an unserem Ziel ankamen, hielt er mir sogar einen kleinen Vortrag, dass wir uns in einer zum Tode verurteilten Gegend der Stadt aufhielten. In Zukunft werde die Musik in Mitte spielen, sagte er, der alte Westen werde verrohen, wenn nicht gar verslummen. In zehn Jahren werde hier nur noch

Russisch gesprochen, Charlottenburg werde Charlottengrad heißen. Die Griechin Fofi habe das begriffen und gehandelt.

Das Restaurant war brechend voll, als wir es um kurz nach elf Uhr betraten. Ein Kellner in einer langen weißen Schürze und mit langen Koteletten bat uns, an der Bar Platz zu nehmen, bis ein Tisch frei wurde. Bach bestellte ohne mich zu fragen zwei Wodka auf Eis, dann sah er sich im Restaurant um. Wie ein Cowboy, bereit zum Duell, stand er breitbeinig knapp zwei Meter vom Barhocker entfernt und ließ seinen Blick von Tisch zu Tisch schweifen, sein linker Daumen steckte bis zum Anschlag in der Hosentasche, in der rechten Hand hielt er sein Glas. Wenn er ein bekanntes Gesicht entdeckte, nickte er kaum merklich mit dem Kopf.

An dem Tisch, der der Bar am nächsten stand, saßen zwei Frauen, die den Eindruck erweckten, als kämen sie gerade aus der Oper, eine von ihnen lächelte Bach an. Bach ging mit seinem randvoll gefüllten Glas zu ihnen und redete ein paar Sätze. Er schien die Frauen gut zu unterhalten und stieß mit ihnen an. Als er sich wieder zurückzog, kicherten sie. Er musste einen Witz gemacht oder irgendetwas Unanständiges gesagt haben.

»Wer sind die beiden?«, fragte ich.

»Keine Ahnung«, antwortete er.

»Und was wollten sie?«

»Sie wollten mir erzählen, wie gut ich bin, wie anrührend meine Gedichte und meine Kurzgeschichten sind, die jüngere sagte, *Miss Bohemia* sei einer ihrer Lieblingsromane, und die ältere meinte, *Margots zweiter Frühling* werde sicher der Hit der kommenden Theater-Saison.«

Bach schüttelte sich.

»Wie Pilze schießen sie aus dem Boden! Wo haben sich diese Schnepfen eigentlich vor der Wende herumgetrieben?«

»Was sie gesagt haben, war doch sicher nett gemeint. Warum nennst du sie Schnepfen?«

»Glaub mir, Moskowicz, es sind langweilige, verwöhnte, ungefickte Schnepfen. Ihre Männer machen tagsüber in Immobilien und ficken nachts die Freundinnen, die ihre russischen Kunden hier in der Stadt geparkt haben. Und die …«, er deutete mit dem Kopf zum Tisch, an dem er gerade gestanden hatte, »… die lackieren sich tagsüber die Fingernägel und machen nachts einen auf Hochkultur. Zum Kotzen ist das!«

Die Wirtin kam aus der Küche zu uns an die Bar, sie begrüßte zuerst mich mit einem Handschlag und dann Bach mit einer Umarmung. Sie hatte eine raue Stimme und dunkelbraune, traurige Augen, obwohl sie lächelte. Bach stellte mich ihr als Unterhaltungsschriftsteller und Gelegenheitsjournalist vor. Die Wirtin ging nicht auf seine Worte ein.

»Wieder Prügel bekommen, Philipp?«, fragte sie, während sie auf die Augenklappe deutete. Eine Antwort schien sie nicht zu erwarten. Als sie das randvolle Glas in seiner Hand entdeckte, schüttelte sie nur den Kopf und stieß einen leisen Stoßseufzer aus. »Bach und der Wodka …«, sagte sie. »Das kann nicht gut gehen!«

Dieser Wodka sollte uns durch die Nacht begleiten. Nachdem wir Platz genommen hatten, bestellte Bach gleich eine ganze Flasche im Eiskübel, keinen russischen Wodka, sondern polnischen, darauf legte er Wert, dazu orderte er eine Schachtel Zigaretten und Kartoffelpüree mit drei Spiegeleiern. In dieser Reihenfolge. Ich gönnte mir ein Filetsteak in Senfsauce, außerdem bat ich den Kellner um eine Flasche Wasser, Papier und einen Stift.

»Wozu brauchst du Papier?«, fragte Bach.

»Wenn du nichts dagegen hast, werde ich mir ein paar Notizen machen. Du hast doch nichts dagegen, dass ich über dich schreibe?«, fragte ich noch einmal. »Die Redaktion erwartet einen langen Artikel, fast fünfhundert Zeilen.«

»Mach, was du willst, Moskowicz. Schreib, was du willst. Von mir aus kannst du dir auch alles ausdenken. Es lebe die Phantasie! Hauptsache, wir haben genug zu trinken und dein Laden übernimmt die Rechnung.«

Unser Tisch befand sich in einer Ecke, von der aus man das ganze Restaurant leicht überblicken konnte. Trotz der späten Stunde schien es wirklich bis auf den letzten Platz gefüllt. Ich entdeckte ein paar bekannte Gesichter, der Friseur der Stadt war mit seiner Entourage da, und auch der alte Dandy und Erotomane Alexander Bezard, der jeden Sonntag um fünf Uhr am Nachmittag in seinen literarischen Salon in Wilmersdorf zu Tee und Sandkuchen lud, saß mit einer jungen Frau in einem geblümten Kleid vor einer Flasche Rotwein. Ich kannte den Mann seit langem. Wir hatten uns Jahre zuvor bei einem von ihm veranstalteten Kaiser-Wilhelm-II.-Seminar auf Korfu getroffen. Nachdem er gehört hatte, dass ich mich in Berlin aufhielt, hatte er mich auch schon einige Male zu seinen Treffen eingeladen. Wahrgenommen hatte ich das sonntägliche Ereignis bisher jedoch noch nicht.

Als er für einen Moment seinen Blick von der jungen Frau abwandte, winkte ich ihm zu. Er winkte zurück.

Dem ungleichen Paar schräg gegenüber, auf der linken Seite des Gastraums, unterhielten sich der Vorstandsvorsitzende des Hamburger Verlags, bei dem ich als Söldner angeheuert hatte, und der Chefredakteur der *Wochenpost*, einer DDR-Zeitung, die in der neuen Welt ums Überleben kämpfte und im selben Haus in der Mauerstraße residierte wie die Entwicklungsredaktion.

»Bekannte entdeckt?«, fragte Bach. Er hatte mich beobachtet. Ich schüttelte den Kopf.

»Keinen, außer den alten Bezard. Kennst du ihn?«

»Flüchtig.«

Bach stand noch einmal auf und hängte sein Fischgrätjackett über die Stuhllehne, dabei blitzte ein Etikett mit dem Schriftzug *100% Cashmere* auf. Ich las Cashmere und roch sein billiges Parfum.

Nichts passte bei ihm zusammen.

Der Kellner brachte den Wodka im Kübel, dazu ein zweites Gefäß, in dem sich Eiswürfel befanden. Er stellte beides auf den Tisch, dann zog er einen Quittungsblock aus dem Bund der Schürze und einen Kugelschreiber aus der Brusttasche.

»Da drüben sitzt Reuter«, nuschelte Bach, während er sich eine Zigarette anzündete. Ich drehte mich zu dem Tisch und sah einen älteren Herrn allein in Anzug und Weste, er aß Fisch und trank Weißwein, dabei saß er ganz gerade vor seinem Teller und hielt die Arme so nah an seinem Körper, als habe man ihm jeweils ein Buch zwischen Ellenbogen und Brustkorb geklemmt und mit lebenslangem Karzer gedroht, falls er eines der Bücher fallen ließ.

»Reuter?« Ich sah Bach fragend an. Wie so oft seit meiner Ankunft in Berlin fiel mir auf, dass mir durch meinen langen Aufenthalt im Ausland vieles entgangen war.

»Er war bis vor drei Tagen Daimler-Chef. Das musst du doch wissen, Moskowicz. Nicht ich, du arbeitest doch bei der Zeitung. Vergangenes Jahr hat er sich als Bürgermeister von Berlin ins Gespräch gebracht. Er wollte es wohl seinem Vater gleichtun, nur wählen lassen wollte er sich nicht.«

»Was dann?«, fragte ich.

»Er wollte ernannt werden.« Bach lachte, dabei blies er den Rauch der Zigarette über den Tisch. »Das ist doch ein Treppenwitz der Geschichte: Der Sohn des Mannes, der in Berlin wie ein Löwe gegen die Kommunisten gekämpft hat, wollte sich wie ein kommunistischer Bonze zum Bürgermeister ernennen lassen. Eine Wahl kam für ihn nicht in Frage, die war unter seinem Niveau. Jetzt sitzt er hier an einem Freitagabend einsam und ohne Job vor einem toten Fisch in einem Lokal, in dem ihn jeder kennt ...«

Bach redete laut, zu laut, die Wirtin stand plötzlich wieder neben ihm und legte ihm besänftigend die Hände auf die Schultern. Sie schien ihn so gut zu kennen, dass sie spürte, wann der Zeitpunkt gekommen war, ihn zu bremsen.

»Du musst auf dich aufpassen, Philipp«, mahnte sie. »Mach dich nicht kaputt. Ich war in letzter Zeit auf vielen Beerdigungen, mein Bedarf ist gedeckt. Versprich mir, dass du auf dich aufpasst. Lass den Wodka in der Flasche und die Zigarette in der Schachtel! Don't cry! Work!«

Es überraschte mich, wie gleichmütig Bach die belehrenden Worte hinnahm, er lächelte sogar zum ersten Mal an diesem Tag. Nach der Ermahnung erkundigte sich Fofi nach seiner Arbeit am Buch und nach Anna Looskamp, die sie nicht mehr gesehen hatte, seit der Schriftsteller und die Schauspielerin zum zweiten Mal getrennte Wege gegangen waren.

Während die beiden sich unterhielten, machte ich mir ein paar Notizen auf den unbedruckten Rückseiten des Quittungsblocks. Ich wählte *Der Roman des Jahrhunderts* als Überschrift und unterstrich die Zeile, dann schrieb ich:

– *Spiegeleier / Wodka im Eiskübel*
– *100 % Cashmere*
– *Reuter*
– *Zorn auf Russen / Charlottengrad*
– *ungefickte Schnepfen*
– *Fofi (mütterlich)*

Und ein paar Stichworte über unsere Reise in Bachs Vergangenheit und den Besuch in der Mommsenstraße machte ich mir auch, obwohl ich mir einbildete, dass der Eindruck seiner heruntergekommenen Wohnung auch ohne Notizen der in meiner Erinnerung bleiben würde.

»Was hast du dir da notiert?«, fragte Bach, nachdem Fofi wieder verschwunden war. Seine Stimme klang hart, gar nicht mehr so, als sei es ihm egal, was man über ihn sagte oder schrieb.

»*Roman des Jahrhunderts*«, antwortete ich, und in der Hoffnung, dass er nicht wissen wollte, was ich noch vermerkt hatte, fuhr ich ohne Punkt und Komma fort: »Ich habe *Roman des Jahrhunderts* notiert. Und ehrlich gesagt, verstehe ich nicht, warum du diesen gewaltigen, entschuldige, unbescheidenen Titel gewählt hast. Du machst dich damit doch ohne Not angreifbar. Und warum das Buch so dick sein muss, verstehe ich auch nicht. Du könntest es dir doch leichter machen.«

Bach korrigierte seine Augenklappe, zupfte an dem Gummi und verzog sein Gesicht, dann konterte er barsch: »Tut mir wirklich leid, dass du mich nicht verstehst, Moskowicz. Wundern tut es mich aber ehrlich gesagt nicht. Und helfen, fürchte ich, kann ich dir auch nicht.«

Er zog an seiner Zigarette und blies den Rauch wieder gezielt in meine Richtung. Seine Beine hatte er neben dem Tisch übereinander geschlagen, sein linker Fuß wippte nervös auf und ab.

Ich hatte ihn wütend gemacht und ärgerte mich über mich selbst. Im Grunde ging es mich doch nichts an, wie er seinen Roman nannte und wie dick das Ding werden sollte. Warum mischte ich mich ein? Ich hatte den Auftrag, Bach zu beschreiben, nicht zu beraten. Er war nicht mein Freund, und ich war nicht sein Freund. Daran ließ auch er keinen Zweifel. Wir hatten uns getroffen, weil er wissen wollte, wie viel eine Hure in den zwanziger Jahren in Berlin kostete, und ich einen Artikel über ihn schreiben wollte.

»Es gibt viele große Bücher«, fuhr Bach fort, »von denen du wahrscheinlich nicht verstehst, warum sie so geschrieben worden sind, wie sie geschrieben worden sind. Ein schlichter Mensch kann eben nicht nachvollziehen, wie Dante es ertragen hat, sein halbes Leben mit der *Göttlichen Komödie* zu verbringen, oder warum Vergil sich fast zehn Jahre bis zur totalen Erschöpfung mit seiner *Aeneis* herumgequält hat.«

Ich spürte, dass Bach kurz davor war, die Nerven zu verlieren. Ich war mir sicher, wenn ich mich jetzt nicht beherrschte, wenn mir jetzt auch nur ein einziges falsches Wort herausrutschen würde, er würde aufstehen, nach der Flasche greifen und mit ihr zusammen das Lokal verlassen. Es war weniger das, was er sagte, sondern vielmehr wie er es sagte. Sein freies Auge starrte mich hasserfüllt an, er hatte Schweißperlen auf der Stirn und seine Sätze, angeheizt vom nackten Zorn, überschlugen sich. Er redete immer schneller, er ließ sich nicht einmal von dem Kellner ablenken, der unser Essen servierte und ohne ein Wort zu verlieren wieder verschwand. Bach nahm die ganze Weltliteratur durch, er sprach über die Gesänge der Dichter, die unter dem Namen Homer veröffentlicht worden waren, und sogar über das *Alte Testament* als größten Roman aller Zeiten, an dem hunderte von Menschen über Jahrhunderte gearbeitet hatten. Keiner der Autoren, zürnte er, hätte sich jemals fragen lassen, ob ihr Buch vielleicht zu dick oder ob der Titel richtig gewählt war.

»Sie hätten ausgespuckt, wenn man ihnen diese Fragen gestellt hätte, Moskowicz! Und ich soll die Ruhe bewahren?«

Bachs Ausbruch stand in keinem Verhältnis zu meiner Bemerkung, aber er zeigte Wirkung. Wie gelähmt saß ich vor dem Filetsteak und bemühte mich so gelassen wie möglich auszusehen, obwohl ich große Lust zu lachen gehabt hätte. Doch das hätte der Nacht mit Sicherheit den Rest gegeben.

Bachs Wutrede entbehrte jeder Zweideutigkeit, er meinte alles todernst, was er von sich gab. Ohne einen Hauch von Ironie scheute er nicht einmal davor zurück, seine eigenen Qualen und Ängste mit denen Schillers, Dostojewskis und Balzacs gleichzusetzen, die gebrannt hatten für ihr Werk und ohne Rücksicht auf Kritik, Gesundheit und Geldbeutel ihre Leidenschaft zum Beruf gemacht hatten.

Ich weiß nicht, wie das Nachtessen geendet hätte, wenn in diesem Augenblick nicht der Verpackungskünstler Christo und seine Frau Jean Claude aufgetaucht wären. Der aggressive Wortschwall, der wie ein Tsunami über mich gekommen war, endete abrupt. Bach starrte entgeistert auf die Tür. Im Restaurant herrschte plötzlich für ein paar Sekunden Totenstille, alle Blicke richteten sich auf das illustre Paar, das von der Wirtin begrüßt wurde. Der Bulgare mit den großen Ohren und die Französin mit der feuerroten Mähne waren seit Monaten Stadtgespräch. Die Magazine und Zeitungen schienen kein größeres Thema zu kennen als die Verhüllung des Reichtags, die das Land gespalten hatte wie zuvor nur die Mauer.

Ich überlegte kurz, ob ich die Gelegenheit nutzen sollte, Christo anzusprechen. Seine Aktion begann in zwei Wochen, und die Reporterin, die mir das Interview für die Fotostrecke in der geplanten Nullnummer versprochen hatte, war noch immer nicht fähig gewesen, den Text zu liefern. Sie hatte den Termin schon seit einer Woche überzogen.

Bach stocherte mit der Gabel im Kartoffelpüree herum, seine Zigarette qualmte im Aschenbecher vor sich hin. »Das fasst man doch nicht«, sagte er, »dieser Irre, dieser leptosome Woody-Allen-Verschnitt macht nun seit Monaten das Land verrückt. Er sollte lieber seine rote Nervensäge einpacken und sich selbst dazu. Damit wäre allen geholfen.«

»Er hat Erfolg«, sagte ich.

»Erfolg!« Bach schüttelte den Kopf. »Er ist ein Scharlatan, und alle fallen auf ihn herein.«

Bachs Streitlust hatte sich ein neues Thema gesucht. Von einer Sekunde auf die andere waren meine Bemerkung und ich aus dem Fadenkreuz seines Zorns verschwunden. Um zu verhindern, dass er nicht auf unser Thema zurückkam, nutzte ich die vermeintlich günstige Gelegenheit, ihn auf Franz Krohn anzusprechen.

»Wie kommst du denn jetzt auf Krohn?«, fragte er, während er sich mit einer Hand Wodka nachschenkte und mit der anderen wie ein Schaufelbagger in den Eisbehälter griff. »Krohns Buch *Der Berg* ist übrigens auch richtig dick, Moskowicz. Es hat gut tausend Seiten und ist trotzdem ein Meisterwerk. Und sein Titel hat ihm auch nicht geschadet.«

Bach wollte mich nicht verstehen. Ich fürchtete, er könnte noch einmal von vorne anfangen und ging nicht auf den zweiten Teil seiner Antwort ein. Ich reagierte nur auf die Frage.

»Du hast Krohn ein paar Mal erwähnt, er hat dir Kästner vorgelesen und dir seinen Verdienstorden als Glücksbringer mit auf den Weg in den Westen gegeben. Ihr müsst also über viele Jahre eine sehr enge Beziehung gehabt haben?«

»Ja, die hatten wir.« Bach verschränkte die Arme hinter dem Kopf, sein Hemd war unter den Achseln durchgeschwitzt. Er sah plötzlich traurig aus, so, wie am frühen Abend in seiner alten Heimat, dem Bötzowviertel, wohin wir gefahren waren, nachdem ich ihn aus der Boxschule Karsunke im Engelbecken abgeholt hatte.

»Erzähl!«, sagte ich.

Und er tat das, womit ich nicht gerechnet hatte. Er erzählte ruhig und besonnen, voller Gefühl und Melancholie träumte er sich in seine Kindheit zurück.

Philipp Bach war acht Jahre alt, als er 1959 mit seinen Eltern von Rügen nach Berlin zog. Sein Vater, Hans Bach, ein Maurer, der es zum Polier gebracht hatte, war in die Hauptstadt abkommandiert worden, um die letzte Phase des Aufbaus der Stalinallee zu begleiten. Weil dem Staat das Geld ausgegangen war, wurde an diesem Teil der Straße allerdings gespart. Statt teure Gebäude im Zuckerbäckerstil des sozialistischen Klassizismus hochzuziehen, musste Hans Bach seine Arbeit in den Dienst von Plattenbauten stellen, zu denen aber immerhin Häuser wie das Café Moskau, das Kino International und auch die Mokka-Milch-Eisbar gehörten. Aus allen Landesteilen wurden damals Fachkräfte zusammengetrommelt, damit das Prestigeobjekt der Regierung schnell beendet werden konnte.

Bachs Mutter Lisa war die Tochter eines Heringsfischers aus Saßnitz, dessen Kutter 1949 in Volkseigentum überführt worden war. Nachdem das Fischkombinat Rostock das Familienunternehmen geschluckt hatte, arbeitete Lisa als angestellte Buchhalterin in dem Unternehmen. In Berlin bekam sie später eine Stelle als Sachbearbeiterin im Amt für Erfindungs- und Patentwesen.

Die kleine Familie zog in eine Wohnung in der Liselotte-Herrmann-Straße im Bötzowviertel, das zum Bezirk Prenzlauer Berg gehörte. Philipp Bach wurde zum Schlüsselkind, er fühlte sich anfangs todunglücklich in der neuen Umgebung, er vermisste seine Freunde auf der Insel, vor allem aber vermisste er seinen Großvater, den Wind und das Meer. Weil die Jungs im Bötzow-Kiez ihn in den ersten Wochen schnitten, verbrachte er die Nachmittage meistens allein im Hinterhof des Hauses, wo der Schornsteinfeger im Winter den Ruß ablud. Er bolzte den braunen Lederball, den seine Mutter ihm zum Trost geschenkt hatte, gegen die Hauswand, und wenn er aus der Puste war, sah er den Frauen mit den Kopftüchern beim Teppichklopfen zu oder den jungen Mädchen beim Gummihopsen. Ein Spruch, der den Rhythmus dieses Spiels vorgab, kam ihm dabei so komisch vor, dass er ihn sein Leben lang nicht mehr vergaß.

Die Wis-sen-schaft hat fest-ge-stellt,
dass Co-ca Co-la Gift ent-hält.

Weil der Achtjährige nicht wusste, was Wissenschaft bedeutete, hatte er seinen Freund Franz gefragt, um was es sich dabei handelte. Franz hatte geantwortet, Wissenschaft sei Physik und Chemie. Und als der kleine Bach auch damit nichts anfangen konnte, hatte der Freund gesagt: »Chemie ist, wenn es stinkt, und Physik ist, wenn es knallt.« Um zu verdeutlichen, was er meinte, hatte Franz dann noch seine alte Kinderdampfmaschine hervorgekramt, ein Fläschchen 4711 und einen Pfefferminzbonbon. Anhand dieser Gegenstände hatte er ihm dann die Wissenschaft erklärt.

Franz Krohn war neben dem alten Jan Henning, der Hennings Bierstuben in der Bötzowstraße betrieb, der einzige Mensch, der nach dem Umzug in die große Stadt herzlich mit Philipp umging. Franz nahm sich Zeit für den Jungen und beantwortete jede Frage gewissenhaft, die der ihm stellte. Wenn Philipp gefragt hätte, was der Wind machte, wenn er nicht wehte, hätte Franz auch darauf eine Antwort gewusst.

Die beiden hatten sich kennengelernt, als Philipp mit einer halbvollen Kanne Bier auf dem Weg nach Hause war. Franz wohnte neben den Bierstuben im Parterre. An diesem heißen Juliabend 1959 blieb Philipp vor dem offenen Fenster stehen, hinter dem Franz mit einer Pfeife im Mund versonnen vor einer Schreibmaschine saß.

»Na, Emil, wo kommst du denn her?«, fragte er, als er den Jungen erblicke, der ihn neugierig anstarrte.

»Ich heiße nicht Emil, ich heiße Philipp.«

»Ah, ich dachte, du heißt Emil, weil du so aussiehst wie Emil. Du kennst doch Emil aus *Emil und die Detektive*?«

Philipp schüttelte den Kopf.

»Was? Den kennst du nicht?« Franz tat baff erstaunt. »Das müssen wir aber unbedingt ändern, sonst kriegst du womöglich noch Ärger mit den Schupos und kommst ins Gefängnis. Es gibt sogar ein Gesetz: Jeder Junge in Berlin muss Emil und seine Bande kennen ... Aber *Winnetou*, den kennst du doch sicher?«

Philipp schüttelte wieder den Kopf. Er kannte keine Bücher, außer seine Fibel und die Bibel seiner Großmutter in Saßnitz.

Obwohl Franz sich ein großes Pensum Arbeit an diesem Abend vorgenommen hatte, unterhielt er sich noch solange mit dem Jungen, bis sich der Schaum in der Kanne aufgelöst hatte.

In dem Gespräch verriet er unter anderem, dass auch er ein Buch schrieb – an einer Maschine, die Erika hieß, und dass diese Erika sein Ein und Alles war, bis eine Erika auf zwei Beinen vorbeikommen würde, die er heiraten konnte.

»Und wie heißt das Buch?«

»Es heißt *Der Berg*, mein Junge.«

Philipp verzog sein Gesicht.

»Ich weiß, dass klingt jetzt langweilig. Aber es ist auch kein Buch für Kinder, es handelt von ein paar dummen Erwachsenen, die immer wieder versuchen, einen runden Felsbrocken einen steilen Berg hinaufzuwuchten und sich oben wundern, dass er auf der anderen Seite wieder hinunterrollt.«

»Ja, das ist langweilig«, murmelte Philipp. »Das weiß doch jeder, dass der Brocken wieder runterrollt, wenn man ihn oben nicht festhält.«

Bevor der Junge sich verabschiedete, riet Franz ihm, noch einmal beim dicken Henning vorbeizuschauen, um sich Schaum in die Kanne nachfüllen zu lassen. »Sonst bekommst du Ärger mit deinem Vater«, sagte er.

Philipp folgte diesem Ratschlag, wie er jedem Ratschlag folgen sollte, den Krohn ihm in den Jahren danach gab. Und das waren viele.

Die beiden haben hunderte von Stunden zusammen verbracht und hunderte von Büchern zusammen gelesen. Sie sind zusammen ins Kino gegangen und ins Theater, sie haben die Wochenenden in Krohns Datsche am Müggelsee genossen und die Sommerferien bei Bachs Großeltern auf Rügen. Und als der Kosmonaut Juri Gagarin die Erde verließ, haben sie zusammen vor dem Radio genauso gejubelt wie Jahre später beim *Thrilla of Manila* vorm Westfernsehen, als Muhammad Ali Joe Frazier nach vierzehn Runden zwang, das Handtuch zu werfen.

Die Freundschaft zwischen Franz Krohn und Philipp Bach hielt bis zu Krohns Tod im Frühjahr 1977. An der Beerdigung des Freundes konnte Bach nicht mehr teilnehmen, zu dieser Zeit hielt er sich bereits in Westberlin auf. Über seine guten Kontakte zur österreichischen Botschaft hatte Krohn noch die Flucht für den Freund organisiert.

Am siebzehnten Dezember 1976 fuhr Bach mit dem stellvertretenden Botschafter Österreichs im Fond einer Volvo-Limousine von der Otto-Grotewohl-Straße, dem Sitz der Botschaft in Berlin Mitte, zum Kurfürstendamm.

»Es war wie eine Fahrt in einem luxuriösen Taxi«, sagte Bach. »In dem Wagen roch es nach neuem Leder, und der Chauffeur trug eine Schirmmütze.«

Angst hatte er keine Sekunde verspürt, auch am Checkpoint Charlie nicht, nur etwas Wehmut vielleicht über das, was er zurückließ, die Freunde und die Bücher. Sein Fluchtgepäck bestand aus einem schwarzen Pilotenkoffer, in den er neben ein paar Manuskripten und den bis dato einzigen von ihm veröffentlichen Gedichtband lediglich die notwendigsten Kleidungsstücke und seine Zahnbürste gestopft hatte.

Auf der Fahrt trug Bach einen dunklen Anzug, ein weißes Hemd und eine Krawatte in den Farben Österreichs. Auf seinem Schoß lag ein dunkelblauer Dufflecoat, in dessen Tasche der Vaterländische Verdienstorden in Bronze versteckt war. Es war Krohn, der ihn so eingekleidet hatte.

Im Gegensatz zu Bach hatte Krohn selbst allen Widrigkeiten zum Trotz nie daran gedacht, sein Land zu verlassen, zu sehr war er in ihm verwurzelt, als dass er sich vorstellen konnte, an irgendeinem anderen Platz auf der Welt heimisch zu werden. Er liebte das Viertel, in dem er lebte, und die Datsche am Müggelsee, wo er die Wochenenden vor seiner Erika verbrachte, obwohl er wusste, dass die Texte, die er auf ihr schrieb, lange Zeit kein großes Publikum finden würden.

Aber selbst wenn er mit dem Gedanken gespielt hätte, in diesem Winter 1976, als sich ihm die Möglichkeit zur vermeintlich gefahrlosen Flucht bot, den gleichen Weg zu gehen wie Bach, hätte er es nicht gekonnt. Da war Tomke vor, seine Erika auf zwei Beinen, die er seit zwölf Jahren liebte. Die schwangere Frau hätte sich mit Händen und Füßen gewehrt, für ihr ungeborenes Kind, auf das sie so lange vergeblich gewartet hatte, auch nur das geringste Risiko in Kauf zu nehmen.

Ich stutzte und begann zu rechnen, als Bach Krohns Frau erwähnte.

Wie konnte das möglich sein?

Eine gute halbe Stunde lang hatte ich ihm schweigend zugehört und Notizen gemacht, ohne ihn zu unterbrechen. Jetzt musste ich aber einfach nachfragen.

»Krohn hatte im Dezember 1976 eine Frau, die schwanger war?«

»Ja, die schöne Tomke«, antwortete Bach. »Das ist eine andere traurige Geschichte. Wenn du willst, kannst du auch die hören, Moskowicz. Ich habe Franz und Tomke im Herbst 1964 verkuppelt. Sie waren das verliebteste Liebespaar … Sie waren so verliebt, man konnte vor Neid platzen. Es tat schon richtig weh, wenn man ihnen zusah.«

Bach sprach die letzten Sätze langsam und stockend. Er hatte Schweißperlen auf der Stirn, sein Gesicht wirkte fahl und grau, er schien sich nicht wohl zu fühlen. Ohne Ankündigung erhob er sich von seinem Stuhl und bewegte sich leicht taumelnd in Richtung Toilette. Die beiden Frauen, die ihm die Komplimente gemacht hatten, tuschelten, als er, ohne sie zu beachten, mit seinem Oberschenkel gegen ihre Tischkante stieß.

Auch den Verpackungskünstler Christo und seine Frau, die inzwischen mit einem stadtbekannten Architekten an der Bar standen, würdigte er keines Blickes. Er starrte geradeaus und schien nichts um sich herum wahrzunehmen. Erst jetzt verstand ich die mahnenden Worte der Wirtin in ihrer ganzen Bedeutung. Ich zählte die Zigaretten im Aschenbecher und zog die Wodkaflasche aus dem Eiskübel, sie war halbleer. Die Spiegeleier hatte er nicht angerührt, in einem Eigelb steckten zwei Kippen. Aus dem Kartoffelpüree hatte er mit der Gabel einen Busen modelliert.

Die Bilder des Tages liefen noch einmal wie im Zeitraffer vor meinen Augen ab. Ich sah Bach als achtjährigen Jungen mit der Milchkanne in der Hand, und ich sah ihn mit dem lädierten Auge und dem Basecap der *Fighting Sioux* aus der Boxschule kommen. Ich sah ihn auf dem Kutter seines Großvaters in der Ostsee und in Krohns Datsche am Müggelsee, ich sah, wie die beiden sich durch die Weltliteratur lasen. Aber je mehr ich mir von Bach vergegenwärtigte, desto weniger verstand ich ihn.

Wo war er eigentlich geblieben? Was machte Bach solange auf der Toilette?

Ich wollte mehr über Krohn wissen. Wieso hatte Bach seinen Freund Krohn mit dieser Tomke verkuppelt? Bach war 1964, als das angeblich geschehen war, gerade mal zwölf oder dreizehn Jahre alt gewesen.

Und was war das für eine Geschichte mit dem Kind? Wenn Krohns Frau im Dezember 1976 wirklich schwanger gewesen sein sollte, war es durchaus möglich, dass der Vater des Kindes bei der Geburt bereits auf dem Friedhof lag.

Als Bach schließlich an den Tisch zurückkehrte, kam es mir so vor, als sei er Stunden lang fort gewesen. Er schien seinen Kopf unters kalte Wasser gehalten zu haben, sein Gesicht hatte wieder eine halbwegs lebendige Farbe angenommen, er wirkte frisch und voller Energie. Das weiße Hemd trug er nicht mehr bis zur Brust offen, alle Knöpfe waren geschlossen, sogar der Kragenknopf. Er sah aus wie ein Konfirmand auf einem Kostümfest. Der Kragen selbst war feucht, auch die Augenklappe hatte Wasser abbekommen. Wahrscheinlich hatte er das angeschlagene Auge unter dem Wasserhahn gekühlt.

»Also, Tomke … Du willst mehr über sie wissen?«, fragte er, nachdem er sich wieder gesetzt hatte.

Ich nickte. Bach füllte sich Wodka nach und wies einen Kellner an, frische Eiswürfel zu bringen. Er hatte nicht vergessen, an welcher Stelle unser Gespräch abgebrochen war.

Es war ein schöner Herbsttag Mitte Oktober 1964. Der dreizehnjährige Philipp hatte schulfrei. Ein Parteibonze wurde beerdigt, das ganze Land schien auf den Beinen zu sein, um dem Trauermarsch durch die Stadt zu folgen. Überall erklang die *Internationale*, Fahnen wehten auf Halbmast, Soldaten salutierten. Gebeugten Hauptes folgten die Menschen dem Leichnam, der aufgebahrt auf dem Anhänger eines Lastwagens ruhte, durch ein Meer von Blumen.

»Wenn der Mann so wichtig war, dass ich nicht mal zur Schule muss, warum bist du dann nicht auf der Beerdigung, Franz?«, fragte Philipp, als sie vom Tierpark kommend beim Zentralfriedhof zufällig auf den Trauerzug stießen.

»Ich kannte ihn doch gar nicht. Warum soll ich zu seiner Beerdigung gehen?«, antwortete Franz.

»Na, weil du berühmt bist. Und einen Orden bekommen hast.«

Die beiden saßen auf ihren Fahrrädern. Sie hatten den freien Tag genutzt, um den Tierpark in Friedrichsfelde zu besuchen. Franz hatte frühmorgens in den Radionachrichten zwischen der Trauermusik gehört, dass in der Nacht zuvor im Tierpark ein schwarzer Schwan auf die Welt gekommen war, den er sich unbedingt ansehen wollte. Schwarze Schwäne waren für ihn der Inbegriff von Schönheit und Unvorhersehbarkeit. Einmal hatte er zu Philipp gesagt, wenn er ein Mädchen fände, das so schön und rätselhaft sei wie ein schwarzer Schwan, dann würde er es sofort heiraten.

Den Satz hatte Philipp nicht wirklich verstanden, aber eine leise Ahnung hatte er, was Franz damit gemeint haben konnte. Und als die beiden auf dem Rückweg vom Tierpark Halt in der Mokka-Milch-Eisbar an der Karl-Marx-Allee machten, der ehemaligen Stalinallee, und Franz immer wieder nervös zum Nebentisch schielte, an dem ein Mädchen mit einem dunklen Bubikopf vor einem Honigflip saß, fragte Philipp: »Glaubst du, sie ist ein schwarzer Schwan?«

Franz lächelte, ohne einen Blick auf das Mädchen zu werfen. Er wusste genau, von wem Philipp sprach, und antwortete leise: »Ja, sie könnte einer sein … ja, möglich wäre es. Sie ist sehr hübsch, und sie ist nicht dumm.«

»Woher weißt du, dass sie nicht dumm ist?«, wollte Philipp wissen.

»Sie liest *Die Dame mit dem Hündchen*«, flüsterte Franz.

»Und? Was heißt das?«

»Ganz einfach, wer *Die Dame mit dem Hündchen* liest, kann nicht dumm sein, jedenfalls nicht richtig dumm.«

»Dann geh doch zu ihr hin und frag, ob sie ein Eis mit uns isst. Ich hab noch einen Gutschein.«

Philipp hatte Gutscheine für die Mokka-Milch-Eisbar von seinem Vater bekommen.

»Nein, das kann ich nicht machen«, antwortete Franz.

»Dann werde ich eben gehen und sie fragen«, sagte Philipp trotzig. »Wenn sie die Chance hat, ein schwarzer Schwan zu sein, dann gehe ich.«

»Das wirst du schön bleiben lassen …«

Franz zierte sich noch ein paar Minuten. Philipp, der nie begriffen hatte, warum sein Freund keine Frau fürs Leben fand, versuchte ihm klarzumachen, dass es ganz einfach war ein Mädchen zu erobern. Die Bauarbeiter seines Vaters, die die Mokka-Milch-Eisbar gebaut hatten, pfiffen einfach auf vier, manchmal sogar nur zwei Fingern, wenn ihnen ein Mädchen gefiel. Und – schwupps – schon hatten sie es.

Philipp schnippte mit Daumen und Ringfinger, während er den Satz von sich gab.

Franz lachte und gab schließlich nach. Er zog ein Stiefmütterchen aus der zwiebelgroßen Vase, die vor ihm auf dem Tisch stand, und reichte es Philipp. »Damit gehst du jetzt zu ihr und sagst: ›Entschuldigen Sie, mein Freund Franz, der da drüben so allein vor dem Fürst-Pückler sitzt, lässt anfragen.‹«

»Lässt anfragen?«

»Ja. Das sagt man so …«

Philipp musste kichern, aber er tat, was Franz verlangte, obwohl ihm der Satz wirklich zu komisch vorkam.

Bach erzählte die ganze Liebesgeschichte von Franz und Tomke wieder im selben Ton, den ich jetzt schon ein paar Mal an diesem Tag an ihm bemerkt hatte, wenn er über das Gestern sprach, über seine Zeit vor der Flucht.

Er schloss seine Erzählung mit dem Satz: »So, Moskowicz, jetzt kennst du die schönste Liebesgeschichte aller Zeiten, sie endete im Frühjahr 1977 mit Krohns Tod. Zwei Wochen nach seiner Beerdigung wurde er Vater, und ein paar Monate später wurde Tomke auf der Flucht erwischt. Man hat ihr das Kind weggenommen und sie eingebuchtet. Ich habe nie mehr etwas von ihr gehört.«

»Nie mehr? Und das Kind?«

»Nie mehr. Aber Schluss jetzt, ich mag nicht mehr darüber reden.«

»Du musst doch neugierig gewesen sein, zumindest nach der Wende muss es dich doch gejuckt haben, zu erfahren, was aus ihr und dem Kind geworden ist.«

»Gejuckt, gejuckt … Du sprichst, wie du schreibst, Moskowicz.«

Bach verdrehte sein gesundes Auge, er war wieder ganz im Jetzt angekommen, ganz der Alte. Der Zorn auf alles und jeden hatte erneut Besitz von ihm ergriffen. Das neugierige Kind, das mit offenem Mund staunend die Welt betrachtete, war in den sechziger Jahren zurückgeblieben.

Meine Mutter hat immer gesagt, es gebe kaum idiotische Kinder, aber einen Haufen erwachsene Idioten. Irgendwann müsse in der Entwicklungsgeschichte eines jungen Menschen etwas passieren, das nicht zu beeinflussen sei.

An den Satz musste ich denken, als wir in dieser Juninacht von Fofi wieder Richtung Kurfürstendamm gingen. Es war fast zwei Uhr in der Früh und noch immer trieben sich viele Menschen auf der Straße herum, um den Beginn des Sommers zu feiern. Im Garten des Literaturhauses umarmte sich ein Liebespaar, ein Blumenverkäufer versuchte seinen letzten Strauß Rosen an den Mann zu bringen, und auf der Höhe des Striptease-Clubs Dorett stritten sich zwei betrunkene Holländer mit einem bulligen Türsteher.

»Trinken wir hier noch einen Absacker?«, fragte Bach, der wieder bewundernswert auf den Beinen war. Von seinem Schwächeanfall spürte man nichts mehr.

Ich war todmüde und schüttelte den Kopf. »Lass uns nach Hause gehen.«

»Dann hast du deine Geschichte also zusammen? Mein Leben auf fünfhundert Zeilen, notiert auf einem Quittungsblock mit einer Ouzo-Reklame?«

Bach klang gereizt und zynisch.

»Ja«, antwortete ich, »ich glaube, es wird eine gute Geschichte. Aber sag mir noch eines – ich frage nicht, weil ich es benutzen will, sondern nur aus reiner Neugier –, was hatte es im letzten Jahr mit dieser Alkoholfahrt von Rügen nach Berlin auf sich? Du bist mit 1,8 Promille Alkohol im Blut erwischt worden, ein siebzehnjähriges Mädchen saß neben dir, auch das Mädchen war …«

»Jetzt langt es aber, Moskowicz!« Bach unterbrach mich. »Ich hab's mir schon gedacht … von Anfang an hab ich's mir gedacht: Du bist ein mieser Baldower. Was schnüffelst du in meinem Leben herum? Was geht es dich an, wie viel ich trinke, und wohin ich mit wem fahre?« Er griff mit beiden Händen ans Revers meiner Jacke und schüttelte mich.

»Rück die Notizen raus«, schrie er. »Los, mach schon! Mir langt's!«

»Lass mich los«, sagte ich und stieß ihn zurück. Er taumelte gegen ein geparktes Auto, was ihn noch wütender machte. Schließlich holte er aus und schlug mit seiner Linken an meinem Gesicht vorbei in die Luft, seine Rechte traf mich kurz darauf mit Wucht an der Schulter.

»Du bist ein Arschloch, Moskowicz! Ein hinterhältiges, kleines Arschloch.«

Big Pine Key, Florida, Heiligabend 2005

Vielleicht waren es die Erinnerungen an diese Nacht im Juni 1995, die mich gut zehn Jahre später, als Tara und ich von Bahia Honda ins Haus nach Big Pine Key zurückkehrten, davon abhielten, auch nur das leiseste Schuldgefühl zu empfinden. Im Gegenteil: hatte mich am Strand noch der Flügelschlag des schlechten Gewissens gestreift, empfand ich jetzt fast so etwas wie Genugtuung Bach gegenüber. Es mag lächerlich klingen, aber es kam mir so vor, als hätte ich ihm die Demütigungen von damals heimgezahlt. Tara hatte mich mit ihrem Verrat an Bach gerächt.

Um kurz vor zehn Uhr, die Sonne hatte wieder ein gutes Stück zurückgelegt, stiegen wir aus dem Lincoln. Vom Haus schallte *Some Broken Hearts Never Mend* in den Vorgarten. Der Pickup parkte verkehrt herum in der Einfahrt, auf der Ladefläche saß der fette Schröder. Ich bildete mir ein, er starrte mich vorwurfsvoll an, weil ich ihn mit einem Fremden allein im Haus zurückgelassen hatte. Neben Schröder lag ein totes Reh, eines seiner Läufe schien gebrochen, aus dem Maul triefte eine rotgrüne, sämige Flüssigkeit auf die Ladefläche des Wagens.

»Oh Gott, was ist das denn?«, rief Tara aus. Sie betrachtete das Tier mit einer Mischung aus Entsetzen und Anteilnahme. Ich legte meine Hand auf sein Fell, es war noch warm. »Das muss gerade erst passiert sein, Philipp muss es totgefahren haben.«

»Und du glaubst, er hat es einfach mit nach Hause genommen?«

»Ja, was denn sonst? Hätte er es liegen lassen sollen? Wir müssen es melden, es ist Nummer siebenundachtzig in diesem Jahr. Erinnerst du dich an das Warnschild mit der fetten Sechsundachtzig am Ortseingang? Ein Reh zählt hier auf der Insel mehr als ein Mensch. Angeblich wurde vor ein paar Jahren sogar schon einmal ein betrunkener Fahrer aus Omaha gelyncht, weil er eines überfahren hatte. Ich werde gleich den Sheriff anrufen.«

Tara lief ins Haus. Ich hörte, wie sie gegen die Musik ankämpfte. »Philipp, hast du das süße Bambi totgefahren?«, schrie sie.

Bach saß auf der Veranda in meinem Ohrensessel und las im *Miami Herald*, er trug ein weißes Polohemd und ein Paar der roten Boxershorts mit den grünen Tannenbäumen, von denen Betty mir drei Exemplare zum ersten Advent geschenkt hatte. Neben ihm stand ein Kaffeebecher aus Rita's Diner.

»Philipp!«, schrie Tara noch einmal, bevor sie die Musik abdrehte.

Bach sah von der Zeitung auf. »Wo habt ihr euch denn rumgetrieben?«, fragte er.

»Ich habe gefragt, ob du das kleine Reh totgefahren hast.«

»Und ich … wo ihr euch rumgetrieben habt.«

»Wir haben den Sonnenaufgang verfolgt, und du Idiot fährst ein Reh tot. Wieso bist du überhaupt mit dem Auto gefahren?«

»Den Sonnenaufgang, dass ich nicht lache.«

Aus dem Wortgefecht entwickelte sich ein heftiger Streit,

in dessen Verlauf Bach Tara zweimal erregt Sabina nannte und ihr unterstellte, mir schöne Augen gemacht zu haben.

Der Ausdruck amüsierte mich, er klang so antiquiert und hob den Altersunterschied zwischen den beiden hervor. *Schöne Augen machen* erinnerte mich an Franz Krohns *Lässt-anfragen*-Spruch in der Mokka-Milch-Eisbar, beide Ausdrücke gehörten für mein Gefühl in die frühen sechziger Jahre. Tara schien das genauso zu sehen. »Schöne Augen machen ...! Sabina ...!«, wiederholte sie laut und lachte dabei. Sie machte sich lustig über Bach, und das brachte ihn erst recht auf die Palme.

Ich ließ die beiden allein.

Während ich zurück zum Pickup ging, um das tote Tier noch einmal zu begutachten, rief ich meinen Freund Bill an. Schröder saß immer noch neben dem Reh auf der Ladefläche und erweckte den Eindruck, als halte er Totenwache. Den Sheriff schien der Unfall überhaupt nicht zu interessieren. »Hat den Crash jemand beobachtet?«, fragte er.

»Keine Ahnung, ich glaube nicht, vielleicht aber doch. Ich weiß es nicht«, antwortete ich.

»Egal, fahr den Wagen hinters Haus und verbuddle das Viech einfach im Garten.«

Bill hatte andere Sorgen. Er hatte noch immer nichts von seiner Frau und seinem Sohn in Manila gehört, zum Truthahn-Dinner wollte er aber trotz allem kommen. »Vielleicht bringt mich das auf andere Gedanken«, sagte er.

Ich folgte seinem Ratschlag und fuhr den Pickup hinters Haus. Im Schuppen, den ich noch nie betreten hatte, fand ich neben zwei verrosteten Sonnenliegen einen Spaten. Tara und Bach stritten eine Weile lang weiter.

Nachdem ich eine ungefähr achtzig Zentimeter tiefe Kuhle ausgehoben hatte, hörte ich ein Auto davonbrausen. Ich sah nur noch die Staubwolke, die es nach sich zog, und nahm an, dass es der Lincoln war. Kurze Zeit darauf winkte Tara mir hinter dem Fliegengitter von der Veranda aus zu. Sie hatte geduscht und trug wie nach der ersten Nacht wieder den weißen Turban, diesmal war aber auch ihr Körper in ein Handtuch gehüllt.

»Soll ich dir helfen, Lukas?«, rief sie. »Eigentlich müsste Philipp doch die Arbeit machen. Ich weiß gar nicht, wohin er fahren wollte. Er ist ein Idiot! Außerdem hat er gar keinen Führerschein mehr.«

»Er hat sich die Zeitung gekauft und den Kaffee in Rita's Diner. Vielleicht hat er auch nach uns gesucht.«

»Bullshit ... Soll ich dir wirklich nicht helfen?«

»Nicht nötig«, antwortete ich. »War das Philipp, der gerade im Lincoln abgehauen ist?«

»Ja, er spinnt. Er hat im Internet einen Club in Marathon gefunden, den angeblich ein ehemaliger Box-Olympiasieger aus Havanna führt, da will er sich abreagieren. Weißt du, wo Marathon liegt?«

»Eine Insel nördlich von Bahia Honda.«

»Bahia Honda«, wiederholte Tara in einem langgezogenen, sehnsuchtsvollen Singsang, als erinnere sie sich an einen Ort, an dem sie Jahre zuvor einmal glücklich gewesen war. »Ich habe nur gute Erinnerungen an Bahia Honda. Du auch, Lukas?«

Ich hatte plötzlich das Gefühl, dass sie mit uns spielte – mit mir sogar mehr als mit Bach. Ich antwortete nicht mehr. Ich griff nach dem Reh auf der Ladefläche des Pickups und packte es an seinen Läufen. Schröder sprang vor Schreck vom Wagen und suchte das Weite.

»Ich könnte das nicht, was du da gerade machst«, hörte ich Tara rufen. »Dass du das kannst. Das arme Bambi!«

Ich warf einen Blick zu ihr auf die Veranda. Sie hielt Bachs Kaffeebecher in der Hand und lächelte. Ich ging in die

Hocke, um das tote Tier behutsam in die Kuhle zu legen, dann schüttete ich es zu und klopfte die feuchte Erde mit der Rückseite des Spatens fest.

»Armes Bambi!«, hörte ich noch einmal.

Den Rest des Vormittags bemühte ich mich, Tara so gut wie möglich aus dem Weg zu gehen. Ich zog mich in den Erker zurück, der vom Wohnraum zur Straße hin abging, und versuchte mich auf meine Arbeit zu konzentrieren. Tara schien zu spüren, dass mich der Besuch überforderte, vielleicht war sie aber auch nur in Zurückhaltung geübt, wenn jemand vor einer leeren Seite litt. Jedenfalls ließ sie mich in Ruhe. Zuerst las sie in der Zeitung, die Bach gekauft hatte, dann begann sie, ohne zu fragen, den Tannenbaum auf der Veranda mit den dänischen Kugeln und Figuren zu schmücken. Dazu pfiff sie Weihnachtslieder.

Ich brachte keinen vernünftigen Satz zustande, ich verstand nicht einmal, was ich zuvor geschrieben hatte. Der Ausflug auf die Seven Mile Bridge, der Strandbesuch, das tote Reh und der Streit, all das war zu viel für mich. Ich verfluchte Bach, weil er meine Seelenruhe gestört hatte, gleichzeitig sehnte ich mich nach Bahia Honda zurück, nach der verspielten Zärtlichkeit Taras.

Irgendwann stand sie hinter mir, ich roch zuerst den Duft der Pampelmuse, dann spürte ich, wie sich ihre kalten Hände über meine Augen legten.

»Kommst du gut voran, Lukas?«, fragte sie.

Ich schüttelte den Kopf.

»Versuch es doch mit einer Liebesszene …«, sagte Tara. »Liebesszenen helfen immer. Erzähl die Geschichte einer jungen Frau, die einen Mann am Strand verführt, erzähl, wie der Mann sich ziert, weil ein anderer Mann nur unweit entfernt steht und mit seinem Spazierstock unermüdlich den

Namen seiner Witwe in den Sand schreibt – Valery ... Erzähl, dass die junge Frau Gewalt anwenden muss, um den Mann glücklich zu machen.«

»Red keinen Unsinn«, sagte ich.

Tara kicherte. »Frauen können manchmal so doof sein, sie denken immer nur an die Liebe ... nicht wahr, Lukas?«

Ich antwortete nicht.

»Nicht wahr, Lukas? Du kennst doch den kürzesten Dialog über Frauen in der Weltliteratur? Oder?«

Ich drehte mich zu Tara um, ihr Körper war immer noch in das weiße Handtuch gehüllt. Sie lächelte mich mit ihrem Silberblick an.

»Nein, erzähl!«

»Wodehouse hat ihn geschrieben, dieser verrückte Engländer, du weißt schon ... Sein Held Bertie Wooster sagt zu seinem Diener Jeeves: ›Women, Jeeves!‹«

Tara machte eine kurze Pause.

»Und?«

»Und Jeeves antwortet: ›Yes, Sir.‹«

Sie machte wieder eine Pause.

»Und?«, fragte ich noch einmal.

»Nichts und – das war's. Das ist nachgewiesenermaßen der kürzeste und treffendste Dialog über Frauen in der Weltliteratur. Oder kennst du vielleicht einen treffenderen, der kürzer ist?«

Tara sah triumphierend in mein verdutztes Gesicht, so, als habe sie gerade die Relativitätstheorie entwickelt. Dann entschuldigte sie sich, dass sie mich beim Schreiben gestört hatte, sie wollte lediglich ihre Kamera zurück haben, die immer noch in meiner Jeans steckte.

Ich gab ihr den Apparat.

»Ist dir aufgefallen, dass Philipp mich manchmal Sabina genannt hat?«, fragte sie.

Ich antwortete nicht.

»Das ist doch seltsam«, fuhr sie fort, »er nennt mich wie seine Heldin. Das war kein Spaß, das war ernst. Er hat mich in der Aufregung mit Sabina verwechselt, da bin ich mir sicher. Meinst du, ich bin in seinen Augen vielleicht wirklich nur ein Avatar, die leibhaftige Projektion des Geschöpfs, das er selbst erfunden hat?«

Ich schwieg.

Tara schien zu begreifen, dass sie mich überforderte und ließ mich mit meinen Gedanken allein. Außer ein gelegentliches Lachen oder irgendwelche unverständlichen Worte, die sie vor sich hin brabbelte, während sie die Fotos von der Kamera auf den Rechner übertrug, hörte ich in den nächsten Stunden nichts mehr von ihr.

Um kurz nach zwei, Bach war noch immer nicht wieder aufgetaucht, fuhr Betty vor, sie hupte dreimal kurz. Dann rief sie: »Lukas, kannst du mir helfen?« Ich verließ den Roman und ging in die Küche, durchs Fenster sah ich, wie meine Freundin einen riesigen, mit einem weißen Leinentuch bedeckten Wäschekorb aus dem Kofferraum ihres Autos wuchtete. Offenbar hatte sie ihren halben Hausstand eingepackt, um das Weihnachtsessen zuzubereiten.

Ich mochte Betty sehr. Sie war unkompliziert und auch in heiklen Situationen nicht jammerig. Ich hoffte, dass ihre Anwesenheit den Abend erträglich machen würde.

»Wo sind denn deine Gäste?«, fragte sie, als wir den Korb in der Küche abstellten.

»Philipp ist beim Boxen in Marathon, Tara muss sich irgendwo im Haus herumtreiben. Die beiden haben sich gestritten.«

»Wonach riecht es denn hier überall?« Betty schnupperte wie Schröder in der Luft herum.

»Nach Pampelmuse«, antwortete ich, »nach Tara.«

Ich rief Taras Namen, sie reagierte nicht. Betty ging auf die Veranda, sie lobte den prächtig geschmückten Weihnachtsbaum und wollte wissen, ob es mein Rechner war, der neben der Tanne auf dem Tisch stand.

»Nein, er gehört Tara.«

»Tara, Tara – sie scheint sich nicht zu genieren, deine Tara.« Betty zeigte auf den Bildschirm, auf dem Tara in dem Moment abgebildet war, als sie federnden Schrittes, ein wenig kokett aus dem Meer stieg. Es war das Foto, das ich geschossen hatte, kurz bevor sie über mich hergefallen war.

»Trägt sie auch manchmal was auf ihrem Körper oder läuft sie immer so herum, wie Gott sie schuf?«

»Was meinst du?«, fragte ich.

Betty deutete durchs Fliegengitter in den Garten. Neben dem Grab des Rehs sonnte Tara sich nackt auf einer der beiden verrosteten Liegen aus dem Schuppen. Sie lag auf dem Bauch, das linke Bein war angewinkelt, der Fuß wippte nervös in der Luft hin und her. Ich nahm an, sie bewegte ihn zur Melodie eines Liedes, das sie durch ihre Kopfhörer empfing.

»Dieser Fleck auf ihrem Hintern, ist das ein Tattoo?«

»Ja, ein Anker.«

»Du hast sie in diesem Aufzug also schon aus der Nähe gesehen?« Betty zwinkerte mir zu.

Als hörte sie, dass wir über sie sprachen, hob Tara ihren Kopf und blinzelte gegen die Sonne Richtung Veranda. Sie legte ihre flache Hand wie einen Schirm auf die Stirn und rief: »Lukas? Haben wir schon Besuch?«

»Haben wir schon Besuch ...«, wiederholte Betty leise und lachte. Das *Wir* betonte sie dabei besonders.

»Betty ist da, mit dem Essen«, rief ich zurück.

Tara setze sich auf und winkte uns zu. »Ich bin gleich bei

euch. Ich werde dir helfen, Betty. Ich mache alles, was du sagst. Wirklich alles.«

»Das ist mir ja 'ne Nummer«, murmelte Betty, bevor sie etwas klarer anmerkte: »Und hübsch ist sie, sehr sogar. Warum haben sie und ihr Freund sich denn gestritten?«

»Sie hat sich ohne ihn den Sonnenaufgang angeschaut, sie hat ihn schlafen lassen. Ich musste sie begleiten.«

»Du musstest?«

Betty und Tara waren sich schnell einig, dass sie sich mochten. Als sie damit begannen, den Truthahn für den Ofen zuzubereiten, schickten sie mich fort. Tara meinte, ich sollte doch an der Liebesszene in meinem Buch weiterschreiben oder im *Herald* die Geschichte über einen Deutschen lesen, der sich alle Immobilien im Süden von Miami Beach unter den Nagel gerissen hatte. Es sei eine unglaubliche Geschichte, sagte sie, der Mann habe dort an einem Platz eine Diskothek errichtet, an dem zuvor eine Synagoge gestanden habe. Die Diskothek habe er Hell genannt.

Tara sprach ohne Akzent, Betty war beeindruckt. »Dein Englisch ist besser als das von Lukas«, sagte sie.

Ich ließ die beiden allein und ging auf die Veranda, wo Schröder im Ohrensessel auf mich zu warten schien. Er blickte mich vorwurfsvoll an. Ich hatte ihm in den vergangenen Tagen viel zugemutet und nahm ihn, bevor ich mich setzte, auf den Arm. Schnurrend schmiegte er sich an mich. Für einen Moment schloss ich die Augen und träumte, Bach sei nicht zum Boxen gefahren, sondern auf den Weg nach Norden, auf den Weg in die Kälte, wo er hingehörte. Ich sah ihn im Lincoln kurz hinter Key Largo, er hielt eine Kippe zwischen den Lippen und einen Flachmann zwischen den Knien, aus dem Radio donnerte ein Countrysong. Ich hörte das Lied und sah mich allein mit Tara auf der Insel, ich sah uns am Strand, ich sah, wie wir bei Monte's Langusten, Austern und Krabben aßen. Und, was ich sah, das gefiel mir.

Als ich die Augen wieder aufschlug, fiel mein Blick auf den Laptop, auf Tara, die aus dem Wasser stieg. Ich beugte mich vor, Schröder sprang auf den Tisch und schnupperte am Bildschirm, auch er schien Taras Nähe zu wollen. Ich drückte auf den Escape-Button und das Foto verschwand. Jetzt erschienen die Piktogramme der zuletzt importierten Aufnahmen. Eine zeigte mich verschwommen in Boxershorts hinter dem Fliegengitter, eine andere Tara mit der Auster am Mund, eine dritte Bach, Tara und mich, wie wir vor dem Poster *How to eat crawfish* posierten.

Tara hatte 112 Fotos geschossen, seit sie auf der Insel aufgetaucht war, inklusive des kurzen Films vom Sonnenaufgang auf der Seven Mile Bridge und einer Nacktaufnahme Bachs. Ich sah Bach auf meinem Bett liegend, in der linken Hand hielt er eine Zigarette, mit der rechten spielte er an seinem Schwanz.

Das Fotoprogramm des Computers wies insgesamt 17354 Aufnahmen aus. Ich erinnerte mich an Taras Satz vom fotografischen Tagebuch, das sie führte – mehr als 17000 Fotos, ein Leben in Bildern. Mit schlechtem Gewissen blätterte ich durch die Alben. Auf einem Foto waren Tara und Bach im Hotel El Minzah in Tanger zu sehen, Bach trug einen weißen Anzug, Tara ein weißes Kleid, sie war barfuß. Die beiden saßen auf dem Patio des Hotels in Lounge Chairs und lächelten sich an. Mir gefiel die Aufnahme nicht, sie wirkte erschreckend intim und strahlte das vollkommene Glück aus.

Und überhaupt ... was hatten die beiden in Tanger zu suchen? Wieso saßen sie in einem Hotel in Marokko? Warum schrieb Bach nicht an seinem *Roman des Jahrhunderts*?

Aus der Küche hörte ich das Geklapper von Geschirr und

Gelächter. Betty und Tara unterhielten sich über Männer, während sie das Essen zubereiteten. Betty sagte, bei den Truthähnen sei es umgekehrt, da seien die dummen die besseren.

Tara lachte. »Wieso dumm?«, fragte sie. »Gibt es dumme und intelligente Truthähne?«

»Ja, sicher«, antwortete Betty. »Auch bei den Truthähnen ist es wie überall im Leben: es gibt dumme und intelligente.«

»Und der hier, dieser fette Turkey?« Tara schien auf den Festbraten zu deuten.

»Das ist natürlich ein dummer.«

Zwischen dem Erntedankfest und Weihnachten müssen in den USA und Kanada über dreihundert Millionen Truthähne ihr Leben lassen. Ich erfuhr, dass der schlaue Truthahn in der Wildnis aufwuchs, der dumme hingegen gezüchtet wurde, dass der schlaue fliegen konnte und dabei bis zu neunzig Stundenkilometer erreichte, der dumme aber nicht einmal in der Lage war, drei Meter zu flattern, ohne eine Bruchlandung hinzulegen. Außerdem konnte der dumme Truthahn sich nicht tarnen, wozu der schlaue bei Gefahr jederzeit in der Lage war.

Bettys Stimme klang, als spreche sie zu einem Kind, dem man die Welt erklären musste. »Der wilde Schlaue ist drahtig und er wiegt im Schnitt nur zwanzig Pfund, der gezüchtete Dumme bringt es bis auf siebzig Pfund, er schmeckt einfach besser, saftiger – verstehst du? Er ist weniger durchtrainiert, weniger sehnig. Und billiger ist er obendrein auch noch, das Pfund an ihm kostet bei Winn-Dixie nur einen knappen Dollar. Für den Schlauen musst du rund sieben Dollar pro Pfund hinblättern.« Im Brustton der Überzeugung schloss Betty ihren Vortrag mit dem Satz: »Nur dumme Menschen essen schlaue Turkeys … Glaub mir, Tara.«

Seit wir uns in Rita's Diner am Overseas Highway kennengelernt hatten, war ich viel mit Betty zusammen gewesen. Ein paar Mal haben wir zusammen geschlafen, ohne große Leidenschaft. Anspruch erhoben wir nicht aufeinander. Trotzdem fürchtete ich, Tara könnte Betty in der Küche von unserem Abenteuer am Strand erzählen. Ich traute Bachs Freundin inzwischen alles zu.

Auf ihrem Rechner entdeckte ich sie vor einer mit einem riesigen Graffiti besprühten Wand. Im blauen Rollkragenpullover und ausgewaschenen Jeans ahmte sie die Haltung nach, die die Figuren, die das Kunstwerk darstellten, eingenommen hatten: Martialisch zeigte es in verschiedenen Grautönen fünf uniformierte, behelmte Soldaten mit Maschinengewehren und Engelsflügeln. Statt Gesichtern trugen die Männer gelbe Smileys mit einem breiten Grinsen. Ein dicker Schriftzug in blutroter, verlaufener Farbe verkündete: EVERY PICTURE TELLS A LIE.

Die Aufnahme war 2003 in Berlin entstanden, der Künstler, der das Werk geschaffen hatte, nannte sich Banksy. Ich erinnerte mich noch gut an die Ausstellung, sie hatte seinerzeit für einiges Aufsehen in der Stadt gesorgt.

Vielleicht war Tara mir schon damals über den Weg gelaufen, vielleicht hatte ich sie schon damals gesehen, wie sie mit einem Schirm in den Händen die Soldaten mit den Maschinengewehren imitierte. Vielleicht war ich damals schon in sie verliebt, wie man an einer roten Ampel verliebt ist, wenn eine schöne Frau auf der anderen Straßenseite auf grün wartet, ein Dreißig-Sekunden-Verliebtsein.

JEDES BILD ERZÄHLT EINE LÜGE.

Auch dieses?

Ich betrachtete eine Fotografie aus einem Album, das mit *Bötzowviertel* übertitelt war, der Name des Viertels, in dem Bach seine Jugend verbracht hatte. Das Foto zeigte einen

Mann und eine schwangere Frau, der Mann hatte seinen linken Arm um die Hüfte der Frau gelegt, seine rechte Hand ruhte auf ihrem Bauch. Der Mann blickte in die Kamera, die Frau auf das Profil des Mannes, beide lächelten. Es war kalt, die Frau schien zu frieren. Das Paar stand vor einem großen Fenster. Hinter der Scheibe war ein Adventskranz zu erkennen, auf dem vier Kerzen in verschiedenen Größen thronten.

»Hast du den Artikel über den Deutschen in der Zeitung gelesen, Lukas … der, mit der Diskothek Hell in Miami Beach?«, hörte ich Tara auf Englisch aus der Küche rufen.

»Ja, habe ich«, rief ich zurück. »Das ist eine unglaubliche Geschichte. Wirklich unglaublich.«

Keine Zeile des Artikels hatte ich gelesen.

Auf einem Foto entdeckte ich in verschnörkelten, lateinischen Buchstaben den Schriftzug *Hennings Bierstuben* auf der Scheibe des noch von Straßenkämpfen aus dem Zweiten Weltkrieg gezeichneten Hauses in der Bötzowstraße. Vielleicht hatten sich Franz Krohn und seine Tomke in dieser Kneipe zum ersten Mal geküsst, nachdem der junge Bach 1964 in der Mokka-Milch-Eisbar hatte »anfragen lassen«. Jetzt schien sich das Paar von seinem Freund zu verabschieden.

Wahrscheinlich hatte Philipp Bach das Foto geschossen. In dem Ordner auf Taras Computer befanden sich noch zwei andere Aufnahmen vor derselben Kulisse. Die erste zeigte Bach mit Tomke, die zweite Bach mit Krohn. Alle Fotos waren mit Bildunterschriften versehen. Bach trug einen dunkelblauen Dufflecoat, vor ihm auf dem Boden stand ein schwarzer Pilotenkoffer. Die Aufnahmen mussten unmittelbar vor der Flucht des jungen Dichters nach Westberlin im Dezember 1976 entstanden sein.

Ich versuchte mich an das Porträt zu erinnern, das ich

1995 für die Nullnummer der Zeitschrift geschrieben hatte – Bach in der Volvo-Limousine auf den Weg von der österreichischen Botschaft in Ostberlin zum Kurfürstendamm. Ich hatte den Artikel damals so geschrieben, als habe ich neben Bach im Fond gesessen, und selbst jetzt, Jahre später, stieg mir noch der Geruch der nagelneuen Ledersitze in die Nase.

JEDES BILD ERZÄHLT EINE LÜGE.

Auch diese Bilder?

Die letzte Aufnahme, die ich mir ansah, zeigte zwei kämpfende Schwäne, einen schwarzen und einen weißen. Die Hälse der Tiere waren wie ein dicker Zopf ineinander verschlungen, ihre Schnäbel verkeilt. Sie erweckten den Eindruck, als kämpften sie einen Kampf um Leben und Tod.

Was hatte es mit diesem Bild auf sich?

»Lukas! Hörst du mich, Lukas?« Tara stand im Rahmen der Schiebetür zur Veranda, mit einer Hand stützte sie sich am Pfosten ab. »Ich steh hier jetzt schon stundenlang und beobachte dich … Was machst du an meinem Computer? Spionierst du mich etwa aus?«

Tara lächelte, und ich spürte, wie mir das Blut in den Kopf schoss.

»Du willst wissen, wer ich bin, weil ich so bin, wie ich bin. Du verstehst mich nicht, und das lässt dich nicht zur Ruhe kommen. Hab ich Recht? Du bist verwirrt.«

Sie löste ihre Hand vom Türrahmen und kam zu mir. Ich überlegte kurz, ob ich das Fotoprogramm wegklicken sollte, fürchtete aber im selben Augenblick, dass das die Situation noch schlimmer machen könnte.

Als sie hinter mir stand, legte sie ihre Arme um meinen Hals und ihre linke Wange an meine rechte.

»Wieso siehst du dir die Schwäne an?«, flüsterte sie.

»Nur so, sie waren plötzlich da …«

»Sie waren plötzlich da?« Tara lachte. »Ich glaube dir kein Wort, Lukas. In dem Kasten sind zigtausend Fotos, und du willst mir erzählen, du bist ganz zufällig auf die Schwäne gestoßen.«

»Wollt ihr nicht langsam gehen?«, rief Betty aus der Küche.

»Ja, sofort«, rief Tara zurück. »Wir müssen hier nur kurz noch etwas klären.«

»Gehen? Wohin?«, fragte ich.

»Betty hat die Cranberries vergessen. Sie meint, ein Turkey ohne Cranberries sei wie eine Palme ohne Kokosnüsse, vollkommen inakzeptabel«, antwortete Tara, während sie auf den schwarzen Schwan im Computer deutete.

»Der hier, der heißt übrigens auch Philipp«, sagte sie. »Er hat den Kampf mit dem weißem nicht überlebt. Er ist einen Tag später gestorben, er war schon uralt, der älteste Schwan Preußens, fast dreißig …«

Etwas später, als wir auf dem Weg zum Supermarkt waren, kam Tara noch einmal auf die Schwäne zu sprechen. Sie schien zu glauben, ich hätte sie aus einem bestimmten Grund betrachtet. Ich sagte ihr, dass ihre Vermutungen aus der Luft gegriffen seien. Immer wieder hakte sie nach, und wenn uns in diesem Augenblick nicht Bill, mein Sheriff-Freund, in seinem Polizeiauto entgegengeschlichen wäre, hätte Tara wahrscheinlich bis zum Festschmaus nicht locker gelassen.

Bill gab Blinkzeichen und deutete mir mit seiner linken Hand, anzuhalten. Als die beiden Autos nebeneinander zum Stehen kamen, streckte er seinen Kopf aus dem Fenster und sagte: »Schlechte Nachricht, Buddy. Ich musste leider deinen Hausgast festnehmen.«

»Philipp?«

»Ja, ich glaube, so heißt er.« Bill nahm einen Zettel von der Konsole seines Wagens und las laut und langsam: »Mister Philipp Bach, Writer.«

»Was hat er gemacht?«

»Er hat sich nicht überzeugen lassen, dass es besser ist, seinen schmucken Lincoln stehenzulassen und mit mir zu dir zu fahren.«

»Hab ich das richtig verstanden? Dein Sheriff hat Philipp verhaftet?«, flüsterte Tara.

»Ja, scheint so.«

»Ist er betrunken?«, wollte sie wissen.

»Ist er betrunken?«, wiederholte ich.

»Er hat zusammen mit dem alten Luke zwei oder drei Six-Packs vor Rita's Diner geleert und schmutzige Lieder gesungen.«

»Und wo ist er jetzt?«

»Hier, neben mir.« Bill grinste.

Aus dem hohen Pickup hatte ich nur den Fahrersitz im Blick. Ich stieg aus und beugte mich zum Sheriff hinunter. Neben ihm saß Bach, zusammengekauert und in Handschellen gefesselt, die am Haltegriff oberhalb des Beifahrersitzes befestigt waren. Ich sah ihm in die blauen, glasigen Augen, er schien durch mich hindurchzusehen. Über seiner rechten Braue klebte ein Pflaster wie 1995 in Berlin, er musste nach seinem Boxtraining in Marathon direkt zu Rita's Diner gefahren sein.

»Philipp?«, sagte ich.

Er reagierte nicht.

»Ist Betty schon da?«, fragte Bill.

»Ja, sie wird ihn wieder aufpäppeln, bis der Vogel gar ist. Ich muss noch was besorgen und bin dann auch gleich zurück.«

Bill zwinkerte mir zu.

Als ich Tara, die zu meinem Erstaunen nicht ausgestiegen war, beschrieb, wie Bach ausgesehen hatte, sagte sie nur: »Na, verspricht ja ein besonders lustiger Heiligabend zu werden.«

Teil Zwei

Berlin, Mai/Juni 2010

Die Aschewolke des isländischen Vulkans hatte sich längst verzogen, als ich Anfang Juni in Berlin hinter meinem Schreibtisch saß und an meinem neuen Buch arbeitete.

Nach der Rückkehr aus New York hatte ich mich ein paar Wochen lang fast ausschließlich um meinen Vater gekümmert, dessen Gesundheitszustand nach dem schweren Herzinfarkt, den er Mitte April erlitten hatte, Ende Mai von den Ärzten als stabil eingestuft wurde. In dieser Zeit der Besinnung, in der ich zwischen einer Reha-Klinik im Mecklenburgischen und Berlin hin und her pendelte, verlor ich die Lust an dem Roman, dessen Geschichte ich wochenlang mit wenig Erfolg in Providence recherchiert hatte.

Das schönste Bild, das mir von den Recherchen in Erinnerung geblieben war, zeigte eine alte Frau am Point Judith in Providence, die in ihrem Schaukelstuhl aufs offene Meer blickte. Sie hatte ihr Gedächtnis verloren. Diese Frau, die die Kronzeugin des Romans sein sollte, ließ sich sicher gut beschreiben, aber was nützten einem Roman Protagonisten, die nichts mehr zu erzählen hatten?

Ich gab das Buch auf.

Stattdessen lief ich, wenn ich nicht am Krankenbett saß, meistens ohne Ziel durch Berlin. Obwohl der Frühling mit der ganzen Kraft des Neuanfangs die Stadt erobert hatte, waren es keine heiteren Tage. Ohne Geschichte fühlte ich mich fast noch verlorener als ohne Tara, an die ich an allen Ecken und Enden erinnert wurde. Ich versuchte meine Gedanken von ihr zu befreien, was mir nur mäßig gelang. Zu viel hatten wir fast zweieinhalb Jahre lang zusammen in der Stadt erlebt, die Erinnerungen daran ließen sich nicht einfach wie Staub von einer Lampe wischen. Ein paar Mal war ich versucht gewesen, ihr in diesen Wochen nach meiner Rückkehr aus Amerika eine Mail zu schreiben oder sie einfach anzurufen, doch dann kam mir wieder das kurze Gespräch in den Sinn, das ich im Gebäude der *Times* an Gretchen Rappaports Computer mir ihr geführt hatte, und der Mut verließ mich.

An dem Bildschirm in New York hatte ich eine andere Tara erlebt als jene junge Frau, die mich in der Weihnachtswoche 2005 überfallen und fast um den Verstand gebracht hatte.

Während des Video-Chats hatte sie zurückgenommen gewirkt, unterkühlt, fast so, als sei ich ein böser Geist aus der Vergangenheit, mit dem sie partout nichts mehr zu tun haben wollte.

Mir fehlte die Kraft, sie anzurufen.

Was hatte sie gemeint, als sie sagte, alles in ihrem Leben habe sich geändert, auch ihr Verhältnis zur Liebe? Wie war ihr Verhältnis zur Liebe gewesen? Ich hatte es nie verstanden und verstand es bis heute nicht.

An den Satz aus dem kurzen Gespräch, das gerade mal sechs Wochen zurücklag, musste ich denken, als ich am letzten Sonnabend im Mai auf der Terrasse des Pagnol an einem der kleinen, quadratischen Tische unter einer Platane saß.

Das Bistrot am Fasanenplatz befand sich im selben Haus, in dem auch Alexander Bezard immer in seinen Salon zu Tee und Sandkuchen geladen hatte. Bezard war im Frühsommer 2008 gestorben, ein paar Monate vor seinem Tod hatte er Tara und mich noch in seiner großen Wohnung empfangen. Es war ein denkwürdiger Nachmittag gewesen, besonders, was Tara und ihr Verhältnis zur Liebe anging – nicht zur reinen Liebe, die sie während des Chats gemeint haben musste, sondern zur körperlichen. Was die körperliche Liebe betraf, da war sie ganz und gar unkompliziert, sie genoss sie wie ein Bad in der Sonne.

Tara und ich waren zusammen einige Male bei Bezard gewesen, nicht nur, wenn er offiziell in seinen sonntäglichen Salon lud, wir hatten ihn gelegentlich auch einfach ohne Grund überrascht. »Lass uns noch kurz nach Alexander schauen, vielleicht können wir ihm einen Gefallen tun, vielleicht braucht er unsere Hilfe«, hatte Tara oft gesagt, wenn wir uns zufällig in der Gegend aufhielten.

Nach den Besuchen waren wir dann meistens noch im Pagnol eingekehrt, um eine Kleinigkeit zu essen, ein Sandwich mit Ei und Sardellen oder ein Schnitzel, das wir uns teilten. Einmal, nachdem Bezard uns nicht geöffnet hatte, hatten wir ihn im Café barfuß und in einem rosa-weiß gestreiften Schlafanzug angetroffen. Er war verwirrt gewesen und erzählte uns, dass seine Ärztin Ratten in seiner Wohnung ausgesetzt und das Glas warme Milch, das er vor der Nachtruhe immer trank, vergiftet habe. Er habe deshalb Zuflucht im Pagnol suchen müssen.

In den Jahren, als Tara mich liebte (oder ich jedenfalls glaubte, dass sie mich liebte), war dieser Ort zu einer Art Trutzburg für uns geworden. Weil wir wussten, dass Bach das Café genauso verabscheute, wie er Alexander Bezard verabscheute, den er für einen Hochstapler hielt, hatten wir uns, wenn wir im Westen der Stadt verabredet waren, immer hier getroffen. Das kam allerdings nur selten vor. Meistens hielten wir uns im Bötzowviertel auf, wohin Tara gezogen war, während sie ihre Magisterarbeit über Franz Krohn geschrieben hatte. Sie wollte dem Helden ihrer Arbeit so nah wie möglich sein. Die Gefahr, dass Bach hier auftauchte, war gering. Er mied das Viertel immer noch wie der Teufel das Weihwasser.

»Warum verlässt du Philipp nicht?«, hatte ich sie in dieser Zeit oft gefragt.

»Das kann ich nicht, Lukas«, hat sie darauf immer geantwortet. »Ich kann ihn nicht verlassen. Und frag jetzt nicht, warum … Ich kann es dir nicht sagen, wirklich nicht. Aber du musst mir vertrauen, ich habe gute Gründe.«

Diese immer gleiche Antwort hatte mich lange Zeit beschäftigt. Ich verstand nicht, wie sie gemeint war. Konnte sie ihn nicht verlassen, weil sie Mitleid hatte? Glaubte sie wirklich, er könne ohne sie den *Roman des Jahrhunderts* nicht beenden? Liebte sie ihn vielleicht mehr, als sie mir gegenüber zugab? Oder spielte sie womöglich ein ganz anderes Spiel, das sich, aus welchen Gründen auch immer, mir nicht erschloss?

Tara hatte Philipp Bach jedenfalls nie verlassen, offensichtlich bis zu seinem Tod nicht. Dafür hatte sie mir im Pagnol eines Tages, ich war vollkommen unvorbereitet, den Laufpass gegeben.

Tut mir leid, Lukas. Es geht nicht mehr, wirklich nicht. Ich kann dich nicht mehr sehen, dich nicht und Philipp auch nicht.

Diese Worte, denen sie keinen Grund hinzugefügt hatte, und die obendrein, jedenfalls was Bach anging, auch noch gelogen waren, klangen in meinen Ohren noch immer nach, und so wunderte ich mich über mich selbst, dass ich die Kraft gefunden hatte, Ende Mai an den Ort meiner schmerzhaften Niederlage zurückzukehren.

Zu meiner Überraschung trieb mich an diesem Morgen im Pagnol aber weniger Tara um, als vielmehr die verzweifelte Suche nach der Geschichte, die mir fehlte.

Was sollte ich schreiben?

Ich war ein Autor ohne Stoff, ein Reiter ohne Pferd, ein Nebbich. Wie lächerlich ein jammernder, verlassener Mann wirken konnte, das wusste ich. Wie lächerlich aber war ein Autor, den seine Geschichte verlassen hatte und der jetzt mit einem sentimentalen oder einfach dummen Gesicht vor einem weißen Bildschirm saß?

Ich erinnerte mich an die kleine Amerikanerin, die neben mir auf dem Rückflug nach Berlin Platz genommen hatte. Sie war sechs, vielleicht sieben Jahre alt, Laura, glaube ich, hieß sie. Laura hatte von ihrer Mutter ein Buch in die Hand gedrückt bekommen. Sie solle lesen, hatte die Mutter mit einiger Bestimmtheit gesagt, das mache sie müde. Fast zwanzig Minuten tat Laura, was man von ihr verlangte, dann stand sie unvermittelt auf, schmiss das Buch über die Sitzreihen weit von sich und schrie immer wieder: »The book is bad to me! The book is bad to me!« Wie am Spieß schrie sie: »The book is bad to me!«

Ich musste schmunzeln, als ich mir die Szene vergegenwärtigte. Und dann plötzlich, wie aus heiterem Himmel, so zufällig wie der Spatz, der sich flatternd auf meinem Tisch niederließ, um frech ein paar Krumen des Hörnchens zu ergaunern, das ich gerade gegessen hatte, kam mein neues Buch zu mir. Ich musste mich nicht einmal groß anstrengen, ich hatte mir einen zweiten Kaffee bestellt und war dabei, mir eine Zigarette anzuzünden, als mein Blick auf das Streichholzheftchen fiel, das ich aus meiner Jackentasche gezogen hatte.

Fanelli's Café, stand darauf geschrieben.

Ich öffnete das Heftchen und las auf der weißen Innenseite in kleiner, feinsäuberlicher Schrift den Namen Gretchen Rappaports, darunter die Telefonnummer und Mail-Adresse der *Times*-Reporterin. Ich zündete die Zigarette an und klappte das Heftchen wieder zu.

Fanelli's Café – Since 1847.

Das war's.

Die meisten Geschichten schrieben sich von allein. Auch diese musste sich von allein schreiben, im Grunde genommen war sie eigentlich schon geschrieben, ich musste nur noch die Buchstaben richtig mischen und dann aufs Papier bringen.

Die Geschichte war ganz einfach: Ein deutscher Schriftsteller erfährt in einer New Yorker Kneipe aus der Zeitung, dass sein Kollege, ein seriöser und anerkannter Dichter, mit neunundfünfzig Jahren auf mysteriöse Art und Weise am Ufer der Havel, nahe der Glienicker Brücke ums Leben gekommen war.

Die beiden Männer kannten sich gut, sie waren keine Freunde, aber ihre Wege hatten sich in den vergangenen fünfzehn Jahren mehr als einmal gekreuzt. Aus verschiedenen Gründen versteht der Schriftsteller den frühen Tod des Dichters nicht und beginnt zu recherchieren …

War der Mann eines natürlichen Todes gestorben?

Hatte er sich umgebracht?

Oder hatte vielleicht eine andere Person ihre Finger im Spiel gehabt?

Das wars! Mein Entschluss stand fest: Ich würde aus Philipp Bach einen Roman machen. Ich wusste auch sofort, wie ich ihn nennen würde: *Roman des Jahrhunderts*.

Oder? War das Unsinn? Ging ich jetzt vielleicht ein bisschen zu weit?

Egal.

Zu dem überheblich anmutenden Titel stellte ich mir als Untertitel eine Zeile vor wie *Die Geschichte eines Scheiterns*.

Ich würde das Leben Philipp Bachs beschreiben, der als kleiner Junge mit seiner Mutter, der Tochter eines Heringfischers aus Saßnitz, und seinem Vater, einem Polier aus demselben Ort, von Rügen nach Ostberlin übersiedelt und dort als Schlüsselkind aufgewachsen war.

Ich würde von der Freundschaft mit Franz Krohn erzählen, von *Emil und den Detektiven* bis hin zum Abschied vor Hennings Bierstuben in der Bötzowstraße, ich würde seine Flucht im Volvo nach Westberlin beschreiben und natürlich den großen Erfolg, den er ein halbes Jahr darauf mit *Miss Bohemia* im Westen gefeiert hatte. Ich würde von seinem Absturz berichten, von den absurd überdimensional aufgeblasenen Seiten seines Manuskripts, von seiner Trunksucht, dem Wodka und dem Jägermeister, von seiner elenden Überheblichkeit und seinem Kampf gegen tausende von leeren Seiten, den er verloren hatte.

Auch Tara müsste selbstverständlich in dem Buch auftauchen. Die Vorstellung, dass sie wahrscheinlich eine der Hauptfiguren der Geschichte war, behagte mir in dem Augenblick zwar nicht, aber was sollte ich tun? Ohne Tara funktionierte die *Operation Bach* nicht. Wohl oder übel musste ich die beiden Zärtlichkeiten austauschen lassen, und ich musste mich sogar damit abfinden, dass sie ihn liebte.

Der Gedanke, das zu beschreiben, ließ mich kurz schaudern. Ich versuchte, ihn so schnell wie möglich zu verdrängen.

Das Geheimnis von Bachs mysteriösem Tod musste ich noch lösen, das war klar, das Buch brauchte schließlich ein Ende. Und wenn ich nicht dahinter kam … halb so schlimm, dann würde ich mir eben etwas ausdenken.

Du schreibst einen Roman, Moskowicz! Keine Biografie! Also, mach dir keinen Kopf …

Dass ich Philipp Bach im Buch einen anderen Namen geben würde und seinen Werken – den Gedichten, den Theaterstücken und seinem einzigen, veröffentlichten Roman *Miss Bohemia* – andere Titel, das verstand sich von selbst.

Wenn das Buch erschienen war, würden mir sicher ein paar Neunmalkluge unterstellen, ich hätte einen Schlüsselroman geschrieben. Aber auch das störte mich nicht, ganz im Gegenteil, vielleicht nutzte es ja dem Verkauf sogar.

Es war kurz vor elf, als ich das Café am Fasanenplatz verließ und mich auf den Weg nach Hause machte. Ich fühlte mich so seltsam beschwingt, dass ich ein Lied hätte pfeifen können. Nicht einmal die Idee, dass Tara in meinem neuen Roman vorkommen würde, störte mich noch. Ich sah in ihr plötzlich nicht mehr die Frau, die ich einmal begehrt hatte, sondern eine reine Kunstfigur, die mir helfen musste, meine Geschichte voranzutreiben. Ob sie es wollte oder nicht, ich würde sie in den kommenden Monaten zu meinem Werkzeug machen. Ich gestand ihr, wie ich es mit der alten Frau vom Point Judith in Providence vorgehabt hatte, die Rolle der Kronzeugin zu. Aber das war es denn auch.

Als ich die Lietzenburger Straße überquerte, beschloss ich nicht direkt in mein Apartment in die Meineke zu gehen, sondern einen Umweg über die Mommsenstraße zu machen. Ich schlenderte die Fasanenstraße Richtung Kurfürstendamm hinauf. Vor dem Haus, in dem einst Fofi ihre Gäste bewirtet hatte, verweilte ich für einen Augenblick.

Hier hatte alles begonnen.

Der Juwelier Bulgari, der die Griechin abgefunden hatte, war auch schon wieder über alle Berge. Inzwischen versuchte das Porzellan von Rosenthal in den Räumen sein Glück.

Berlin ist nicht, Berlin wird immer nur.

Wer hatte diesen Satz noch gesagt?

Ein paar Meter von dem Ort in der Fasanenstraße entfernt hatte ich mich fünfzehn Jahre zuvor mit Bach gestritten, hier hatte mich seine rechte Faust voller Wucht an der Schulter getroffen, hier hatte er mir die Notizen entrissen, die ich für das Porträt in dem Magazin gebraucht hätte.

Als sei es gestern gewesen, sah ich ihn vor mir – die Augenbinde, die von Vaseline glänzende Braue darüber, der irre Blick seines unverletzten Auges ... Noch heute spürte ich seinen Hass. Wenn er gekonnt hätte, er hätte mich umgebracht.

Den Artikel habe ich damals trotzdem geschrieben. Und, wenn ich mich nicht täuschte, war der Text, für das, was Bach mir angetan hatte, sogar ausgesprochen fair ausgefallen. Ich erinnerte mich, seine Zerrissenheit ganz gut herausgearbeitet zu haben – die Selbstzweifel, die, wenn man ihn gut kannte, noch weit mehr Gewicht auf die Waagschale brachten als der impertinente, kaum zu ertragende Größenwahn. Außerdem strotzte der Artikel vor kleinen, schmeichelhaften Informationen, die Bach sympathisch wegkommen ließen. Besonders seine Jahre im Bötzowviertel, die von Franz Krohn, seinem väterlichen Freund, geprägt worden waren und aus Bach das gemacht hatten, was er wurde, ließen ihn in einem fast strahlenden Licht erscheinen.

Ich brauchte den Artikel unbedingt für meine Arbeit. Irgendwo musste das Heft, in dem er erschienen war, noch herumliegen.

Auf dem Kurfürstendamm drängten sich Menschenmassen, es war Wochenende und die Sonne schien, Autos kündigten mit Fahnen und Wimpeln in den deutschen Farben die nahende Fußballweltmeisterschaft in Südafrika an, die Zeitungen sagten eine Wiederholung des Sommermärchens von 2006 voraus, Griechenland war pleite und einige andere Länder kurz davor. Ich sah fast nur fröhliche Gesichter, ich sah junge Leute, die sich küssten, und ältere Paare, die Hand in Hand an den Geschäften vorbeiflanierten oder ihre Nasen an den Schaufenstern plattdrückten. Von Krise keine Spur. Der Boulevard hatte zu alter Kraft zurückgefunden, mit Coffee Shops statt Kaffeehäusern und Klamottenläden statt Kinos trotzte er der neuen Mitte der Stadt. Bachs Prophezeiung aus dem Jahr 1995, dass die ganze Gegend verslummen, aus Charlottenburg Charlottengrad werden würde, hatte sich nicht erfüllt. Der Kudamm war wieder auferstanden, sogar die Kosovo-Albaner, die sich über ein Jahrzehnt hier nicht mehr hatten blicken lassen, waren mit ihrem Hütchenspiel zurückgekehrt und zogen auf den breiten Trottoirs in Fünferbanden den Menschen die Fünfziger aus der Tasche.

Ich bog in die Bleibtreustraße ein und lief ein paar hundert Meter bis zur Mommsenstraße. Schon an der Kreuzung erblickte ich aus der Entfernung das Haus, in dem Bach gewohnt hatte.

Wer mochte sich wohl jetzt dort eingerichtet haben? War das Parkett mit den Brandflecken inzwischen erneuert worden? Oder roch es noch immer nach kaltem Nikotin und abgestandenen Essensresten?

Vorm Haus angekommen studierte ich – wie damals, 1995 – die Klingelschilder links neben der Tür. Ich las wieder vier oder fünf Doppelnamen, und dann, ich glaubte meinen Augen nicht zu trauen, las ich die Namen Bach und Looskamp vereint und erhaben auf einem blitzblank polierten Messingschild in schwarzer Schrift.

Die Zeit war hier stehengeblieben, die Wohnung schien den Abgang ihrer Mieter noch nicht mitbekommen haben.

Sollte ich klingeln?

Sollte ich nach Hause gehen?

Wieso überhaupt hatte ich den Weg hierher eingeschlagen? Ich wechselte die Straßenseite, um einen freien Blick auf den Balkon im zweiten Stockwerk zu werfen, der zu Bachs Wohnung gehörte. Die großen Flügeltüren standen offen, eine leichte Brise bewegte die weißen Vorhänge. Ich nahm auf den Stufen des Hauses gegenüber Platz und wanderte mit geschlossenen Augen noch einmal das ehemalige Reich des Dichters ab, dabei bewegte ich mich ganz vorsichtig, um die Manuskriptblätter in Din-A1-Größe, die überall am Boden verstreut herumlagen, nicht zu beschmutzen.

Was kostete 1927 eine Hure in Berlin? (Eine Stricherin? Eine Hure im Club? Im Bordell?)

Als ich die Augen wieder aufschlug, war eine Frau auf dem Balkon damit beschäftigt, Blumen zu gießen. Die Frau trug ein weißes T-Shirt und auf dem Kopf ein weit über die Stirn gezogenes, enganliegendes Kopftuch. Wenn mich mein Blick nicht trog, war es mit dem Muster der amerikanischen Flagge bedruckt. Ich kniff meine Augen zusammen, um die Frau besser zu erkennen, doch es nützte nichts, die Entfernung zwischen ihr und mir übertraf meine Sehkraft.

War es Tara, die ich beobachtete? Hätte Tara jemals Blumen gegossen?

Die Vorstellung kam mir abwegig vor, Tara goss keine Blumen, Beschäftigungen dieser Art waren ihr immer fremd gewesen. Aber das Alter schien hinzukommen, die Frau auf dem Balkon musste ungefähr so alt sein wie Tara, und auch ihre Bewegungen glichen denen meiner ehemaligen Geliebten. Ich bildete mir ein, dass sie die Gießkanne im Takt zu einem Musikstück führte und dabei lächelte.

War es möglich, dass Tara in Bachs Wohnung lebte?

Während des Chats in Gretchens Büro hatte sie gesagt, sie sei in den Westen der Stadt gezogen. Schon das mochte ich kaum glauben, denn solange ich sie kannte, hatte sie den Westen für sich persönlich immer abgelehnt, nicht aus politischen Gründen, nein, sie fühlte sich einfach im Osten der Stadt aufgehobener, da ähnelte sie Franz Krohn. Auch für Krohn war die Idee, seine gewohnte Umgebung verlassen zu müssen, unvorstellbar gewesen. Nicht einmal, als man ihm verbot, seine Bücher zu veröffentlichen, war er gewillt, sein

Biotop zu verlassen und mit Bach in den Westen rüber zu machen.

Tara in Bachs Wohnung? Unvorstellbar.

Ich weiß nicht, wie lange ich die Frau auf dem Balkon beobachtete. Einmal dachte ich für einen Moment, für zwei oder drei Sekunden, dass sich unsere Blicke trafen, aber vielleicht täuschte ich mich auch, vielleicht war der Wunsch stärker als die Wirklichkeit.

Nachdem sie sich wieder in die Wohnung zurückgezogen hatte, wechselte ich noch einmal die Straßenseite.

Bach/Looskamp.

Sollte ich klingeln?

Ich tat es nicht.

Die folgenden Tage beschäftigte ich mich mit nichts anderem als mit meiner Geschichte. Ich arbeitete morgens von sieben bis elf Uhr und am Abend ebenfalls noch einmal drei oder vier Stunden, bevor ich nachts dann irgendwann meinen Italiener in der Bleibtreustraße aufsuchte, um noch eine Pizza oder einen Teller Spaghetti zu essen. Nach zwei Wochen glich mein Apartment in der Meinekestraße einem kleinen Philipp-Bach-Museum. Überall auf dem Boden verteilt lagen Dokumente seines zu kurzen Lebens. Ich hatte alles zusammengetragen, was ich finden konnte, dazu gehörten selbstverständlich auch sämtliche Einträge, die das Internet über ihn preisgab, sowie sein komplettes, literarisches Werk. Vom *Miss Bohemia* besaß ich plötzlich sogar drei verschiedene Ausgaben, und bei *ebay* hatte ich mich nicht lumpen lassen, für sage und schreibe vierzig Euro *Der zweite Frühling der Margot H.* zu ersteigern. Die Ausgabe wurde von einer Spiralbindung zusammengehalten, die handschriftlichen Notizen und Korrekturen stammten – vertraute man dem Verkäufer – von Bach persönlich.

Gretchens Artikel aus der *Times* hatte ich mit einer Reißzwecke an der Wand hinter meinem Schreibtisch befestigt. Auch die Nullnummer der Zeitschrift, in der das Porträt über Bach erschienen war, hatte ich gefunden. Auf dem Titel des Magazins präsentierte sich ein bekanntes Berliner Fotomodel mit dickem Bauch kurz vor der Niederkunft seines Babys. Die drei anderen Themen, die in fetten Lettern hervorgehoben wurden, kündigten Christos Reichtags-Verhüllung an, den Machtkampf innerhalb der jüdischen Gemeinde Berlins (Ost gegen West) und ein Gespräch mit dem Dichter und Liedermacher Wolf Biermann. Ich erinnerte mich, dass Biermann damals statt eines Honorars für das Interview ein neues Faxgerät verlangt hatte, was in der Redaktion mit großer Belustigung aufgenommen worden war. Auf mein Porträt wurde auf dem Titel des Magazins mit einer kleineren Zeile neben dem nackten Bauch des Models aufmerksam gemacht: *Das verzweifelte Ringen des Dichters Philipp Bach mit dem dicksten Roman des Jahrhunderts.*

Aber ich hatte nicht nur jedermann zugängliche Informationen zusammengetragen, ich hatte auch Gretchen Rappaport per Mail gebeten, mir die Fotografien und Dokumente zu senden, die PDFs und Scans, die sie mir während des Abendessens bei Fanelli wie auf einem goldenen Tablett präsentiert hatte.

Keine halbe Stunde, nachdem meine Mail rausgegangen war, erreichte mich Gretchens aufgeregte Antwort. Sie fragte, ob es Neuigkeiten gäbe, die ihre Theorie stützten, dass Philipp keines natürlichen Todes gestorben war.

Sag, Lukas! schrieb sie. *Bist du auf Ungereimtheiten gestoßen, die ich wissen muss? Philipps Tod lässt mich nicht zur Ruhe kommen. Je mehr Zeit verstreicht, desto weniger verstehe ich ihn. Hast du mit Tara gesprochen? Ich habe nichts mehr von ihr gehört, jedenfalls nichts, was Philipp betrifft. Sie redet, kurz angebunden, immer*

nur über ihre Arbeit, die sie auffrisst. Arbeitet sie denn immer noch an diesem geheimnisvollen Buch, von dem sie uns erzählt hat? Was ist das für ein Buch? Ein Roman? Eine Biografie? (Unter uns: Tara benimmt sich furchtbar! Eine Freundin benimmt sich anders!) Wenn ich sie nach unserem toten Freund frage, blockt sie ab. Warum hast du mich und nicht sie nach den Dokumenten gefragt? Ich hoffe, du kannst was mit ihnen anfangen. Bitte schreib mir immer, wenn du Neuigkeiten hast. Oder glaubst du, ich bin vollkommen verrückt geworden, weil ich derart düstere Gedanken hege?
xoxo Gretchen

Angehängt an die Mail fanden sich die Dateien, um die ich gebeten hatte, es waren ein Ordner mit Fotos, das Protokoll der Kommissarin aus Potsdam und noch ein paar andere Papiere, die ich bisher nicht kannte. Das wichtigste Foto war das des Toten an der Glienicker Brücke. Ich betrachtete es noch einmal lange, achtete besonders auf die gekreuzte Haltung der Arme, auf der Gretchens Theorie fußte.

Meine Freundin von der *Times* schien immer noch beseelt von der Idee, dass Bachs Tod nicht die Folge eines ordinären Besäufnisses war, und wenn ich in New York auch noch über ihre Schlussfolgerungen gelacht hatte, jetzt gefiel mir der Gedanke, dass sie Recht haben konnte. Meiner Arbeit, meinem Buch würden ihre bösen Fantasien jedenfalls nicht schaden. Warum sollte Bachs Tod keine Nachahmungstat sein? Warum sollte es nicht möglich sein, dass er so starb, wie der letzte Bonze in seinem Erfolgsroman – jämmerlich in einer Aprilnacht am Ufer eines kalten Flusses?

Das zweite Foto war das gleiche, das ich bereits in der *Times* gesehen hatte, nur sah ich es jetzt unbeschnitten und in Farbe. Es zeigte neben den mir bereits bekannten Personen zwei andere Frauen auf dem Kutter oder der Schaluppe in der Ostsee vor Rügen, eine jüngere und eine ältere. In der jüngeren glaubte ich Bachs ehemalige Freundin Anna Looskamp zu erkennen. Wie Tara trug auch die Schauspielerin während der Seebestattung vor Rügen einen knallgelben Südwester, dessen breite Krempe wie angeklebt ihre Stirn zierte.

Das letzte Foto – Gretchen hatte es wahrscheinlich aus reiner Sentimentalität gesandt – war jenes, welches ihre Pinnwand im Büro zierte: Es zeigte sie und Bach bis über beide Ohren verliebt auf der Terrasse der Paris Bar in Berlin am amerikanischen Unabhängigkeitstag 1993.

Jedes Bild erzählt eine Lüge!

Dieses sicher nicht.

Gretchen war auf dem Foto Feuer und Flamme. Und wahrscheinlich war sie es heute immer noch. Ich musste achtgeben, nicht jede ihrer Fantasien für bare Münze zu nehmen.

Zwei Wochen nachdem ich den Entschluss gefasst hatte, Philipp Bach zum tragischen Helden meines Buches zu machen, blätterte ich gelangweilt in den ausgedruckten Dokumenten, die das Internet über ihn hergegeben hatte – es waren hunderte, die meisten davon den Verbrauch der Tinte nicht wert.

Neben den Papieren lag der Vaterländische Verdienstorden in Bronze, den ich auf dem Flohmarkt an der Straße des 17. Juni entdeckt und aus Jux für zwei Euro erstanden hatte, sowie ein Stapel mit CDs, Bachs Lieblingsmusik. *Some Broken Hearts Never Mend* war darunter und natürlich auch *Christmas With The Rat Pack*.

Es war kurz nach halb acht, im Fernsehen lief ein Kulturjournal, das ich vom Schreibtisch aus nur mit halbem Ohr verfolgte. Ich wartete auf den WM-Anpfiff des ersten Spiels der deutschen Mannschaft gegen Australien, hatte aber keine Lust, mir die Vorberichte anzusehen und war so auf

3sat gelandet. Unterbewusst nahm ich wahr, dass die Moderatorin für den Herbst eine kleine Sensation ankündigte, ich hörte Worte wie *Ostberlin*, *Fünfziger Jahre*, *Dissidenten* und *verschollener Roman*.

Erst jetzt wandte ich mich dem Fernsehschirm zu und sah das an den Rändern gezackte Schwarzweißfoto eines gutaussehenden Mannes in seinen Dreißigern. Er hielt eine Pfeife in der Hand und blickte ernst, der obere Rand seiner Hornbrille berührte die Brauen, die Geheimratsecken auf seinem Kopf hatten sich weit vorgefressen.

Krohn!

Ich war mir sicher, ich blickte in das Gesicht des Dichters Franz Krohn.

Und im selben Augenblick nannte die Moderatorin seinen Namen. Sie berichtete von Krohns Sisyphos-Roman *Der Berg*, der in den fünfziger Jahren nicht nur in Deutschland ein beachtenswerter Erfolg gewesen war, sondern in ganz Europa. Den Autor pries sie als einen der Großen der deutschen Nachkriegsliteratur, der leider ein wenig in Vergessenheit geraten war. Und dann nannte sie den Titel des verschollenen Romans, der im Oktober zur Frankfurter Buchmesse erscheinen sollte.

Schwanenkampf

Es war nur eine kurze Meldung, aber ich sah plötzlich hunderte von Bildern vor mir. *Schwanenkampf.* Wie ein Film spielten sich die Momente vor meinen Augen ab, in denen ich durch Bach und Tara mit dem schwarzen und weißen Gefieder in Berührung gekommen war. Ich versuchte, die Bilder in meinem Kopf chronologisch zu ordnen, es fiel mir schwer.

Da war der Besuch im Tierpark Berlin, der junge Philipp Bach und Franz Krohn fuhren auf ihren Fahrrädern zum Zoo nach Friedrichsfelde, um die Geburt eines schwarzen Schwans zu bestaunen. Für Franz Krohn waren schwarze Schwäne der Inbegriff von Schönheit und Unvorhersehbarkeit, er stellte sich seine zukünftige Frau so vor wie einen schwarzen Schwan. Diese Frau fanden Philipp und Krohn später dann auch in der Mokka-Milch-Eisbar an der Karl-Marx-Allee, sie hieß Tomke und war genau das, was Krohn sich erträumt hatte – ein Mädchen vor einem Honigflip, das *Die Dame mit dem Hündchen* las.

Zum ersten Mal war mir persönlich der schwarze Schwan aber bei Bach in der Wohnung in der Mommsenstraße aufgefallen. Er war auf einem Poster in seinem Schlafzimmer zusammen mit einem weißen Artgenossen abgebildet gewesen, einträchtig schwammen die beiden nebeneinander, von Kampf keine Spur.

Was hatte es mit den Schwänen auf sich?

Auch Tara hatte einen erwähnt, gleich am ersten Tag, nachdem sie und Bach bei mir auf der Insel aufgetaucht waren.

Bach hatte bemerkt, dass ich bei ihrem Namen stutzte und ihn erklärt. »Tara wie Brutto«, hatte er frotzelnd gesagt, »Brutto minus Netto ergibt Tara. Sie ist die Verpackung, mit der ich mich schmücke.«

Und Tara hatte darauf fröhlich entgegnet: »Er meint kein Inhalt, nur schön … so schön wie ein schwarzer Schwan.«

Und dann war da natürlich noch der Moment, als Tara mich ein paar Tage später ertappt hatte, als ich auf der Veranda die beiden kämpfenden Schwäne im Fotoprogramm ihres Computers betrachtete.

Was machst du da, Lukas? Spionierst du mich etwa aus?

Es kam mir so vor, als sei es gestern gewesen.

Aber auch in der Zeit danach, später in Berlin, als wir uns viel sahen, waren die stolzen Vögel immer mal wieder das Thema gewesen.

Und jetzt sollte von Franz Krohn ein verschollener Roman mit dem Titel *Schwanenkampf* erscheinen.

Nein, das konnte kein Zufall sein.

Ich sah Tara während des Video-Chats vor mir, ich sah, wie ihre Hand einen dicken Packen Papier umklammerte und in die Kamera hielt. Und schließlich hörte ich sie abrupt sagen: *So, jetzt muss ich euch aber verlassen, das Manuskript ist Montag kommender Woche fällig, und ich habe mindestens noch ein Drittel der Wegstrecke vor mir.*

Um was genau es sich bei dem Buch handelte, hatte sie Gretchen und mir nicht verraten. Angeblich war sie vom Verlag gezwungen worden eine Verschwiegenheitsklausel zu unterschreiben.

Schwanenkampf

In dem Augenblick, als die Moderatorin der TV-Sendung den Titel des Romans verriet, wusste ich, Tara steckte dahinter. Es konnte nicht anders sein.

Und ich wusste auch, mein eigener Roman war noch längst nicht geschrieben.

Ich stand vom Schreibtisch auf und schaltete das Fernsehgerät aus.

WM hin, WM her.

Ich legte eine CD des Rat Packs ein und hoffte, die Melodien würden mich in Philipp Bachs rätselhafte Welt entführen und beim Schreiben beflügeln. Anfangs war es ein merkwürdiges Gefühl, Weihnachtslieder um diese Jahreszeit zu hören, doch dann vergaß ich den europäischen Sommer und tauchte ab.

Gegen Mitternacht hatte ich die ersten drei Seiten geschrieben. Es war ein gutes Gefühl.

Bevor ich den Computer ausschaltete, googelte ich das Resultat des WM-Spiels.

Deutschland hatte Australien vier zu null geschlagen.

Ich zündete mir eine Zigarette an und erinnerte mich an das Eröffnungsspiel der Weltmeisterschaft 2006. Fast auf den Tag genau vier Jahre war das jetzt her. Deutschland spielte gegen Costa Rica in München. Seit Wochen hatte das ganze Land diesem Turnier entgegengefiebert, das an einem sonnigen Freitag im Juni angepfiffen wurde.

Berlin, im Juni 2006

Es war früher Abend und noch sehr warm. Ich saß bei offenen Fenstern unter dem Dach vor einem kleinen Fernsehgerät in Taras Wohnung in der Bötzowstraße, Tara lag im Bett und verfasste einen Eintrag für ihren Blog, in dem sie das Lesen von Büchern auf elektronischen Geräten mit Telefonsex verglich. Sie hatte von einem Gerücht gehört, dass Amazon im Verlauf des kommenden Jahres plane, ein elektronisches Lesegerät, einen sogenannten *e-reader* auf den Markt zu bringen.

»Das ist ja ekelhaft«, hatte sie gesagt, als sie davon erfuhr. »Kannst du dir vorstellen, dass man deine Bücher nur noch auf einem matten Bildschirm liest?«

Taras Kommentar verblüffte mich, weil sie zutiefst davon überzeugt war, dass Computer und Kultur sich nicht trennen ließen. In unserer Zeit, hatte sie einmal gesagt, seien sie zwei Seiten ein und derselben Medaille. Sie fühlte sich als digitaler Adler, als Teil der Avantgarde eines neuen Zeitalters. Nicholas Negroponte und Steve Jobs waren ihre Helden, *Wired* war ihre Bibel, ihr Blog, den sie fast täglich aktualisierte, gehörte zu einem der ersten in Deutschland.

Das Buch als solches wollte sie dennoch nicht missen, im Gegenteil, es abzuschaffen, ihm die haptische Wahrnehmung zu versagen und es nur noch auf die Ziffern eins und null zu reduzieren, empfand sie als Frevel. Dafür war sie zu romantisch veranlagt. Das Buch sollte Buch bleiben.

Basta!

Die Idee mit dem Telefonsex war ihr am Nachmittag gekommen, nachdem wir uns geliebt hatten. Jetzt schrieb sie, auf dem Bauch liegend, ihre Einfälle mit zehn Fingern so geschwind herunter, als bewerbe sie sich für einen Eintrag im *Guinness-Buch der Rekorde*, gelegentlich kicherte sie dabei, scheinbar amüsiert von ihren eigenen Formulierungen.

Einmal, als sie spürte, dass ich sie beobachtete, sagte sie beiläufig: »Komm zu mir, Lukas! Deine Kicker gewinnen doch eh … die armen Costaricaner.«

Und ich antwortete: »So sicher ist das nicht, noch ist gar nichts gewonnen.«

Das Match lief seit einer knappen Stunde, die Deutschen spielten frech und angriffslustig, aber es stand gerade mal zwei zu eins.

»Langsam wird es Zeit, dass sie den Sack endgültig zu machen«, sagte ich nach ein paar Minuten.

Tara lachte und klappte ihren Rechner zu. »Komm zu mir, Lukas!«, wiederholte sie. »Vergiss das doofe Spiel mit dem runden Ball, vergiss Costa Rica und leg dich zu mir …«

Ich stand auf und setzte mich auf die Bettkante, während sie das knallbunt geblümte Duvet zurückschlug, unter dem eine dicke Biografie über Colette zum Vorschein kam. Tara las immer wieder mal in dem Buch, die Französin war eine ihrer großen Heldinnen. Dass der erste Ehemann der Schriftstellerin Bücher, die sie geschrieben hatte, für sein

Werk ausgab, empfand Tara als ganz, ganz große Schweinerei.

Ich betrachtete die Blumen und sagte: »Ich war noch nie mit einer Frau zusammen, die in geblümter Bettwäsche schläft.« Der Satz rutschte mir so raus, ganz en passant, ich weiß nicht, warum.

»Einmal ist immer das erste Mal«, antwortete Tara spitz. »Gefällt dir mein Garten etwa nicht?«

Sie lag nach wie vor auf dem Bauch, ihr Kopf ruhte in der linken Hand. Aus den Augenwinkeln taxierte sie mich lauernd.

Plötzlich erfüllten Jubelschreie aus dem Fernsehen und den umliegenden Wohnungen den Raum, Klose hatte das dritte Tor für Deutschland geschossen, es stand jetzt drei zu eins.

Tara berührte das nicht. »Hast du schon mal Telefonsex gemacht, Lukas?«, fragte sie in den Jubel hinein. »Sei ehrlich … Hast du dich schon einmal von einer Frau am Telefon verführen lassen? Ich meine so, dass es richtig zur Sache ging, dass es bis zum Äußersten kam?«

»Bisher nicht«, antwortete ich, während mein Zeigefinger um das Bild auf ihrem Hintern kreiste.

»Seit wann hast du das?«

»Das Tattoo?«

»Ja.«

»Ach, sicher schon ein paar Jahre? Ein Chinese an der Warschauer Straße hat es mir gemacht, danach wollte er mich überreden, sein Kunstwerk in Naturalien zu bezahlen. Er kicherte bei dem Angebot, so, wie nur Chinesen kichern können. Ich hätte über hundert Euro gespart. Aber ich habe es natürlich abgelehnt, obwohl …«

»Obwohl was?«

Statt zu antworten, drehte sie sich auf den Rücken und

verschränkte die Arme hinterm Kopf, dabei lächelte sie. Sie war ohne Scham und wirkte so unschuldig wie ein nacktes Kind am Strand.

»Magst du es?«, fragte sie.

»Warum hast du das Motiv gewählt – den Anker und den Delphin?«

»Es passt zu mir.«

»Es passt zu dir?«

»Ja, ich glaube ja. Philipp glaubt es übrigens auch … Und du? Was meinst du?«

Die Antwort versetzte mir einen Stich ins Herz.

Bach! Immer wieder Bach. Es verging kein Tag, an dem wir zusammen waren, ohne dass über ihn gesprochen wurde. Seit ich Mitte Februar, etwas früher als geplant, wegen Tara von Big Pine Key nach Berlin zurückgekehrt war, hatte er einen festen Platz in meinem Leben eingenommen. Egal, was ich tat oder dachte, er war immer dabei. Ich wünschte ihn zum Teufel.

Ich war fest davon überzeugt, wenn es Bach in diesem sich ankündigenden Jahrhundertsommer 2006 nicht gegeben hätte, ich wäre der glücklichste Mensch der Welt gewesen. Aber es gab ihn, und da mein Wunsch sich nicht erfüllte, blieb mir, wollte ich Tara weiterhin sehen, nichts anderes übrig, als sie mit ihm zu teilen.

Tara lächelte, als könne sie meine Gedanken lesen.

Ich wiederholte die Frage, wobei ich mich bemühte, mir meinen Unmut nicht anmerken zu lassen.

»Warum passt das Tattoo zu dir?«

»Warum wohl? Überleg, Lukas … Du hast doch Fantasie, und du weißt, was die Dinge des Lebens bedeuten. Der Anker? Was versinnbildlicht er für dich …? Der Delphin …? Was meinst du …? Klar, er ist intelligent, ja … aber was ist er noch?«

Tara lächelte wieder, sie spielte das Spiel, das sie so gut wie keine Zweite beherrschte, es hieß *das Nur-nicht-klar-antworten-Spiel.* Selbst auf einfache Fragen erhielt man von ihr nur selten eine präzise Antwort. Fragte man sie zum Beispiel, wie spät es war, entgegnete sie: *Spät.* Oder: *Noch früh.* Oder: *Keine Angst, wir haben genug Zeit.*

Die genaue Uhrzeit war nur schwer aus ihr herauszubekommen. Fragen aber, deren Antworten einer etwas umfassenderen Erklärung bedurften, hatten bei ihr nicht den Hauch einer Chance. Umso erstaunter war ich, als ich auf meine Frage, ob sie sich das Motiv ausgedacht habe, sofort eine Antwort erhielt. Wie aus der Pistole geschossen entgegnete sie: »Nein, ich habe es einem Italiener geklaut.«

»Einem Italiener?«

»Ja, einem venezianischen Verleger.«

Sie klopfte mit der flachen Hand auf die Matratze, so als riefe sie einen Hund zu sich heran.

Ich legte mich neben sie und atmete das mir inzwischen so vertraute Parfum ein. Sie umarmte mich. Minuten lang lagen wir so da, ohne uns zu bewegen. Dann hallten wieder Jubelschreie durchs Quartier, in dem fast zwei Stunden lang, abgesehen von ein paar kurzen Unterbrechungen, Friedhofsruhe geherrscht hatte.

Deutschland war der erste Sieg der WM geglückt, vier zu zwei. Das Match war aus.

Ich erhob mich vom Bett und ging zum Fenster. Von dort aus beobachtete ich eine Gruppe von kräftigen Kerlen in Blaumännern. Sie standen vor der Eckkneipe an der Liselotte-Herrmann-Straße, einige prosteten sich zu, andere bliesen in Tröten, deren furchtbare Töne einem das Hirn erweichten, Autos hupten, ein paar Jungen stürmten mit einem Ball auf die Straße, sie schwenkten Wimpel und Fahnen und grölten ihre Freude heraus.

Fast ein halbes Jahrhundert zuvor hatte hier ein anderer Junge, der mit seinen Eltern von Rügen ins Bötzowviertel gezogen war, einsam und allein auf einem Hinterhof einen braunen Lederball gegen die Hauswand gebolzt, während die Frauen des Quartiers Teppiche klopften. Freunde hatte er keine gehabt, nur ein viel älterer Schriftsteller hatte einen Narren an ihm gefressen und sich seiner angenommen.

Was war aus diesem Jungen geworden?

»Komm, leg dich wieder zu mir, Lukas.« Taras Stimme klang gespielt neckisch. »Bitte, Lukas Moskowicz«, flehte sie, »bitte, bitte ... sei lieb! Leg dich zu mir.«

Von Sekunde zu Sekunde tummelten sich mehr Menschen auf der Straße. Die schwerhörige Evers, die im Erdgeschoss des Hauses wohnte und Tara immer mit eingemachter Marmelade versorgte, saß in einem Schaukelstuhl auf dem Trottoir und beobachtete das Schauspiel. Die Frau war weit über siebzig, aber noch sehr hell im Kopf und mindestens ebenso wissbegierig. Als wir uns einmal im Hauseingang über den Weg gelaufen waren, hatte sie mich gefragt, ob ich der neue Mann an Fräulein Taras Seite sei. Tara musste lachen, als ich von der Begegnung erzählte. Sie sagte, dass die Alte ihr sehr behilflich bei der Arbeit über Franz Krohn gewesen war, sie habe früher als Stenotypistin im Kulturministerium gearbeitet und Krohn gut gekannt. Seinen Roman *Der Berg* hatte sie sauber abgetippt, bevor er mit dem Manuskript bei den Verlagen vorstellig geworden war. Auch den jungen Bach hatte Hermine Evers gekannt.

»Komm endlich zu mir, Lukas!«

»Warum, glaubst du, meidet Philipp diese Gegend?«, fragte ich, ohne meinem Blick vom Fenster abzuwenden.

»Sei doch froh, dass er es tut. Stell dir vor, er hielte sich hier gern auf, stell dir vor, er steht plötzlich in der Tür und sieht deinen immer noch braungebrannten Luxuskörper in den eleganten weißen Boxershorts und daneben mich im Bett, splitternackt zwischen all den bunten Blumen ... Was würde dann aus uns werden? Er ist stärker als du, vergiss das nicht. Denk an seine rechte Gerade, denk dran, wie er ...«

Ich unterbrach Tara und sagte: »Ich war einmal hier mit ihm.«

»Was heißt das, du warst mit ihm hier?« Tara sah mich an, als sei ich verrückt geworden.

»Hier im Quartier, ich musste 1995 einen Artikel über ihn schreiben und habe ihn gebeten, mir zu zeigen, wo er aufgewachsen ist. Er hat sich zuerst gesträubt, aber dann, dann hat er seine Meinung plötzlich geändert. Ich habe mich auch gewundert. Wir sind hergefahren und eine Viertelstunde herumgelaufen ... bis er es nicht mehr aushalten konnte. Da drüben stand eine junge Frau am Fenster, wir haben nur ihre Silhouette gesehen. Sie hatte lange Haare und spielte in die Stille des Abends Saxophon, *Canteloupe Island*.«

»Ich glaub dir kein Wort, Lukas. Die Phantasie geht mit dir durch.« Tara setzte sich auf, sie war sichtlich verwirrt. »Philipp kommt nicht in diese Gegend, nicht mal unter Androhung von blanker Gewalt.«

»Wenn ich's dir doch sage ... Wir waren hier! Er hat mir sogar dieses Haus gezeigt. Da unten, wo jetzt der Franzose seine Blutwurst serviert, war früher einmal eine Kneipe drin, Hennings Bierstuben oder so. Philipp hat dort jeden Abend Berliner Pilsner vom Fass für seinen Vater in der Milchkanne geholt. Und dort, nur ein paar Meter weiter«, ich zeigte aus dem Fenster, ohne dass Tara sehen konnte, wohin ich zeigte, »dort hat euer Freund Krohn gewohnt.«

»Du musst mir nicht erklären, wo Franz Krohn gewohnt hat, Lukas. Ich bin hergezogen, weil er hier gewohnt hat. Ich wollte ihm in Gedanken so nah wie möglich sein, während ich meine Arbeit über ihn schrieb.«

»Und ich wollte dir nur beweisen, dass ich mit Philipp hier war. Woher sollte ich sonst wissen, wo genau Krohn gewohnt hat.«

Etwas später am Abend machten wir noch einen Spaziergang durch das Viertel. Wir liefen an der Kneipe vorbei, vor der die Blaumänner zuvor den Sieg über Costa Rica gefeiert hatten. Es schallte Musik auf die Straße, und durch das beschlagene Fenster konnte man zwei Frauen erkennen, die engumschlungen dazu tanzten. Tara hatte sich bei mir eingehakt, sie trug einen kurzen Rock und die Cowboystiefel, in denen sie mich auf Big Pine Key überrascht hatte. An dem Gummiband, das ihre Haare zusammenhielt, war ein kleiner Schmetterling befestigt. Als wir an dem Gebäude vorbeischlenderten, in dem Bach aufgewachsen war, verweilten wir für einen Moment.

»Ich kann es einfach immer noch nicht glauben, dass Philipp mit dir hierher gefahren ist«, sagte Tara. »Ich habe mehr als einmal versucht, ihn zu überreden mir diese Gegend zu erklären. Ich wollte wissen, wie es hier war, ich wollte, dass er mir die Zeit von damals näher bringt, aber …« Sie stockte mitten im Satz.

»Aber?«

»Nichts zu machen!« Tara hob die Schultern und ließ sie wieder fallen. »Erzählt hat er mir einiges aus jenen Jahren, hierher begleitet aber hat er mich nie.«

Ich deutete auf die andere Straßenseite und sagte: »Dort drüben unterm Dach hat ein Maler gewohnt, der sich im Sommer 1959 aus lauter Liebeskummer umgebracht hat. Er war unglücklich in ein verwöhntes Mädchen aus Grunewald verliebt gewesen.«

Tara nickte. »Er hatte überhaupt keinen Grund sich umzubringen. Ich kenn seine Geschichte. Und auch die des

Mädchens. Hast du die Gedenktafel an dem Haus gesehen? Wenn der Mann wüsste, dass man ihn dort verewigt hat …«

Ich schüttelte den Kopf. Tara zog mich auf die andere Straßenseite und las die Worte, die in kobaltblauer Schrift auf dem weißen Porzellanschild standen, wie ein Gedicht vor.

In diesem Haus lebte und arbeitete
von der Geburt bis zu seinem traurigen Ableben
der Maler
Jonas Jabal
17.10.1938 – 12.7.1959
Schöpfer unvergessener Bilder.
Sein früher Tod hat Großes verhindert.

Als habe Heinrich Heine die Zeilen persönlich verfasst, rezitierte sie sogar die Lebensdaten ehrfurchtsvoll mit leiser Stimme, wobei sie 10. und 7. mit Oktober und Juli übersetzte. Danach fügte sie lächelnd und mit gewohnt kräftiger Stimme hinzu: »Also, Lukas, mach mir bloß nie so einen Unsinn.«

Ich antwortete darauf nicht, ich fand mich damit ab, dass sie in diesen Monaten unseres Glücks die Stärkere war. Einer war schließlich immer der Stärkere, einer liebte immer mehr. Unglücklicher war ich deshalb nicht.

Vom Haus des Malers schlugen wir den Weg Richtung Volkspark Friedrichshain ein. Eine Zeitlang gingen wir schweigend nebeneinander her, und ich hatte das Gefühl, als folgte uns Bach auf Schritt und Tritt, ich spürte seinen Atem in meinem Nacken. Aber das war einzig und allein mein Problem, und ich wusste, ich musste es für mich lösen.

Als wir an einem jungen Liebespaar vorbeikamen, das sich auf einer Holzbank küsste, sagte Tara leise: »Das ist ja wie früher, Lukas. Sieh hin! So was gibt es doch gar nicht mehr. Und dann der Mond! Sieh dir nur den hellen Mond an … Da musst du schon ins Kino gehen, um heute noch so was zu sehen.«

»Hattest du einen festen Freund, bevor du Philipp kennengelernt hast?«

»Als ich so alt war, wie die beiden auf der Bank … ja, da hatte ich einen. Ich kann mich aber kaum noch erinnern.«

Taras Blick war immer noch auf das Liebespaar gerichtet. »Hast du ihr Kleid gesehen, Lukas?«, flüsterte sie. »Sieh es dir an, es ist so geblümt wie meine Bettwäsche. Da fehlt nur noch der Petticoat. Es ist wunderschön …«

»Wie hieß der Freund von damals? Erinnerst du dich an seinen Namen?«

»Ja, sicher, er hieß Hans, ganz altmodisch, aber alle haben ihn Johnny gerufen. Sein Vater war fünf Jahre lang mein Deutschlehrer, Doktor Klaus Frohn. Den mochte ich überhaupt nicht, und trotzdem hat er so stark wie kaum ein anderer mein Leben beeinflusst.«

»Wieso?«

»Eines Tages kam er in die Klasse und verkündete, dass wir in den nächsten zwei Monaten *Der Berg* von Franz Krohn durchnehmen würden …«

»Und?«

»Dann hat er vor allen Schülern hinzugefügt, er habe das Buch speziell für Tara ausgesucht.«

»Und was hat er damit gemeint?«

»Keine Ahnung. Ich habe ihn gefragt, aber er hat nur geantwortet, ich werde es bei der Lektüre schon merken. Ich habe es bis heute nicht gemerkt. Außer, dass es eines meiner Lieblingsbücher geworden ist.«

»Und dieser Johnny war sein Sohn?«

»Ja, Frohn hasste es, wenn wir ihn Johnny nannten. Ich habe mein Abitur bei ihm mit einer Arbeit über Krohns *Berg* gemacht. Er war vor der Wende mein Lehrer und auch danach. Wie haben diese Menschen es nur geschafft, von einem ins andere System zu wechseln, ohne dabei einen Knacks zu wegzukriegen? Unser Unterricht war plötzlich wie auf den Kopf gestellt, nichts war mehr, wie es vorher war. Von einem auf den anderen Tag durften wir Biermanns *Ballade von den verdorbenen Greisen* singen.«

Tara stimmte den Refrain des Liedes an, leise und prononciert sang sie:

Wir wollen dich nicht ins Verderben stürzen
du bist schon verdorben genug
Nicht Rache, nein, Rente!
im Wandlitzer Ghetto
und Friede deinem letzten Atemzug

Sie machte die sonore Stimme des Sängers verblüffend gut nach. Ich ging aber nicht weiter darauf ein und fragte stattdessen: »Und nach dem Sohn von Frohn, gab es da noch andere?«

»Du bist wirklich unmöglich, Lukas. Wir gehen durch die schönste Sommernacht, wir sehen Liebespaare in der Röte des Rots von Technicolor, sie küssen sich zärtlich, die Nachtigall singt! Und du sprichst wie ein sturer Kriminalkommissar nur vom Gestern. Gestern war gestern, warum begreifst du das nicht? Und was meinst du mit andere? Andere Jungen, andere Männer oder was?«

»Ja, das meine ich.«

»Warum willst du das wissen?«

»Ich will alles über dich wissen. Das ist doch normal …« Fast hätte ich noch hinzugefügt … *wenn man sich liebt.* Doch zum Glück konnte ich mir diesen Halbsatz verkneifen. Ich war überzeugt, Tara hätte ihn irgendwann ausgenutzt.

»Nach Johnny kam nichts Festes mehr, nein. Nach ihm habe ich à la carte gelebt.«

Die Antwort traf mich so unerwartet wie der Schlag mit einem nassen Handtuch im Gesicht, Tara sah es mir an, sie lächelte.

»Jetzt bist du schockiert, nicht wahr? Aber du hast gefragt, und jetzt musst du auch damit leben.«

»À la carte«, sagte sie, »so ist es nun mal, Lukas. Oder glaubst du, nur weil ich nicht den richtigen Kerl gefunden habe, mit dem ich unter einem Dach leben wollte, habe ich mich in Verzicht geübt? Ich gebe meinem Körper, was ihm gut tut, und er dankt es mir jeden Tag. Mit Liebe hat das nur bedingt zu tun.«

»Jeden Tag?«

Tara atmete tief ein, dann kicherte sie und kniff mir mit Daumen und Zeigefinger in die Seiten, sie spürte mein Entsetzen und versuchte es zu beschwichtigen. »Vielleicht jeden zweiten, maximal jeden zweiten, Lukas. Und jetzt sei nicht gleich beleidigt …«

In diesem Augenblick war mir klar, ich wusste kaum etwas über sie. Seit nunmehr vier Monaten trafen wir uns zwei oder drei Mal in der Woche, oft schlief ich sogar bei ihr, aber wenn mich jemand gebeten hätte, ihre Geschichte zu erzählen, ich hätte es nur sehr bruchstückhaft gekonnt. Man musste ihr alles aus der Nase ziehen, und selbst wenn es einem gelungen war, dass sie etwas von sich preisgab, konnte man nie sicher sein, ob es die Wahrheit war.

Mit der Wahrheit nahm sie es nicht allzu genau, nicht im Großen und erst recht nicht im Kleinen. Ich hatte sie schon ein paar Mal erwischt, wenn sie sich in Widersprüche verstrickte, selbst ihre Familiengeschichte gab mir Rätsel auf, immer wieder stieß ich auf Ungereimtheiten. Schon nachdem ich die erste Nacht Ende Februar in ihrer kleinen Wohnung verbracht hatte, begann ich leise Zweifel an ihren Erzählungen zu hegen.

Während sie uns einen Kaffee machte, sprach ich sie auf eine Fotografie an, die in einem mit Muscheln verzierten Holzrahmen neben einer russischen Puppe und einem vergoldeten Eiffelturm in ihrer Bücherwand stand. »Wer sind die drei auf dem Foto in dem Muschelrahmen?«, fragte ich.

»Was glaubst du?«, antwortete sie, während sie in der Kochnische Milch aufschäumte.

»Die Kleine mit den Zöpfen, das bist du, oder?«

»Bravo, Lukas, sehr gut geraten!« Tara deutete mit den Händen einen Applaus an. Es kam mir so vor, als machte sie sich ein wenig lustig über mich, was vielleicht nicht ganz unberechtigt war. Wer sonst sollte das Mädchen auf dem Foto sein? Ich schätzte es auf drei, knapp vier Jahre, es saß auf einem rosafarbenen Fahrrad mit Stützrädern und lachte. Am Lenker baumelte ein Luftballon mit dem Aufdruck *Vita-Cola*. Hinter dem Mädchen kniete ein älteres Paar in der Hocke, sowohl der Mann als auch die Frau hatten einen Arm um seine Schultern gelegt und sahen es liebevoll an. Ich schätzte beide auf weit über vierzig Jahre, die Frau trug eine Dauerwelle und eine Rüschenbluse, der Mann einen Hut. Er erinnerte mich an die Fernsehbilder jener Männer, die am Tag der Arbeit früher an der Karl-Marx-Allee auf den Holztribünen saßen und dem im Stechschritt paradierenden Militär zuwinkten. Im Hintergrund des Fotos erkannte ich ein Backsteinhaus, auf dem eine Flagge in den deutschen Farben mit Hammer und Zirkel wehte.

»Und das altmodische Paar? Das sind sicher deine Großeltern ...«

»Falsch.«

»Deine Eltern?«

»Richtig.«

»Aber sie wirken schon so alt, ich meine verhältnismäßig alt … für ein Paar mit einem so jungen Kind.«

»Sie sind so alt, wie sie sind, Lukas. Guck dich doch um, wer heutzutage alles Kinder macht … Achtzigjährige!«

»Leben beide noch?«

»Warum sollten sie nicht mehr leben?«

Taras Antworten kamen so kurz und unwillig über ihre Lippen, dass ich nach der nächsten Frage aufgab.

»Und wo leben sie?«

»An der Ostsee.«

Ich weiß nicht wieso, es war nur ein Gefühl, aber von Beginn an zweifelte ich daran, dass die beiden Menschen auf dem Foto ihre Eltern waren. Und ein paar Wochen später, an einem Sonntagabend, nach einem anstrengenden Besuch in Alexander Bezards Salon, als wir zusammen im Pagnol saßen und uns ein Schnitzel teilten, kam die Wahrheit dann auch heraus. Noch aufgeladen von dem bedeutungsschwangeren Streitgespräch, das Bezards Gäste über das Ende der Familie in Großstädten führten – es war wohl gerade eine Studie erschienen, der zufolge dreiundfünfzig Prozent der Berliner in Single-Haushalten lebten –, erzählte ich von meinen Eltern, die sich gleich nach meiner Geburt hatten scheiden lassen, um anderthalb Jahre später einen erneuten Anlauf zu unternehmen.

»Und? Sind sie immer noch verheiratet?«

»Seit zweiundvierzig Jahren, glücklich, oder was man eben so glücklich nennt.«

Tara sah mit traurigen Augen an mir vorbei, sie schien sich kurz in eine andere Zeit zu träumen. Ich hatte sie selten so nachdenklich gesehen.

»Was geht dir durch den Kopf?«, fragte ich.

Sie antwortete zuerst nicht, und ich wiederholte meine

Frage, worauf sie leise entgegnete, dass sie leider überhaupt keine Erinnerungen an ihre Eltern habe.

Ob sie den Satz unbedarft dahergeredet hatte oder ob er kalkulierte Absicht war, kann ich nicht sagen. In jedem Fall musste sie damit rechnen, dass ich nachhakte, was ich auch sofort tat.

»Hast du mir nicht erzählt, deine Eltern leben an der Ostsee?«

»Meine Adoptiveltern. Meine Eltern sind früh gestorben, ich war gerade mal drei Jahre alt.«

Ich traute meinen Ohren kaum. Warum hatte sie unlängst behauptet, der ältere Mann und die ältere Frau im Bücherbord seien ihr Vater und ihre Mutter? Sie hatte es nicht direkt gesagt, aber so wie ihr der Satz über die Lippen gekommen war, blieb gar keine andere Schlussfolgerung übrig.

Sie sind so alt, wie sie sind. Guck dich doch um, wer heutzutage alles Kinder macht ... Achtzigjährige!

»Sind sie zusammen ums Leben gekommen?«

»Ja, bei einem Flugzeugabsturz.« Tara antwortete in einem Ton, als sei es das alltäglichste der Welt, in einem Flugzeug zu sterben. Sie schien sich wieder gefangen zu haben, der kurze, melancholische Ausflug in die Vergangenheit war beendet, ihre Stimme hatte wieder an Kraft zugelegt, die gewohnte Chuzpe Oberhand gewonnen.

»Du musst jetzt gar nicht so verzweifelt gucken, Lukas. Es waren meine Eltern, nicht deine. Außerdem ist das schon über fünfundzwanzig Jahre her, und wenn es dich beruhigt, ich hatte eine sehr glückliche Kindheit danach. Gelitten habe ich nie.«

»Und wo war das?«

»Wo war was?«

»Na, der Absturz.«

»In Warschau, ich habe sehr spät davon erfahren. Meine

Eltern, also meine Adoptiveltern um genau zu sein, haben mir es erst erzählt, als ich schon siebzehn war. Sie wollten, dass ich mir …« Tara brach den Satz ab.

»Aber Schluss jetzt, Lukas! Wirklich! Reden wir nicht mehr über die Vergangenheit, der Nachmittag bei Alexander war schon anstrengend genug, lass uns den Abend und das Schnitzel genießen.«

Noch in derselben Nacht saß ich mit einer Flasche Rotwein vor meinem Computer in der Meinekestraße und recherchierte den Flugzeugabsturz. Tara war vom Pagnol direkt in die Mommsenstraße zu Bach gegangen, woran ich mich noch immer nicht gewöhnt hatte, obwohl es fast schon zum Ritual geworden war, wenn wir uns im Westen der Stadt aufhielten. Jedes Mal, bevor wir uns mit einem Kuss verabschiedeten, flüsterte sie mir ins Ohr: »Keine Angst, Lukas, ich lauf dir nicht weg.«

Wie brachte sie es nur fertig, morgens neben mir aufzuwachen und in der darauffolgenden Nacht mit Philipp Bach ins Bett zu steigen? Es ging mir nicht in den Kopf. Für sie aber schien das überhaupt kein Problem zu sein.

»Ich begreife dich nicht, Lukas«, hatte sie mir einmal gesagt, »wo steht geschrieben, dass eine Frau nur einen Mann auf einmal lieben darf?«

Ich hätte ihr darauf sofort entgegnen müssen, dass sie Bach doch einmal mit demselben Satz überraschen sollte. Aber dafür fehlte mir es an Schlagfertigkeit und vielleicht auch an Mut, und so musste ich mich weiterhin vor ihm verstecken, während er sein gewohntes Leben führen konnte.

Ich durchflöhte die Webseiten nach dem Crash in Polen und stellte mir vor, wie sie seine nach kaltem Nikotin stinkende Wohnung betrat, wie sie ihn umarmte und zärtlich mit der flachen Hand den rasierten Schädel streichelte, wie sie ihm Trost spendete, weil er mit seiner Arbeit nicht vorankam, wie sie ein paar Zeilen vom *Roman des Jahrhunderts* las und ihm Mut machte, weiterzuschreiben, wie sie zusammen Jägermeister tranken, eine, zwei oder drei kleine Flaschen, und sich danach zu irgendeiner idiotischen Musik eines idiotischen Countrysängers vor dem weißen und dem schwarzen Schwan im Schlafzimmer liebten.

In diesem Augenblick war ich so traurig und zornig zugleich, dass ich hoffte, Tara habe die Geschichte mit dem Absturz erfunden. Vielleicht könnte eine solche Lüge meine Gefühle für sie ein wenig relativieren und mich wieder an den Schreibtisch zwingen.

Was war so einzigartig an ihr, dass ich seit Monaten an nichts anderes mehr dachte als an sie? Ich hatte mein Buch geschmissen, den Abgabetermin nicht eingehalten, mir einen Haufen Ärger eingehandelt. Und noch immer war das Manuskript nicht fertig. Ich machte allein Tara dafür verantwortlich.

Und dann blieb mein Blick plötzlich auf der Webseite *planecrashinfo.com* hängen, auf der von einem Flugzeugunglück 1980 in Polen die Rede war. Der Bericht beschrieb minutiös eine der größten Flugkatastrophen, die das Land erlebt hatte.

Eine Maschine der polnischen LOT war am vierzehnten März 1980 in der Nähe des Warschauer Flughafens abgestürzt, alle Passagiere und Besatzungsmitglieder waren dabei ums Leben gekommen, insgesamt siebenundachtzig Personen.

Vierzehnter März 1980? Ich rechnete. Das Datum konnte mit Taras Alter auf dem Familienfoto übereinstimmen.

Die Maschine, eine Iljuschin Il-62 sowjetischer Bauart, die am Vorabend nach einem Schneesturm vom New Yorker John-F.-Kennedy-Flughafen gestartet war, hatte nach einem starken Druckabfall nur einen Kilometer von der Landebahn in Warschau entfernt ein paar Bäume gestreift und war in einen vereisten Wassergraben gestürzt.

Unter den Reisenden befanden sich eine Gruppe von amerikanischen Boxern, eine berühmte Schlagersängerin aus Polen, deren Künstlername übersetzt *Roher Bernstein* hieß, und ein Kardiologe aus Ostberlin mit seiner Frau.

Ich stutzte, als ich las, dass die beiden das einzige Ehepaar aus der Deutschen Demokratischen Republik auf dem Flieger waren. Wenn es stimmte, was auf der Seite geschrieben stand, dann konnten nur der Arzt und seine Frau die leiblichen Eltern Taras sein.

Aber wieso durften sie nach New York fliegen? Und warum über Warschau?

Immer wieder hatte ich versucht, von Tara Antworten auf meine Fragen zu bekommen, auch während unseres Spaziergangs am Abend nach dem ersten WM-Spiel sprach ich sie auf ihre leiblichen Eltern an, doch sie blieb stur, ich bekam nichts mehr aus ihr heraus.

»Hör auf, mir andauernd Löcher in den Bauch zu fragen, Lukas!«, sagte sie, bevor sie mich umarmte und mir einen Kuss gab.

Wir hatten das Liebespaar hinter uns gelassen und gingen durch den Park Richtung Filmtheater am Friedrichshain. Sie hatte sich in den Kopf gesetzt, die Nachtvorstellung des Kinos zu besuchen, vorausgesetzt es lief ein Film, der ihr gefiel. Sie behauptete, nur alte, amerikanische Schwarzweißfilme zu mögen, die romantisch waren und zum Lachen, oder französische, in denen die Frauen ihre Männer betrogen. »Ist dir schon mal aufgefallen, dass in fast jedem französischen Film eine Frau ihren Mann betrügt?«, hatte sie gefragt, ohne eine Antwort darauf zu erwarten. Die amerikanischen Filme der letzten dreißig Jahre verabscheute sie, jedenfalls sagte sie das während des Spaziergangs, sie waren ihr entweder zu brutal oder zu dumm oder beides.

Aber auch das war wieder so eine ihrer kleinen Lügen, die vollkommen überflüssig waren und mich stutzig machten.

In der Bücherwand ihres Apartments hatte ich mindestens ein Dutzend DVDs brutaler Hollywood-Produkte aus den letzten Jahren entdeckt, seltsamerweise spielten in fast allen Frauen die Hauptrolle, die sich an Männern rächten, *Thelma & Louise* zum Beispiel, die eine Blutspur auf ihrer Rachereise durch Amerika hinter sich ließen, *Kill Bill* oder auch *Dogville*.

Taras Filmgeschmack deckte sich mit dem Geschmack vieler ihrer Bücher. Und so war es nur logisch, dass gleich neben den DVDs Theaterstücke wie Dürrenmatts *Besuch der alten Dame* oder Romane wie Bachs *Miss Bohemia* standen, in allen Werken ging es um Frauen, die Rache übten.

Es war an diesem Sommerabend im Juni 2006, als ich mich zum ersten Mal fragte, ob Tara die Filme und Bücher aus einem persönlichen Grund zusammengetragen hatte, ob sie selbst vielleicht mit Rachegedanken spielte. Doch dann verwarf ich die Idee.

Tara war keine Frau, die sich über das Gestern Gedanken machte. Es war eher wahrscheinlich, dass sie die Rache der Frau in der Literatur und im Film zum Thema in ihrem Blog gemacht oder einen Artikel in irgendeiner Wochenendbeilage darüber verfasst hatte.

Erst vier Jahre später, am Tag, als ich auf der Terrasse des Cantina in der Bleibtreustraße saß und mir das Achtelfinalspiel der deutschen Mannschaft gegen England bei der WM in Südafrika ansah, kam mir diese Rache-Idee wieder in den Sinn. Mein Philipp-Bach-Roman konnte ein wenig Spannung ganz gut vertragen. Ich war mit dem Buch in den letzten Wochen einigermaßen vorangekommen, ich hatte schon fast dreißig Seiten geschrieben, obwohl ich noch immer nicht wusste, wohin es mich führen würde. Aber das war mir ganz recht, nichts hasste ich beim Schreiben mehr, als den genauen Ausgang einer Geschichte zu kennen. Ich ließ mich gerne von meinen Helden treiben und achtete darauf, sie nicht vollkommen zu entmündigen. Manchmal, auch wenn es mich viel Zeit kostete, gefiel es mir sogar, wenn sie mich an der Nase herumführten, mich überraschten, mir widersprachen oder Fallen stellten.

Tara (im Roman hatte ich sie Nike nach der griechischen Siegesgöttin getauft) war im wirklichen Leben wie auch in der Fiktion für ein solches Verwirrspiel wie geschaffen.

An dem späten Sonntagnachmittag beim Italiener wurde mir das so bewusst wie selten zuvor. Das Fußballspiel hatte bereits um sechzehn Uhr begonnen und die zweite Halbzeit lief auf vollen Touren, ich hatte schon zwei Gläser Wein getrunken und überlegte, ob ich mir ein drittes gönnen sollte. Die Sonne schien, auf der vollbesetzten Terrasse herrschte, angeheizt von den nervtötenden Tönen afrikanischer Vuvuzelas, Siegerstimmung. Die deutsche Mannschaft hatte gerade auf drei zu eins erhöht, keiner der Gäste glaubte daran, dass die Briten das Spiel noch einmal drehen könnten.

Auch für mich war es gelaufen.

Ich sah die menschenleere Bleibtreustraße hinunter, als

ich beschloss, auf das dritte Glas Wein zu verzichten und von den Helden auf dem Rasen zu meinen Helden an den Computer zurückzukehren. Auf der Höhe der Niebuhrstraße erblickte ich eine junge Frau. Gelassen schlenderte sie in meine Richtung, sie machte den Eindruck, als pfeife sie ein Lied, ihre Schritte wirkten tänzelnd. Zuerst sah ich nur ein Basecap, das sie tief über die Stirn ins Gesicht gezogen hatte, dann fiel mein Blick auf die blaue Tasche, die um ihre Schulter hing. Die Frau verschwand kurz in der Eisdiele, die keine dreißig Meter vom Cantina entfernt lag.

Als sie mit einer Waffel voller Eiskrem in der Hand wieder herauskam und sich dem Restaurant näherte, konnte ich einen weißen Globus mit dem Schriftzug der PanAm auf der Tasche erkennen.

Tara? War es Tara, die mit Bachs Tasche und dem Basecap der *Fighting Sioux* die Straße herunterbummelte? Sie war es, ich zweifelte keine Sekunde mehr.

Mir schlug das Herz bis zum Hals. Schritt für Schritt folgten ihr meine Blicke. Als sie schließlich zwischen den Tischen und dem Bordstein, wo die Fernsehgeräte aufgestellt waren, für einen Moment auf dem Trottoir verweilte, um Michele zu umarmen, einen der vier neapolitanischen Pascarella-Brüder, denen das Restaurant gehörte, sah ich kurz in ihr fröhliches Gesicht und auf die rot geschminkten Lippen.

Hatte sie am Computer in Gretchen Rappaports Büro ein paar Wochen zuvor noch vollkommen zurückgenommen und abweisend gewirkt, glich sie jetzt wieder jenem Mädchen, das in der Weihnachtswoche 2005 im metallicblauen Johnny-Cash-Lincoln vor dem Haus auf Big Pine Key gestrandet war.

Verglichen mit dem Neapolitaner, der von seiner Statur her (Höhe wie Breite war ungefähr eins) den Eindruck erweckte, als sei er aus einem Fellini-Film geflüchtet, kam mir

Tara wie eine Riesin vor. Sie war wunderschön, besonders, wenn sie lachte.

Für ein paar Momente sah ich sie wie auf der Leinwand im Kino vor mir, ich sah, wie sie ausgelassen am Strand von Bahia Honda entlangrannte, wie sie ein Rad nach dem anderen schlug, bevor sie sich vor Erschöpfung schnaufend in meine Arme fallen ließ und ihren Mund auf meinen Mund presste.

Und dann verschwammen die Bilder vor meinen Augen und Tara und Michele kamen zurück. Die beiden schienen sich zu kennen, sie standen dicht nebeneinander und flirteten. Tara ließ den Neapolitaner sogar an ihrem Eis lecken, bevor er auf ihr T-Shirt deutete, auf dem in roten Lettern *Lieber Pirat als bei der Marine* geschrieben stand. Wenn ich mich recht erinnerte, hatte sie den Spruch im MIT in Boston aufgeschnappt, wo sie ein Studienjahr absolviert hatte. Als sie in Big Pine Key auftauchte, trug sie ein Hemd mit demselben Spruch, damals allerdings noch auf English: *It's better to be a pirate than to join the navy*. Offensichtlich erkundigte sich Michele nach der Bedeutung des Satzes, und Tara schien sie ihm zu erklären. Die beiden lachten und scherzten solange, bis ein paar aufgebrachte Fußballfans sie wegscheuchten, weil sie den freien Blick auf einen der Fernsehschirme versperrten.

Mich hatte Tara auf der Terrasse nicht entdeckt, sie hatte keinen der Gäste des Restaurants eines Blickes gewürdigt. Sie verabschiedete sich von Michele und ging federnden Schrittes Richtung Mommsenstraße. Erst jetzt bemerkte ich, dass an der PanAm-Tasche zwei Boxhandschuhe aus rotem Leder baumelten. Ich stand auf und gab Michele zu verstehen, dass ich gleich zurückkommen würde. Er ahnte, was ich vorhatte und flüsterte: »Vergiss sie, Lukas. Keine Chance.«

Als ich mich von ihm abwandte, um Tara zu folgen, rief er mir hinterher: »Auguri, Lukas! Aber glaub mir, du hast keine Chance! Sie ist eine Nummer zu groß für uns.«

Es waren nicht einmal dreihundert Meter bis zu ihrer Wohnung. Vielleicht würde ich an diesem Abend erfahren, was es mit dem *Schwanenkampf* auf sich hatte und ob Tara wirklich mit der Trouvaille des plötzlich aufgetauchten Manuskripts von Franz Krohn befasst war, was ich bisher nur vermutet hatte. Ich ging ein bisschen schneller, um sie einzuholen. Als sie die Eichentür ihres Hauses aufschloss, war ich ungefähr noch zehn Meter von ihr entfernt. Ich zögerte für ein paar Sekunden, dann rief ich ihren Namen.

»Tara!«

Sie drehte sich um und lächelte, mit ihrem Po stützte sie die Tür ab, damit sie nicht ins Schloss fiel.

»Lukas … Wo kommst du her?« Sie schien nicht im Geringsten erstaunt, mich zu sehen.

»Ich bin dir vom Italiener gefolgt.«

Wir umarmten uns flüchtig, so, als hätten wir uns am Tag zuvor zum letzten Mal umarmt.

»Du siehst gut aus«, sagte sie. »Du hast dir die Haare geschnitten, auch das bisschen Grau steht dir.«

»Du siehst auch gut aus«, antwortete ich.

»Ja, ich fühl mich auch so. Willst du was trinken? Willst du mit hochkommen? Ich war beim Sport, ich muss nur schnell duschen, dann trinken wir zusammen ein Glas bei mir, okay?«

Ich nickte.

Wir gingen die Treppen hinauf. Tara ging vor, ich folgte ihr, wie ich hier Jahre zuvor Philipp Bach gefolgt war. Jetzt war der Mann tot, seine Asche trieb irgendwo in der Ostsee, und die Frau, die ihn angeblich einst verlassen hatte, wie sie auch mich verlassen hatte, lebte in seiner Wohnung.

Wie konnte sie sich das leisten? Wie hatte Bach sich all die Jahre die Wohnung leisten können – über zweihundert Quadratmeter in einer der teuersten Straßen Berlins?

Als wir den ersten Stock erreichten, sagte Tara: »Ich habe neulich schon einmal gedacht, dich hier gesehen zu haben, Lukas – vorm Haus gegenüber auf den Eingangsstufen. Ein Mann hat mich von dort aus vor ein paar Wochen beobachtet, aus der Entfernung ähnelte er dir.«

»Ja, das war ich. Du hast Blumen gegossen, nicht wahr? Und Musik dazu gehört? Ich hab's deinen Bewegungen angesehen.«

»Hab ich's mir doch gedacht … Warum hast du kein Zeichen gegeben?«

»Ich war mir nicht sicher, ob du es bist. Wie konnte ich ahnen, dass du hier wohnst?«

»Das ist doch albern. Warum hast du nicht einfach geklingelt, um es herauszufinden?«

»Ich wollte läuten, hab's dann aber doch nicht getan, obwohl ich sehr verwundert war, immer noch das uralte Klingelschild an der Tür zu sehen, Bach/Looskamp.«

»Ja, ich bin noch nicht dazu gekommen, es auszuwechseln.«

»Seit wann wohnst du hier?«

»Ach, schon länger.«

Da war sie wieder, die berühmte Antwort, die nichts preisgab, noch immer hielt Tara alles im Vagen. Während sie nach den Wohnungsschlüsseln in der blauen Tasche kramte, betrachtete ich die roten Handschuhe, die abgewetzt über dem PanAm-Globus baumelten.

»Du hast nicht nur Philipps Wohnung, du hast auch seine Boxhandschuhe übernommen«, sagte ich.

»Nein, die gehören mir«, antwortete sie. »Zum Boxen hat mich nicht Philipp gebracht, sondern Colette. Sie konnte nicht nur gut schreiben, sie war auch im Ring großartig – und zwar zu einer Zeit, in der Frauen höchstens auf dem Rummelplatz geboxt haben, weil sie sich ein paar Groschen verdienen mussten. Wusstest du das?«

Ich verneinte.

»Jede Frau sollte heute boxen, das schärft die Sinne und die Reaktionsfähigkeit. Und es gibt Selbstvertrauen, nicht nur den Kerlen gegenüber.«

Sie drehte sich kurz zu mir um und simulierte kichernd einen Uppercut, dann schloss sie die Tür auf, und wir betraten die Wohnung. Schon auf den ersten Blick sah ich, dass hier nichts mehr an 1995 erinnerte und auch nichts an Taras verspielter Jungmädchen-Behausung im Bötzowviertel. Wir standen in dem langen Flur, die Zimmer waren noch sonnendurchflutet, kein Staubkorn hatte sich hier verloren. Es roch nach Pampelmuse. Wände und Decken wirkten frisch gestrichen, die Dielen des Parketts waren repariert, die Brandstellen von Bachs Kippen ausgebessert.

Tara ließ ihre Tasche fallen und warf das Basecap hinterher, dann zog sie ihre ausgetretenen Turnschuhe aus. »Komm, Lukas!«, sagte sie. »Zieh auch deine Schuhe aus, es läuft sich angenehm mit nackten Füßen auf dem blanken Holz.«

Während ich mich bückte, um die Schnürsenkel zu öffnen, entdeckte ich auf einem Sideboard die Fotografie, auf der Tara als Dreijährige mit dem rosafarbenen Fahrrad zwischen ihren Adoptiveltern abgebildet war. Sie hatte dem Bild ein Passepartout und einen neuen, schlichten Holzrahmen gegeben, die Muscheln waren verschwunden. Ich warf einen Blick in den ersten Raum links vom Flur, hier war Bachs Schlafzimmer gewesen, offensichtlich schlief jetzt Tara hier. Ich sah auf ein breites Kingsize-Bett mit schneeweißer Wäsche. Es war frisch gemacht, es sah aus wie in einem Luxushotel, alles picobello, alles in Weiß.

»Keine Blumen mehr?«, fragte ich.

»Keine Blumen mehr ...« Tara lächelte, sie wusste sofort, was ich meinte. »Wenn ich ehrlich bin, glaube ich sogar, du hast mich von ihnen befreit, Lukas. Simplicity is the ultimate sophistication. Das ist doch dein Satz, nicht wahr? Er hat sich mir eingebrannt.«

»Dort an der Wand, wo jetzt das große Foto hängt, hing da nicht früher ein Poster, eine Reklame vom Tierpark Berlin ... ein weißer und ein schwarzer Schwan?«, fragte ich.

»Daran erinnerst du dich? Wie lustig ...«, antwortete sie.

»Was ist damit passiert?«

»Ich habe es anderweitig gebraucht. Gefällt dir das Foto nicht?«

»Doch ich mag es ...«

Die Schwarzweißfotografie in dem teuren Rahmen aus Ahornholz war sicher einsfünfzig mal einen Meter groß, sie zeigte eine Gruppe von lachenden Mädchen um die zwanzig. Das Mädchen in der Mitte stand leicht vorgebeugt, es trug ein elegantes Kleid. Aus dem tiefen Ausschnitt quoll ein gewaltiger Busen hervor, der offensichtlich die Gesetze der Schwerkraft testen wollte. Das Mädchen schien ihn mit beiden Händen zu stützen, in der rechten Hand klemmte lässig zwischen Zeige- und Mittelfinger eine Zigarette. Einige ihrer im Halbkreis um sie herumstehenden Freundinnen blickten erstaunt auf soviel Naturgewalt, andere schütteten sich aus vor Lachen.

»Wer hat es gemacht?«

»Eine Hamburger Fotografin. Das Mädchen mit dem dicken Busen ist eine von Biermanns Töchtern, Philipp hat sie gekannt, er wollte sie mal rumkriegen, aber sie hat ihm einen Korb gegeben.«

»Und woher hast du es?«

»Ich habe es Philipp geschenkt, zu seinem siebenundfünfzigsten Geburtstag.« Tara ging weiter durch den Flur. »Er meinte doch immer, mein Busen sei zu klein, da habe ich ihm eben einen größeren geschenkt und ins Schlafzimmer gehängt.«

»Du hast ihn damals nicht verlassen. Du hast mir gesagt, dass du nicht nur mich, sondern auch Philipp verlässt, du hast es nicht getan …«

»Ja, ich weiß, Lukas. Es war eine Notlüge. Ich wollte dich nicht verletzen. Ich konnte Philipp nicht verlassen. Er hat mich gebraucht – für seine Arbeit. Ohne mich hätte er keine Zeile mehr zustande gebracht. Du weißt doch, wie er war …«

»Und wo sind die Zeilen jetzt? Wo ist der *Roman des Jahrhunderts*?«

»In der Ostsee …«

»In der Ostsee?«

»Ja, er wollte mit seinen unveröffentlichten Schriften verbrannt werden.«

»Er hat ein Testament gemacht? Das sieht ihm gar nicht ähnlich.«

»Hat er aber.«

»Und du?«

»Was – und ich?«

»Du bist die Testamentsvollstreckerin, oder was?«

»Das bin ich. Und seine Alleinerbin, er hatte ja sonst niemanden.«

»So viel wird nicht dagewesen sein. Er hatte ja kaum Geld, die Miete hier zu zahlen.«

»Da täuscht du dich aber gewaltig, das mag in den Neunzigern so gewesen sein, als du ihn kennengelernt hast. In den letzten Jahren aber hat er gut verdient. *Der zweite Frühling der Margot H.* ist in über zwanzig Theatern aufgeführt worden, *Miss Bohemia* wird in neun Bundesländern in den Oberstufen gelesen, er hat drei fette Preise gewonnen und pro Jahr mindestens siebzig Lesungen gehabt, gut bezahlt, wohlgemerkt. Lesen konnte er ganz großartig … Unter uns, ich glaube, er war ein besserer Schauspieler als Schriftsteller.«

Tara zog ihr T-Shirt über den Kopf ohne den Redeschwall zu unterbrechen.

»Und dann hatte er natürlich noch mich, die ihm gesagt hat, dass er in Apple investieren muss. Er hat mich damals für verrückt erklärt, aber er hat's gemacht, widerwillig zwar, aber er hat's gemacht. Und schließlich konnte er es selbst kaum fassen, dass er plötzlich nicht mehr pleite war. Hast du mitbekommen, wie der Kurs der Aktie in den Himmel geschossen ist?«

Halbnackt, nur noch die ausgewaschenen Jeans am Körper, stand sie vor mir und streckte ihre an Muskelkraft erstarkten Arme aus, als wollte sie sagen: *So bin ich*. Stattdessen sagte sie: »So, Lukas, ich geh jetzt duschen, und dann trinken wir ein Glas, einverstanden? Du kannst schon mal eine Flasche öffnen, den Wein findest du in der Küche.«

Sie drehte sich um und verließ das Berliner Zimmer Richtung Dienstbotentrakt, wo sich das Badezimmer befand.

Ich rief ihr hinterher: »Und du hast es tatsächlich fertiggebracht, seine gesamten unveröffentlichten Manuskripte …«

Sie unterbrach mich und vollendete den Satz: »… in der Ostsee zu versenken … Ja, habe ich. Die Asche seines Werks zusammen mit seiner Asche. Er hat es so gewollt, es war sein letzter Wille. Und auf seinem Rechner habe ich nicht nur alle Dokumente gelöscht, ich habe das ganze Ding danach sogar eigenhändig zerlegt, Platine für Platine, Bit für Bit. Auch das wollte er.«

Ich war erschrocken, wie gelassen sie dabei klang, fast so als habe es ihr Spaß gemacht, Bachs letzten Willen zu exekutieren. Ich stellte mir vor, wie sie dem Bestattungsunternehmer den *Roman des Jahrhunderts*, beziehungsweise das, was es von ihm gab, in die Hand drückte und ihm sagte, dass die Blätter zusammen mit Herrn Bach verbrannt werden mussten. *Es war sein letzter Wille*, hörte ich sie sagen.

»Hast du denn die Texte noch einmal gelesen, bevor sie zu Asche wurden?«, rief ich.

Tara antwortete nicht mehr, sie war im Badezimmer verschwunden. Die Tür stand offen, ich hörte das Wasser der Dusche. Aus Erfahrung wusste ich, jetzt konnte es ewig dauern, bis ich sie wieder sah.

Das Berliner Zimmer war für seine Größe fast zu spärlich möbliert, ein weißes Sofa, ein weißer Sessel, davor ein niedriger Tisch, ein Flatscreen-TV-Gerät, auf dem Parkett ein dünner, gescheckter Kuhfellteppich. Nur die riesige Bogenlampe, in dessen Licht ich ein paar Seiten von *Der zweite Frühling der Margot H.* gelesen hatte, erinnerte mich noch an meinen Aufenthalt 1995 in der Wohnung.

An der rechten Wand, auf dem Boden, standen ein Schneewittchensarg, Brauns Schallplattenspieler aus den sechziger Jahren, und drei Dutzend Langspielplatten.

Was war mit Bachs Schreibtisch passiert, was mit den Büchern? Auf dem Tisch vor dem Sofa lag lediglich ein Buch, das mir bekannt war, die Biografie über Balzac. Bach hatte sie damals gerade gelesen und gesagt, dass der Franzose in seinen Romanen jeden durchschaut, jede Schweinerei gerochen habe, jede menschliche Intrige, jeden Verrat, im wirklichen Leben aber auf alle hereingefallen sei. Er hatte Balzac wörtlich als totalen Loser bezeichnet.

Ich ging zum Plattenspieler und sah mir kniend die Cover der LPs an, fast ausschließlich Country-Musik. Auch sein Lieblingssänger Don Williams war natürlich dabei, *20 Greatest Hits*. Ich zog die Platte aus dem Cover und legte sie auf den Teller des Spielers, bevor ich den Saphir abpustete und vorsichtig auf den achten Song setzte.

Some Broken Hearts Never Mend. Ich drehte auf volle Lautstärke und erhob mich aus der Hocke. *Coffee black, cigarettes, start this day, like all the rest* … Mit den Zeilen auf den Lippen kehrte in den Flur zurück, von dem die drei zur Mommsenstraße hin gelegenen Zimmer abgingen.

Wo war der Schreibtisch, hinter dem ich Tara während des Video-Chats gesehen hatte?

Im ersten Raum, dem Berliner Zimmer gegenüber, stand ein langer Holztisch mit einem Dutzend Thonetstühlen. Alles sah aus wie geschleckt, nichts erinnerte mehr an Bachs Chaos, keine Essensreste, keine leeren Flaschen, keine dreckigen Gläser, stattdessen nur ein Strauß bunter Rosen in einer Vase aus Glas. Tara hatte sich Bachs Reich einverleibt, überall roch es nach ihr.

Übertriebene Ordnung sei die Sehnsucht nach dem Tod, hat sie mir einmal entgegnet, nachdem ich ihr zu verstehen gegeben hatte, dass ich in ihrem Durcheinander in der Bötzowstraße keinen Satz zu Papier bringen könnte.

Wieso war sie selbst plötzlich so ordentlich? Und wohin war der Tinnef verschwunden, mit dem sie sich wie ein Teenager umgeben hatte – die russischen Puppen, der kleine, goldene Eiffelturm, der bunt angemalte Berliner Bär, der seine Vordertatzen gen Himmel streckte, der Bilderrahmen mit den vielen Muscheln?

Auch in diesem Zimmer hingen an den Wänden Fotografien in Rahmen aus edlem Ahornholz, die meisten schienen von Profis geschossen worden zu sein, ein Foto aber überraschte mich, es stammte von mir und stellte Tara dar. Es zeigte sie am Strand von Bahia Honda, wie sie nackt aus dem Atlantik stieg und ihre Haare auswrang, kurz bevor sie über mich hergefallen war. Das Foto hatte sie stark vergrößern lassen, wodurch es gewollt grobkörnig wirkte. In dem eleganten Rahmen an der Wand sah es sehr professionell aus und unterschied sich meines Erachtens von der Qualität her kaum von den anderen.

Mein Blick fiel durch die geöffneten Flügeltüren in die beiden anderen Zimmer, die hintere Wand des letzten war bis zum Stuck mit Büchern gefüllt. Ich ging durch die erste Tür und schien mich in Taras Arbeitszimmer zu befinden. An der Decke war ein schwerer Boxsack aus rotem Leder befestigt. Die mit Blattgold versehenen Verzierungen daneben strahlten im untergehenden Sonnenlicht. Vor dem Fenster stand ein großer Schreibtisch mit einem 27-Zoll-iMac, der Bildschirmschoner war aktiviert und zeigte wahllos alle zehn Sekunden ein neues Foto aus dem Fotoalbum.

Neben der Tastatur und der weißen Maus lag eine prall gefüllte, bereits geöffnete Jiffy-Tüte, aus der der etwa drei Zentimeter breite obere Rand eines Bildes herausschaute. Ich erkannte darauf ein dreckiges Gelb mit ein paar grünen Tupfern und einen kleinen schwarzen Klecks mit einem Hauch von Rot.

In dem Augenblick, als ich den Umschlag in die Hand nahm, hörte Don Williams auf zu singen. Ich begab mich wieder ins Berliner Zimmer, um die Seite der Schallplatte zu wechseln, im Bad plätscherte das Wasser der Dusche, Tara summte die Melodie, die eben noch aus dem Lautsprecher des Schneewittchensargs die Räume erfüllt hatte. Erst als ich vor dem Plattenspieler in die Hocke ging, bemerkte ich, dass ich den Umschlag noch in der Hand hielt. Ich legte ihn beiseite, drehte die Platte um und setzte die Nadel auf das erste Lied. Dann nahm ich den Umschlag abermals in die Hand und betrachtete ihn.

Sollte ich oder sollte ich nicht?

Ein paar Sekunden zögerte ich, dann zog ich das Bild

langsam heraus. Vor meinen Augen tauchten der weiße und der schwarze Schwan auf – das Poster, das in Bachs Schlafzimmer gehangen hatte, verkleinert als Cover für einen Roman, der ein paar Wochen später erscheinen sollte. Statt des Aufrufs *Kommt zum Tierpark Berlin* las ich:

Franz Krohn
Schwanenkampf

Sogar die Farben der beiden Zeilen stimmten mit denen des Plakats überein. Der Autorenname war in roter, der Titel des Buches in schwarzer Schrift gedruckt.

Die Vermutung, die ich gehabt hatte, dass Tara etwas mit dem verschollenen Werk Krohns zu tun hatte, war also richtig gewesen. Und richtig war auch, dass sie Gretchen und mir diesen Roman in Form eines dicken Manuskripts während des Video-Chats unter die Nase gehalten hatte. Es sei die Geschichte zweier Serienkillerinnen im Berlin der zwanziger Jahre des letzten Jahrhunderts, hatte sie uns verraten, um dann schnell hinzuzufügen, dass sie uns nicht mehr sagen dürfe, weil sie sich verpflichtet habe, über den Inhalt des Buches zu schweigen.

Jetzt hielt ich das Werk in Händen, es waren genau sechshundertsechsundsechzig Seiten, die man Tara als Fahne zur letzten Korrektur zugeschickt hatte.

Wie war der Verlag an das Manuskript gekommen? Dass man Tara den Roman zum Lektorat gegeben hatte, erschien mir logisch, schließlich hatte sie ihre Magisterarbeit über Franz Krohn geschrieben. Aber wo war das Manuskript all die Jahre seit dem Tod des Dichters im Frühjahr 1977 verborgen gewesen? Wer hatte es dem Verlag angetragen?

Ich drehte Don Williams leiser, stand auf und ging zum Sessel. In dem tiefen Möbel – meine nackten Füße auf dem Tisch und die Fahnen auf dem Schoß – begann ich zu lesen.

Tara war vergessen.

Der *Schwanenkampf* begann in einem Charlottenburger Luxusbordell in Kudammnähe, die Handlung spielte Mitte der zwanziger Jahre. Ein Freier, ein nicht unbekannter Abgeordneter des Reichstags, weigerte sich, den Hurenlohn von zwanzig Mark für die ihm erbrachten Leistungen zu zahlen. Er stritt sich mit der Bordellmutter, die ihm an den Kopf geworfen hatte, dass es auch für hochwohlgeborene Herrschaften wie ihn keine Extrawürstchen und Sonderrabatte gäbe. Der Mann redete sich in Rage und bezichtigte die Frau des Wuchers, fünfzehn Reichsmark sei er bereit für die Dienste der Kakaoschote, die ihm wahrlich keine große Freude bereitet habe, zu zahlen und keinen Pfennig mehr. Doch die resolute Frau ließ nicht mit sich handeln. »Ein Pfund oder die Polente«, sagte sie und fügte hinzu, wenn er sich billiger amüsieren wolle, solle er gefälligst das nächste Mal ins Scheunenviertel gehen, dort bekäme er für ein paar Groschen, wonach ihm verlangte – Filzläuse und Franzosenkrankheit inklusive.

Ich vermutete, der Freier hatte jene Frau als Kakaoschote bezeichnet, die in der Geschichte später als Schwarzer Schwan Karriere machen sollte. Aber das war in diesem Augenblick nicht von Bedeutung, wichtig erschienen mir die beiden Worte, die mich stutzig gemacht hatten.

Pfund und *Groschen*.

Ich erinnerte mich sofort an das Treffen mit Philipp Bach im Café Adler 1995. Ich sah ihn in der Sonne vor mir, wie er in seiner Tasche nach dem Zettel kramte, auf dem die Fragen standen, die er für den *Roman des Jahrhunderts* vom Hamburger Archiv beantwortet haben wollte.

Seltsam.

Ich legte meinen Kopf für einen Moment zurück und starrte an die hohe Decke.

Sicher, Zufälle dieser Art waren möglich, aber dass Krohns verschollener Roman ausgerechnet mit *Groschen* und *Pfund* begann, mit dem Lohn von Huren in den zwanziger Jahren des letzten Jahrhunderts, nach dem sich Bach bei mir erkundigt hatte, verwirrte mich bei der Lektüre ein wenig.

Ich hörte auf, kontinuierlich zu lesen und durchforstete die Seiten auf meinem Schoß auf gut Glück nach Stichworten, die ich mit Bachs Fragen in Verbindung bringen konnte. Und obwohl ich mir sagte, dass meine Fantasie mit mir durchging und dass es albern war, was ich tat, war ich ganz versessen darauf, einen neuen Hinweis zu bekommen, dass etwas an dem Buch nicht stimmte. Ich blätterte ein paar Dutzend Seiten durch und wollte schon aufgeben, als ich auf der Seite 113 über das Wort *Sarggeburt* stolperte.

Sarggeburt? Auch dieser Begriff war in Bachs Fragenkatalog aufgetaucht.

Was genau ist eine Sarggeburt?

So stand es auf dem Zettel geschrieben, den er mir in dem Café am Checkpoint Charlie überreicht hatte. Ich erinnerte mich bildhaft an die Zeile, und weil ich den Begriff vorher noch nie gehört hatte, war ich damals ganz erpicht darauf gewesen, zu erfahren, was er bedeutete.

Der Archivar hatte es sich mit der Beantwortung dieser Frage leicht gemacht und lediglich eine Fotokopie aus Otto Dornblüths *Klinischem Wörterbuch* von 1927 den Unterlagen beigelegt:

SARGGEBURT: *Geburt des Kindes nach dem Tode der Mutter, infolge letzter Kontraktion durch Leichenstarre des Uterus oder später durch Fäulnisgase, wie sie auch an dem z.B. wegen Myoms dch. Operation entfernten Uterus beobachtet wurde.*

Bei der Lektüre der Zeilen hatte es mich damals geschüttelt, und jetzt schüttelte allein der Gedanke daran mich noch einmal.

Groschen?

Pfund?

Sarggeburt?

Konnte das ein Zufall sein?

Möglich war es, aber es war genauso gut vorstellbar, dass es hier nicht mit rechten Dingen zuging.

Mitten in diese Gedanken platzte Tara, ich hatte sie nicht gehört. Sie war in ein weißes Handtuch gewickelt und auf ihrem Kopf thronte wie immer, nachdem sie geduscht hatte, ein weißer Turban. Sie war außer sich, sie stürzte sich zuerst auf den Schneewittchensarg, um die Musik zu beenden, dann ging sie auf mich los und entriss mir den *Schwanenkampf*, wobei sie schrie, ob ich jetzt vollkommen durchgeknallt sei.

»Was ist los?«, fragte ich mit leiser Stimme. Ich ahnte natürlich, woher ihr Unmut rührte, und versuchte sie mit einem unschuldigen Lächeln zu beschwichtigen.

»Das fragst du noch?«, schrie sie. »Du öffnest meine Post, du beugst dich über meine Arbeit, du dringst in mein Intimleben ein! Und dann fragst du mit Unschuldsmiene, was los ist …«

Ich musste lachen.

»Und dann lachst du auch noch. Ich meine es ernst. Das ist unmöglich! Ich habe eine Verschwiegenheitsklausel unterschrieben. Bis das Buch raus ist, darf ich nicht darüber sprechen und es keinem zeigen … und du öffnest einfach meine private Post. Wir schreiben nicht mehr das Jahr 2007, Lukas Moskowicz! Wir sind kein Paar mehr! Und selbst wenn wir noch eins wären, meine Post geht dich nichts an.«

»Ich habe den Umschlag nicht geöffnet, er war bereits offen.«

»Komm, hör auf! Tu nicht so unschuldig! Die Fahnen lagen in dem Umschlag auf dem Schreibtisch, und du hast sie zusammen mit dem Cover herausgefischt. Du bist ein Schnüffler, Lukas Moskowicz. Ich habe es schon immer gewusst ... schon damals auf Big Pine Key.«

»Das Cover ist sehr schön«, sagte ich. »Vor allem die Farben gefallen mir.«

»Ach, hör doch auf! Die Farben ...«

»Nein, ernsthaft, sie gefallen mir. Sie haben mir schon damals gefallen, als ich das Poster zum ersten Mal an der Wand in Philipps Schlafzimmer entdeckt habe. Hast du dem Verlag den Vorschlag gemacht, das Motiv als Titelbild zu nehmen, oder ist jemand anderer auf die Idee gekommen?«

Tara antwortete nicht mehr, sie raffte die Fahnen und das Cover zusammen und klopfte den Packen solange auf den Holztisch, bis die Seiten gerade übereinanderlagen, bevor sie sie wieder in den Umschlag steckte. Dabei tat sie so, als ob es mich nicht gab.

Ich wusste nicht, worüber sie erboster war: Über die Tatsache, dass sie mich durch ihre Leichtsinnigkeit zum Geheimnisträger gemacht hatte, oder dass ich Fragen stellen konnte, was den Inhalt des Romans betraf. Zu gern hätte ich sie jetzt mit dem *Pfund*, dem *Groschen* und der *Sarggeburt* konfrontiert, zu gern hätte ich sie gefragt, wie sie sich erklären konnte, dass die Begriffe, nach denen Bach sich 1995 für den *Roman des Jahrhunderts* erkundigt hatte, im *Schwanenkampf* seines Freundes Franz Krohn auftauchten, der bereits im Frühjahr des Jahres 1977 gestorben war.

Aber ich ließ es bleiben, ich wollte nicht noch mehr Öl ins Feuer gießen. Tara war so aufgebracht, sie konnte sich gar nicht mehr beruhigen. Ordinär, wie eine Marktfrau, der irgendein Rotzlöffel einen Apfel gestohlen hatte, ließ sie noch ein paar Minuten ihrer Wut freien Lauf.

Eine Viertelstunde später hatte sie sich wieder beruhigt. Wir saßen auf dem Balkon, vor uns auf dem Tisch standen zwei Gläser Rotwein. Tara war damit beschäftigt, ihre Fußnägel zu lackieren.

»Gefällt dir die Farbe?«, fragte sie.

»Naja …«, antwortete ich.

Es war ein schlammiges Graubraun, meine Begeisterung hielt sich in Grenzen.

»Es ist die Farbe der Saison, die Farbe des Sommers 2010. Dior hat sie Maulwurf genannt, Taupe. Taupe heißt auf Deutsch Maulwurf. Wusstest du das? Du kannst doch Französisch …« Tara machte eine kurze Pause. »Egal, wenn die Farbe mir vielleicht auch nicht steht, zu dir passt sie jedenfalls. Das ist sicher. Machst einfach meine Post auf … du Maulwurf!«

Sie schüttelte den Kopf, und obwohl sie dabei lächelte, fürchtete ich, sie könnte noch einmal von vorn anfangen. Doch das tat sie nicht. Sie hockte ruhig, leicht vorgebeugt in dem Korbsessel, ihren linken Fuß stützte sie auf der Tischkante ab, mit der rechten Hand pinselte sie ganz vorsichtig die Zehen an. Damit die sich nicht berührten, hatte sie zwischen jeden einzelnen ein Haribo-Gummibärchen geklemmt.

»Hast du eine Freundin, Lukas?«, fragte sie.

»Nein keine, jedenfalls nichts Festes«, antwortete ich.

»Nichts Festes?« Tara sah kurz auf, steckte den Pinsel in das Nagellackbehälter und trank einen kräftigen Schluck Wein. »Was heißt das, nichts Festes?«

»Das heißt, ich lebe à la carte.«

»À la carte … was für ein furchtbarer Ausdruck!«

»Ich habe ihn von dir.«

»Das glaube ich nicht.« Tara lachte. »Wann soll ich den denn gebraucht haben?«

Ich wusste nicht, ob sie mich auf den Arm nahm, unterließ es aber, sie an den Abend im Park zu erinnern, als er ihr rausgerutscht war.

»Und du, hast du einen neuen Freund?«

»Philipp ist gerade mal ein paar Monate tot. Wie soll ich da einen neuen Freund haben?«

»Ich meine nicht unbedingt einen für dich, sondern einen für deinen Körper …«

»Auch meinen Körper habe ich in den letzten Monaten sehr vernachlässigt, er hat sich schon beschwert, er hat mir Vorwürfe gemacht. Ich habe nur gearbeitet, nicht mal meinen Blog habe ich richtig pflegen können. Der *Schwanenkampf* hat mich zu sehr in Beschlag genommen.«

»Hast du das verschollene Manuskript entdeckt?«

»Nein, der Verlag.«

»Und wie kam das zustande?«

»Weiß der Teufel. Ich weiß nur, dass die vom Verlag mich angerufen und gefragt haben, ob ich das Lektorat übernehmen würde. Und ich habe ja gesagt. Mit dem Fund selbst habe ich nichts zu tun.«

Ich glaubte ihr kein Wort, aber ich wusste auch, es war zwecklos, sie weiter zu löchern, sie würde mir ohnehin nicht die Wahrheit sagen. Und so saßen wir eine Zeit lang schweigend da. Tara war inzwischen mit ihrem rechten Fuß beschäftigt, wenn sie die Arbeit an einem Zeh beendet hatte, kniff sie die Augen zusammen, um das Resultat zu begutachten. Wenn sie zufrieden war, trank sie einen Schluck Wein.

Die blaue Stunde war angebrochen, vom Nachbarbalkon hörte man Gemurmel und das Geklapper von Geschirr. Ich stand auf und sah über die Brüstung von oben auf die grünen

Bäume. Der türkische Obsthändler auf der anderen Seite hatte sein Geschäft geöffnet, eine Frau führte ihren Hund aus, irgendwo schrie ein Baby. Ich roch an den Sträuchern, die Tara gepflanzt hatte.

»Was sind das für Blumen?«, fragte ich.

»Männertreu«, antwortete sie.

»Männertreu?«

»Wirklich, das ist kein Spaß, sie heißen wirklich so.« Sie kicherte, bevor sie mich bat, ihr Wein nachzuschenken.

»Die Straße gefällt mir«, sagte ich.

»Ja, sie ist sehr schön. Der alte Mommsen wäre sicher stolz, dass sie seinen Namen trägt, wenn er heute hier entlangflanieren könnte. Wusstest du, dass er sechzehn Kinder hatte?«

»Nein, das wusste ich nicht.«

»Stell dir das vor mal vor: sechzehn Kinder in einer Zeit, in der es keine Waschmaschinen und Trockner gab. Ich weiß gar nicht, wie die das damals gemacht haben.«

Es herrschte plötzlich eine seltsame Vertrautheit zwischen uns auf dem Balkon. Als habe es die Jahre, in denen wir uns nicht gesehen hatten, nie gegeben, saßen wir zusammen, tranken Wein und redeten über ganz alltägliche Dinge. So wollte sie zum Beispiel wissen, ob ich noch in dem Apartment in der Meinekestraße lebte, oder wie lange ich wieder in Amerika war, und ob ich mich bereits mit einem neuen Buch herumquälte. Mein letztes, das im Jahr, nachdem sie mich verlassen hatte, erschienen war, habe ihr gefallen, sagte sie, es habe sie gut unterhalten, und sie musste oft lachen. Außerdem habe sie in dem Roman sehr viel von mir entdeckt, den geraden Gang des Helden beispielsweise, oder seinen Tick, sich hinterm rechten Ohr zu kratzen, wenn ihm etwas peinlich war, und er seine Schüchternheit nicht verbergen konnte.

In der Heldin habe sie sich selbst sogar gelegentlich wiedererkannt, nicht nur, weil ich der Frau einen Silberblick angedichtet hatte und ein aggressives sexuelles Verlangen … auch sonst. Zum Beispiel ihre manische Angewohnheit, alles in Bildern festhalten zu müssen …

Wir redeten und redeten, die meiste Zeit davon beanspruchte Tara für sich. Irgendwann bemerkte sie, dass die Musik aufgehört hatte zu spielen, sie bat mich die Platte umzudrehen und noch eine Flasche Wein zu öffnen.

Wie schon früher immer tat ich, worum sie mich bat.

Bevor ich zum Schneewittchensarg und in die Küche ging, konnte ich es mir nicht verkneifen, es mit ein paar Schlägen gegen den roten Sandsack im Arbeitszimmer aufzunehmen. Der Sack war schwer, ich schlug mit aller Kraft auf ihn ein, schon nach ein paar Dutzend Hieben fühlte ich, wie meine Muskeln versagten, und gab auf. Ich schnaufte, die Knöchel meiner Finger schmerzten. Wenn sich Tara auch nur zehn Minuten jeden Tag daran abreagierte, musste sie richtig fit sein. Sie war richtig fit, das sah man ihr an.

Als ich mit einer neuen Flasche auf den Balkon zurückkehrte, lächelte sie und streckte mir ihr rechtes Bein entgegen.

»Hast du ihn besiegt?«, fragte sie.

»Wen?«

»Na, den Sandsack.«

Ich schüttelte den Kopf und deutete auf den wippenden Fuß.

»Was heißt das?«

»Nimm ihn in die Hand und puste, Lukas. Du weißt doch, wie man pustet, oder? Wenn alle Zehen trocken sind, tanzen wir … Ich habe ewig nicht getanzt.«

Für einen Moment fragte ich mich, ob es vielleicht der Wein war, der sie anfeuerte. Tara tanzte nie, nicht einmal in der Weihnachtsnacht 2005, als alle anderen tanzten, hatte sie sich darauf eingelassen. Sie hatte uns – Philipp, Betty, Bill und mich – lediglich dabei beobachtet und ein paar Fotos geschossen.

Ich nahm ihren schmalen Fuß zwischen die Hände und betrachtete die glänzenden, maulwurffarbenen Zehennägel.

»Und was ist mit den Bären?«

»Die sind für dich, alle acht – zur Belohnung.«

»Belohnung für was?«

»Für's Pusten, natürlich. Nun mach schon, Lukas ... Puste!« Sie klang ungeduldig.

Ich pustete, und Tara musste kichern.

Ein paar Minuten später tanzten wir tatsächlich zu der Musik von Bachs Lieblingssänger im Berliner Zimmer. Tara hatte ihren Turban aufs Sofa geworfen, ich spürte ihre Haare an meiner Wange und roch ihr Parfum. Wir tanzten ein paar Minuten, und ich dachte an nichts.

Als *Some Broken Hearts never mend* ertönte, schmiegte sie sich enger an mich. Mitten in den Song hinein gab sie mir zuerst einen Kuss auf die eine Wange, dann auf die andere und schließlich einen auf den Mund, einen ganz flüchtigen, bevor sie flüsterte: »Wenn wir es jetzt tun, Lukas, dann tun wir es ohne Verpflichtung. Okay? Versprich es mir, ganz ohne Verpflichtung. Ohne an der Wundertüte Zukunft zu schnuppern, ohne an das Morgen zu denken oder an das, was uns vielleicht sonst noch blühen könnte. Wir tun es einfach so ... so als liebten wir uns à la carte. Einfach aus einer Laune heraus, so wie ein Hund eine Hündin liebt. Okay?«

Sie blieb stehen und sah mich an, und ich hielt dem Blick kaum stand.

»Ist das okay?«, fragte sie noch einmal.

Ich sagte nichts.

Sie nahm meine Hand und ich folgte ihr. Im Schlafzimmer ließ sie das weiße Tuch fallen und warf sich aufs Bett, ihr Körper war durchgehend gebräunt und glänzte.

»Du träumst, Lukas. Woran denkst du? Komm, zieh dich aus«, sagte sie. »Ich sehe dir gern zu, wenn du dich ausziehst. Ich habe dir schon früher gern dabei zugesehen.«

Sie lag auf dem Bauch, ihr Kopf ruhte am Fußende, die Füße auf den Kissen. Mein Blick fiel auf das Tattoo.

»Du hast den Anker und den Delphin ja immer noch«, sagte ich.

»Bist du verrückt? Warum sollte ich sie nicht mehr haben? Die beiden gehören zu mir, wie mein Hintern zu mir gehört …« Sie klatschte ihre flache Hand auf das Bild, so als wollte sie es vor einem heimtückischen Angriff schützen.

»Hast du inzwischen herausbekommen, was sie bedeuten?«

Es war nicht das erste Mal, dass sie mich danach gefragt hatte, ich hatte ihr aber nie eine Antwort darauf gegeben. Jetzt erinnerte ich mich an Gretchen Rappaports Deutung, mit der sie mich in Fanelli's Café überrascht hatte, und sagte: »Ja, der Anker versinnbildlicht Beharrlichkeit, der Delphin Schnelligkeit. Beides passt zu dir, du bist standhaft und dennoch schnell. Du bist der Fleisch gewordene Widerspruch.«

Tara sah sich mich verblüfft an, dann musste sie lachen. »Das ist aber ein Kompliment, Lukas! So etwas Süßes hat ja lange keiner mehr zu mir gesagt … Aber jetzt komm endlich her. Und hör auf, dich hinterm Ohr zu kratzen. Warum musst du dich immer hinter dem Ohr kratzen?«

Sie drehte sich abrupt um und setzte sich mit dem Rücken ans Kopfteil des Bettes. Ihre Beine hielt sie angewinkelt und unanständig weit geöffnet, die Knie stützten ihre Ellenbogen, die Hände ihren Kopf. Lächelnd beobachtete sie, wie ich mich entkleidete.

Ich blieb die ganze Nacht bei ihr. Wir liebten uns, wir tranken Wein, und wir redeten. Und dann wiederholten wir das Ganze noch einmal und noch einmal. Wir schienen beide ausgehungert zu sein.

Auf Philipp Bach musste ich das Gespräch in dieser Nacht nicht bringen, Tara kam von ganz allein auf ihn zu sprechen. Zu fortgeschrittener Stunde – die dritte Flasche Wein war halb leer, wir lagen erschöpft nebeneinander und sahen uns in die Augen – deutete sie an, dass sie wahrscheinlich nicht ganz unschuldig an seinem Tod war.

Am letzten Märznachmittag, einen Tag, bevor Bachs Leiche am Ufer der Havel in der Nähe der Glienicker Brücke gefunden worden war, hatten die beiden gestritten. Es musste eine böse Auseinandersetzung gewesen sein. Was genau sie ausgelöst hatte, wollte Tara nicht offenbaren, sie sagte nur, dass es um Anstand und Ehre ging, eine Wortwahl, die mich verwunderte und sogar zum Lachen reizte, weil es zwei Vokabeln waren, die sie in meiner Gegenwart vorher nie gebraucht hatte und die, weiß Gott, nicht zu ihrem Sprachschatz gehörten. Sie war die letzte, die mit erhobenem Zeigefinger durch die Welt lief, um den Menschen Anstand beizubringen, und der Begriff Ehre war ihr ohnehin immer schnurzpiepe gewesen.

Wenn Tara, sollte ich sie richtig verstanden haben, Bach also wirklich vorgeworfen hatte, dass es ihm an Anstand und Ehre mangelte, was in meinen Ohren vollkommen absurd klang, dann musste schon etwas Schwerwiegendes, etwas sehr, sehr Außergewöhnliches vorgefallen sein.

Aber was?

»Frag nicht, Lukas. Ich werde es dir nicht sagen. Nur so viel, ich habe von ihm Wiedergutmachung verlangt – ein Opfer, verstehst du? Ein echtes Opfer, das ihn in seiner Arbeit weit zurückwerfen würde und richtig schmerzen musste. Erinnerst du dich an die Weihnachtsnacht auf Big Pine Key? Wir haben dieses Psychospiel gespielt, jeder sollte die Geschichte seines Lebens erzählen, für die er sich am meisten schämte. Als Philipp nach Betty an der Reihe war, brach er fast in Tränen aus. Erinnerst du dich? Es hat ihn geschüttelt, er hat gestottert … er war so betrunken, dass er die Geschichte um ein Haar preisgegeben hätte. Er hatte sie schon auf den Lippen, erzählt hat er sie aber dann doch nicht. Viel später, kurz bevor ich mit dir gebrochen habe, brechen musste, habe ich die Geschichte dann ohne sein Zutun zufällig herausbekommen. Lass mich überlegen, das muss im März 2008 gewesen sein …«

»Es war im April«, sagte ich.

»Gut, dann eben April. Jedenfalls war es eine wirklich grausame Geschichte. Und für die Schweinerei, die er begangen hatte, dafür habe ich im März dieses Jahres das Opfer von ihm verlangt.«

»Warum so spät?«

»Manche Dinge brauchen eben Zeit, Lukas.«

Bach hatte es abgelehnt, das Opfer zu bringen, woraufhin Tara ihn vor die Wahl gestellt hatte: entweder, oder …

»Du hast ihn erpresst?«

»Wenn du so willst, ja … dann habe ich ihn erpresst.«

»Aber womit?«

»Noch mal, Lukas, das nervt. Ich werde es dir nicht sagen. Nie. Glaub mir …«

In der Folge der Drohung war Bach jedenfalls total ausgerastet. Er hat mit Büchern und Zeitschriften nach Tara geworfen, sie Schlampe gerufen und als hinterhältig und kaltblütig beschimpft. Schließlich hat er ihr sogar zwei Ohrfeigen gegeben, eine links und eine rechts, die rechte war so kräftig gewesen, dass sie begann, aus der Nase zu bluten.

Auch ihr linkes Auge hat er mit dem Handrücken getroffen und verletzt. Danach war er fluchtartig aus der Wohnung verschwunden.

»Er musste nach Potsdam zu einer Lesung … in irgendeinem Zinnfiguren-Museum sollte er aus *Südwärts* lesen, seinen Gedichten, und ein paar Kapitel aus *Miss Bohemia*. Ich dachte, er beruhigt sich schon wieder. Dass er seine Texte vergessen hatte, habe ich erst später bemerkt. Er ist nie bei der Lesung aufgetaucht, nach Potsdam gefahren ist er aber. Man hat das abgestempelte S-Bahn-Ticket bei ihm gefunden und ein paar Quittungen aus verschiedenen Kneipen.«

»Und an diesem Nachmittag hast du ihn zum letzten Mal lebend gesehen?«

»Ja.«

Am späten Vormittag des nächsten Tages stand die Polizei vor der Tür in der Mommsenstraße, eine blonde Kriminalkommissarin aus Potsdam mit sächsischem Akzent und ein Beamter aus Berlin. Sie wollten von Tara wissen, ob sie mit Bach verwandt war.

Als Tara verneinte, sagte die Kommissarin: »Sie sind nicht seine Tochter?«

»Nein, seine Freundin.«

In der Wohnung haben die Beamten Tara dann mit Bachs Tod konfrontiert. Sie haben ihr das Foto von seiner Leiche gezeigt – Bach in der roten Fliegerjacke am Ufer der Havel liegend, die Arme über der Brust gekreuzt, das Basecap der *Fighting Sioux* neben ihm im Kies.

Tara hatte bei der Demonstration keine Emotionen gezeigt. Ohne Anteilnahme, wie es später im Protokoll vermerkt war, hatte sie die Nachricht des Todes zur Kenntnis genommen. Auch die zweite Fotografie, die ihr von den Polizisten vorgelegt worden war, hatte sie scheinbar kalt gelassen. Sie zeigte das Porträt eines Mannes in schwarzweiß.

Der Mann war allerdings kaum zu identifizieren gewesen, das Wasser der Havel hatte das Foto aufgeweicht und den Porträtierten bis zur Unkenntlichkeit entstellt.

Die Beamten waren von Taras Reaktionen irritiert gewesen. Weil Bach keine Verwandten mehr hatte, haben sie sie mit nach Potsdam genommen, damit sie die Leiche identifizierte. Auf der Fahrt dorthin wollte die Kommissarin wissen, ob Tara und Bach sich gestritten hatten.

»Warum?«, hatte Tara gefragt. »Werde ich verdächtigt, etwas mit seinem Tod zu tun zu haben?«

Der Berliner Beamte deutete auf ihr Auge, dem man den Streit vom Vortag noch deutlich ansah. Es war blutunterlaufen und stark geschwollen.

Tara ging nicht auf den Fingerzeig des Polizisten ein, sie fragte: »Gibt es irgendeinen Hinweis, dass mein Freund keines natürlichen Todes gestorben ist?«

»In einer Nacht Ende März volltrunken am Ufer eines eiskalten Flusses mit einem Hämatom so groß wie ein Hühnerei am Hinterkopf gefunden zu werden – glauben Sie, man kann in diesem Fall von einem natürlichen Tod sprechen?«, entgegnete die Kommissarin. »Wir haben 2,4 Promille in seinem Blut gemessen. Und er liegt so da, als habe er sich zum Schlafen hingelegt. Was ist daran natürlich?«

Acht Tage hatte es gedauert, bis die Polizei jegliches Fremdverschulden an Bachs Tod ausschloss und die Leiche zur Bestattung freigab.

So emotionslos wie Tara auf die beiden Beamten gewirkt haben musste wirkte sie in dieser Juninacht, während sie die Geschichte erzählte, auch auf mich. Ich versuchte sie zu verstehen, aber ich verstand sie nicht. Solange lag Bachs Tod noch nicht zurück, als dass er keine Spuren bei ihr hinterlassen haben konnte, egal, was er angestellt haben mochte.

Bevor sie neben mir einschlief, versuchte ich noch herauszubekommen, worum es bei dem Streit zwischen den beiden gegangen war.

»Hör endlich auf, mich zu löchern, Lukas«, flüsterte Tara, »ich werde es dir nicht verraten. Das ist eine Geschichte zwischen Philipp und mir. Keinen anderen geht sie etwas an. Philipp ist tot, und damit ist die Sache für mich auch tot.«

Eine Minute später war sie eingeschlafen.

Ich selbst lag noch eine Zeit lang wach neben ihr und lauschte ihrem gleichmäßigen Atem. Der Wein und die Ereignisse des Tages ließen mich nicht zur Ruhe kommen. Nicht nur Bachs Tod trieb mich um, auch der *Schwanenkampf*, den ich aus der Tüte gezogen hatte, ging mir nicht aus dem Kopf ... Und dann tauchte auch noch Gretchen vor meinen Augen auf, ich sah sie mit ihren streichholzlangen, blonden Haaren à la Annie Lennox in Fanelli's Café, wie sie aufgeregt ihre Theorie formulierte, dass Tara die Wiedergeburt Sabina Krenovas war, der Bach seinen Ruhm verdankte.

Tara – immer wieder Tara. Das letzte Bild, bevor ich einschlief, zeigte sie während des Festessens auf der Veranda Heiligabend 2005, wie sie tröstend Bach umarmte. Für ein paar Stunden glaubte ich damals begriffen zu haben, warum sie sich in diesen Mann verlieben konnte.

Big Pine Key, Heilige Nacht 2005

Nachdem Tara und Betty den Tisch gedeckt hatten, waren sie zusammen im Badezimmer verschwunden, um sich zu schminken. Man hörte sie lachen und albern kichern, wahrscheinlich machten sie sich über die drei Männer lustig, die auf der Veranda auf sie warteten. Ich öffnete ein paar Flaschen von dem italienischen Rotwein, den ich bereits besorgt hatte, bevor Bach und Tara auf der Insel aufgetaucht waren. Bill hatte den Truthahn aus dem Ofen geholt und war jetzt damit beschäftigt, ihn zu zerteilen, Schröder sah ihm von der Lehne des Ohrensessels zu. Das Rat Pack sang Weihnachtslieder. Der Himmel war sternenklar, der volle Mond warf sein Licht durch das Fliegengitter. Die Luft war lau.

Bach war gerade aufgestanden und hatte am linken Kopfende des Tisches Platz genommen. Er war nicht rasiert und trug immer noch dasselbe T-Shirt, das er schon den ganzen Tag getragen hatte. Auf meine Frage, ob er vielleicht die Kerzen am Tannenbaum anzünden wollte, reagierte er nicht. Er schien sich noch immer nicht von dem Streit am Morgen erholt zu haben und starrte abwesend vor sich hin. Sein rechtes Auge war leicht geschwollen. Der Schlaf, den er sich gegönnt hatte, nachdem er von den Handschellen befreit worden war, hatte seine Laune offensichtlich nicht verbessert.

»Wer bist du denn?«, fragte er Bill. Und Bill, der nach wie vor seine Uniform trug, antwortete: »Ich bin der Sheriff von Big Pine Key … der Mann, der dir unter Androhung von Gewalt die Autoschlüssel abnehmen musste und dafür gesorgt hat, dass du diese Nacht hier verbringen kannst und nicht in der Ausnüchterungszelle.«

Bachs Frage hatte ehrlich geklungen, er schien sich tatsächlich nicht daran zu erinnern, wie er nach dem Boxtraining und dem daran anschließenden Treffen mit Luke Fisher vor Rita's Diner nach Hause gekommen war.

»Hast du die Lichter schon angezündet, Lukas?«, rief Tara aus dem Badezimmer.

»Ich wollte Philipp überreden, es zu tun«, rief ich zurück, »aber er ist zu schwach.«

»Mach du es doch …«

»Ja, bin schon dabei. Aber ihr solltet auch langsam kommen. Bill zerlegt bereits den Vogel, er wird kalt, wenn ihr euch nicht beeilt.«

Zwei Minuten später betraten Tara und Betty die Veranda. Bill gingen die Augen über, als er die beiden sah. »Wow!«, hauchte er und applaudierte. Auch ich machte ihnen ein Kompliment.

»Gefällt dir deine Freundin, Philipp?«, fragte Tara, dabei drehte sie sich einmal um sich selbst und lachte.

Bach rührte sich nicht, nur die Finger seiner linken Hand tanzten nervös auf der Tischplatte.

Tara hatte das blaue Wickelkleid angezogen, Betty eine enganliegende, schwarze Seidenrobe aus China, die über der Brust mit einem goldenen Drachen bestickt war. Um ihren Hals hing eine Goldkette mit einem blauen Edelstein. Beide Frauen trugen Schuhe mit hohen Pfennigabsätzen. Tara zeigte auf ihr Paar und sagte: »Sie gehören Betty, aber sie passen mir doch wie angegossen. Oder? Was meinst du, Philipp?«

Ich fürchtete, Bach war kurz davor, durchdrehen. Auch Betty schien das zu spüren. Sie hatte einen siebten Sinn für heikle Situationen. Das war mir schon ein paar Mal aufgefallen.

»Wollen wir nicht endlich essen?«, fragte Bach.

»Das wollte ich auch gerade vorschlagen«, antwortete Betty und setzte sich neben ihn, was wahrscheinlich die beste Idee des Abends war. Innerhalb von ein paar Minuten brachte sie es fertig, Bach die schlechte Laune auszutreiben. Noch während Bill und Tara das Festessen auf den Tellern verteilten, und ich den Wein in die Gläser füllte, flüsterte Betty ihm etwas ins Ohr, was ihn zum Lachen brachte.

»Was ist so lustig?«, fragte Tara. »Dürfen wir uns mitfreuen?«

»Nein. Das ist eine Sache zwischen Philipp und mir«, antwortete Betty kurz, wobei sie Bach zuzwinkerte, der wieder lachen musste.

Von diesem Moment an war das Eis gebrochen. Bach wirkte wie ausgewechselt, er gab am Tisch plötzlich den Ton an, ohne dabei überheblich zu wirken. Er machte Betty und Tara Komplimente für das Essen und erzählte Geschichten, die berührten. Zwischendurch fütterte er immer wieder Schröder, den er seit seiner Ankunft auf der Insel keines Blickes gewürdigt hatte, mit kleinen Stücken der weißen Truthahnbrust. Er ließ den Kater sogar den Löffel ablecken, mit dem er sich die Cranberries auf den Teller gefüllt hatte.

Ich hatte ihn nie so erlebt. Zum ersten Mal glaubte ich zu verstehen, warum Tara sich mit ihm eingelassen haben konnte, die Vorstellung, dass sie sich in ihn verliebt hatte, erschien mir nicht mehr ganz so abwegig.

Als er davon berichtete, wie ihm am Morgen das kleine Reh vors Auto gelaufen war, und wie es ihn in seinem Todeskampf zitternd aus großen braunen Augen angesehen hatte, tat er es so voller Mitgefühl, dass selbst Bill, der weit Schlimmeres gewohnt war, mit dem Tier litt. In Bettys Augen glaubte ich sogar Tränen zu sehen.

Auch als er die Geschichte Luke Fisher erzählte, mit dem er den Nachmittag vor Rita's Diner verbracht hatte, ging es jedem am Tisch ähnlich. Er wusste alles über den alten Mann und seine große Liebe Valery, die während eines Hurricanes ums Leben gekommen war.

Bach scheute nicht einmal davor zurück, sich selbst und seine Arbeit zum Thema zu machen. Als Bill ihn fragte, womit er sein Leben verdiente, antwortete er: mit Schreiben.

»Ach ja, *writer*«, sagte Bill. »Dann machst du also das gleiche wie Lukas …«

»Nein, das kann man wirklich nicht behaupten«, antwortete er. »Moskowicz macht etwas anderes …«

Es war wohl die einzige Antwort an diesem Abend, in die man vielleicht ein wenig Überheblichkeit hineindeuten konnte, obwohl Bach nicht versuchte, sein eigenes Unvermögen zu kaschieren. Er redete lange und ganz ehrlich über die Schwierigkeiten, die er seit weit mehr als zehn Jahren mit dem *Roman des Jahrhunderts* hatte, er gab sogar zu, oft mit dem Gedanken zu spielen, aufzugeben, aber dann überkomme ihn doch immer wieder die Lust, weiterzumachen.

»Über zehn Jahre?«, sagte Bill. »Das ist ja unglaublich. Zehn Jahre lang ein Blatt auf dem anderen stapeln, ohne zu wissen, was dabei herauskommt … Ich würde verrückt werden.«

Bach brachte es während des Essens fertig, alle um den Finger zu wickeln. Sein Zynismus, sein Hochmut, seine Rechthaberei – nichts davon war mehr zu spüren.

»Was hast du mir denn über ihn erzählt?«, flüsterte Betty mir einmal ins Ohr. »Er ist doch ein großartiger Kerl.«

Spät in der Nacht – die Kerzen am Tannenbaum waren lange abgebrannt, Schröder schlief schon tief in dem Ohrensessel – tanzten der Sheriff, Betty und Bach zu der Weihnachtsmusik des Rat Pack, während Tara und ich die drei beobachteten.

»Was ist denn in Philipp gefahren?«, fragte ich sie.

»Was meinst du?«

»Er ist so anders.«

»Wie anders? So liebenswürdig, meinst du. Und so ehrlich, oder was?«

»Ja. So kenne ich ihn nicht, so habe ich ihn nie erlebt. Ist er öfter so?«

»Schon öfter, ja – jedenfalls, wenn man mit ihm allein ist, und er sein Misstrauen verliert.«

»Und heute Abend hat er es verloren?«

»Offensichtlich, ja. Aber das liegt wohl an Betty. Ich glaube, deine Freundin gefällt ihm.«

Misstrauen … Der frühe Morgen dieses Tages kam mir in den Sinn, als Tara mich gezwungen hatte, mit ihr auf die Seven Mile Bridge zu fahren, um den Sonnenaufgang zu erleben. Knapp zwanzig Stunden waren seitdem vergangen, zwanzig Stunden, in denen sie mein Leben auf den Kopf gestellt hatte.

Als die drei Tänzer an den Tisch zurückkehrten, beschlossen wir, obwohl wir alle todmüde waren, noch eine Flasche zu leeren. Wir stießen ein letztes Mal auf Betty und ihren Truthahn an. In das Schweigen, das anschließend für ein paar Augenblicke herrschte, machte Tara den Vorschlag, jeder sollte die Geschichte seines Lebens erzählen, für die er sich am meisten schämte.

Ich war dagegen, Bach auch. »Kommt gar nicht in Frage«, sagte er.

»Doch, das machen wir«, entgegnete Betty. »Auch, wenn es ein altes Spiel ist … das machen wir.«

Bill meinte, seine Story sei schnell erzählt. Am meisten schäme er sich für seine Eifersucht, die ihn um seine Frau und seinen Sohn gebracht hatte. Er hätte seine Frau nicht schlagen dürfen, sagte er.

»Du hast nichts mehr von den beiden gehört? Nicht einmal heute?«, fragte Betty.

Bill schüttelte den Kopf. »Nein, nichts. Das ist vorbei …«

Tara konnte mit der Geschichte überhaupt nichts anfangen, sie trank einen Schluck Wein und in dem Moment, als Bill länger ausholen wollte, unterbrach sie ihn und sagte mürrisch: »Jetzt bist du dran, Betty. Ich hoffe, deine Story ist ein bisschen amüsanter als die von Bill.«

»Ja, das ist sie«, antwortete Betty. »Für euch ist sie das

ganz sicher.« Sie hielt sich an ihrem Glas fest und zögerte noch für einen Moment.

»Komm schon, erzähl ...«, sagte Tara. »Mach es nicht so spannend.«

»Ich habe mich verkauft«, sagte Betty.

»Wie? Verkauft?«

»Ich habe mich und meinen Körper verkauft. Fast zwölf Jahre lang ...«

»Willst du uns sagen, du hast Geld für Sex genommen?«

»Ja, obwohl ich es gar nicht nötig hatte. Ich hatte einen guten Job, hab gut verdient. Trotzdem habe ich es getan.«

Ich dachte daran, wie Betty immer ihren Mund mit dem Mittel- und Zeigefinger versiegelte, wenn ich sie nach ihrer Vergangenheit fragte. Warum war sie plötzlich in größerer Runde bereit, ihr Schwiegen zu brechen? Ich verstand sie nicht.

Ganz ruhig erzählte sie, wie sie vor Jahren in einer Hotelbar in Palm Beach, wo sie gelebt hatte, von einem fremden Mann angesprochen worden war. Sie hatte sich von ihm auf ein paar Drinks einladen lassen. Der Mann hatte sie zum Lachen gebracht, und irgendwann hatte er sie gefragt, ob sie mit ihm aufs Zimmer komme.

»Und?«, fragte Tara.

»Ich bin mitgegangen. Am nächsten Morgen hat er mir fünfhundert Dollar in die Hand gedrückt und gesagt, ich müsse jetzt verschwinden.«

»Du hast das Geld genommen?«

»Ja.«

»Ich glaub's nicht ... Und dann?«

»Dann habe weitergemacht, Jahre lang. Ich hatte Spaß daran, großen Spaß ...«

»Und dafür schämst du dich heute?« Tara schien vollkommen verwirrt.

»Nein, nicht dafür. Ich schäme mich, weil es herausgekommen ist … weil die Polizei mich erwischt hat und ich vor Gericht musste.«

»Ist das denn verboten, was du getan hast?«, fragte Bach.

»Allerdings«, sagte Bill.

Betty wurde zu einer Geldstrafe verurteilt. Außerdem verfügte das Gericht, dass ihr Foto veröffentlicht wurde. Die Palm Beach Post und der Sun Sentinel in Fort Lauderdale haben es gedruckt.

Nachdem sie auf das Bild in den Zeitungen angesprochen worden war, hatte sie sich die Haare abschneiden und die künstliche Farbe herauswaschen lassen. Kurz darauf hatte sie ihre Koffer gepackt und war auf die Insel gezogen.

»Das gibt's doch gar nicht«, sagte Tara. »Was für ein Land ist denn das?«

Bill, Bach und ich wussten nicht, wie wir reagieren sollten. Keiner von uns brachte ein Wort heraus.

Betty lächelte. »Und wofür schämst du dich, Philipp?«, fragte sie.

»Ich bin auch einmal geflohen«, sagte Bach.

»Aber dafür schämst du dich nicht?«

»Nein, ich schäme mich, weil ich die Flucht dafür genutzt habe, den größten Verrat meines Lebens zu begehen.«

»Erzähl …«, sagte Betty.

Bach sagte nichts mehr. Wie ein Häufchen Elend saß er auf dem Stuhl und starrte vor sich hin.

Ich kam in dieser Nacht nicht mehr dazu, meine Geschichte zu erzählen. Auch Tara nicht. Sie stand auf und umarmte Bach. Ich verstand sie nicht. Warum fragte sie ihn nicht, was es mit dem Verrat auf sich hatte?

Berlin, Juli/August 2010

Knapp vier Wochen, nachdem ich die Nacht bei Tara in der Mommsenstraße verbracht hatte, war ich mit meinem Manuskript soweit, dass sich Bach (im Roman hatte ich ihn Streitberg getauft) mit meinem Alter Ego am Checkpoint Charlie verabredete. Die nächsten leeren Seiten musste ich also mit der Szene vorm Café Adler füllen, in der der Ich-Erzähler das speckige Din-A4-Blatt mit den fünfzig Fragen für das Hamburger Archiv überreicht bekam.

Es war ein Mittwoch, die Sonne schien, als ich am frühen Nachmittag beschloss, die Arbeit Arbeit sein zu lassen und einen Ausflug in die Berliner Friedrichstadt zu unternehmen, um ein wenig von der Stimmung einzufangen, die damals geherrscht haben musste. Ich fuhr mit dem Neunundzwanziger vom Kurfürstendamm Richtung Kochstraße und beobachtete aus dem Fenster das Treiben vor den Geschäften. Als der Bus vorm KaDeWe hielt, sah ich eine junge Frau in einem dünnen Kleid und Cowboystiefeln an den Füßen, die das Kaufhaus verließ. Ich musste an Tara bei ihrer Ankunft auf Big Pine Key denken. Seit unserer gemeinsamen Nacht in der Mommsenstraße hatte ich nichts mehr von ihr gehört, sie war abgetaucht und hatte mich mit den Rätseln, die sie mir aufgegeben hatte, allein gelassen.

Einige Male hatte ich noch versucht, sie zu erreichen, auf ihren Anrufbeantworter gesprochen und ein paar Mails geschickt. Und an einem späten Abend, nachdem ich allein im Cantina essen gewesen war, war ich sogar über meinen eigenen Schatten gesprungen und hatte an ihrer Tür geklingelt.

Alles vergeblich.

Dafür hatte ich in dieser Zeit einen regen e-Mail-Verkehr mit Gretchen Rappaport in New York. Bachs Schicksal ließ die Reporterin der *Times* nicht zur Ruhe kommen, und just an jenem Morgen, als ich aus der Mommsenstraße noch beschwingt von der Liebesnacht nach Hause zurückgekehrt war, erreichte mich ihre erste Nachricht.

Zu meiner großen Verblüffung schrieb Gretchen, sie habe geträumt, mich in Taras Armen gesehen zu haben, es sei ein außergewöhnlich leidenschaftliches Bild gewesen, das sich ihr dargeboten habe, obwohl ich sehr schüchtern gewesen sei, fast ein wenig gehemmt. Tara hingegen habe dominant gewirkt.

Die Geschichte ihres Traums beendete sie in der Mail mit einem augenzwinkernden, gelben Smiley, bevor sie dann ohne Ironie fortfuhr: *Aber Spaß beiseite, Lukas, hast du Tara inzwischen gesehen? Müssen wir uns Sorgen machen? Ist dir irgendetwas Sonderbares aufgefallen? Ich meine, auch was Phillips Tod angeht?*

Anfangs wollte ich ihr erwidern, dass ich nichts von unserer Freundin gehört hatte, doch dann überlegte ich es mir anders. Vielleicht würde Gretchen, so besessen sie von dem Tod des Dichters war, mich ja auf ein paar Gedanken bringen, die ich in meinem Bach-Roman gut verwerten konnte. Ich erzählte ihr von dem Treffen mit Tara, ich erzählte, dass sie Bachs Erbin war und inzwischen in seiner Wohnung lebte, in der nichts mehr an früher erinnerte, weder an die zerstörerische Unordnung und den Geruch des Dichters noch an Taras verspielten Tinnef, mit dem sie sich so gern umgeben hatte.

Tara selbst habe sich, schrieb ich, bis auf die Haare, die sie kürzer als früher trage, nicht verändert. Ich berichtete Gretchen, wie sie sich auf dem Balkon mit den Gummibären zwischen den Zehen die Fußnägel schlammfarben lackiert hatte. Wir müssten uns also nicht um sie sorgen, schrieb ich, das verbissene Bild, das wir uns nach dem Video-Chat in New York von ihr gemacht hatten, sei ein falsches gewesen. Ihr Lachen sei immer noch dreckig und ihr Silberblick betörend.

Für das *betörend* schämte ich mich ein wenig, aber ich ließ es stehen.

Von Franz Krohns *Schwanenkampf*, dessen Manuskript uns von Tara via Skype vor die Nase gehalten worden war, hatte ich Gretchen natürlich auch berichtet, wobei ich ihr mein Erlebnis mit Bachs Fragenkatalog verschwieg.

Auf meine Mail antwortete Gretchen mit nur zwei Sätzen:

Wieso lackiert sich das Luder vor deinen Augen die Fußnägel, Lukas? Habe ich da etwas verpasst?

In den Wochen zwischen meiner Nacht bei Tara und meinem Ausflug in die Friedrichstadt haben wir uns fast täglich via e-Mail ausgetauscht. Auch wenn Gretchens Mails nicht direkt für mein Buch verwertbar waren, so hatte ich doch das Gefühl, sie halfen mir, meine Arbeit voranzutreiben.

Die letzte Mail, die ich von ihr bekam, hatte es allerdings in sich. Sie betraf ein paar Zeilen von mir, in denen ich auf den schweren Schicksalsschlag eingegangen war, den Tara erlitten hatte, als ihre leiblichen Eltern 1980 bei dem Flugzeugabsturz in Warschau um Leben gekommen waren.

Gretchens Antwort darauf ließ keine zehn Minuten auf sich warten. Sie schrieb:

Das ist Unsinn, Lukas. Taras Adoptiveltern haben ihr die Geschichte erzählt, aber sie stimmt nicht. Das hat Tara herausgefunden, als sie sich vor Jahren nach Fotos und anderen Andenken ihrer leiblichen Eltern erkundigt hatte. Wenn ihre leiblichen Eltern bei einem Flugzeugabsturz ums Leben gekommen waren, musste es ja irgendwo Fotos und persönliche Sachen von ihnen geben. Aber die gab es nicht. Tara hat deshalb lange nicht mehr mit ihren Adoptiveltern gesprochen. Erst als sie überzeugt war, dass die wirklich von nichts wussten und ihr nur naiv die Geschichte erzählt hatten, die ihnen von den Behörden in Ostberlin bei den Adoptionsgesprächen aufgetischt worden war, versöhnte sie sich wieder mit ihnen. Ihre leibli-

chen Eltern hat sie, soviel ich weiß, nie gefunden, sie hat nach ihnen geforscht, ja, aber gefunden hat sie sie nie. – Wann hat sie dir denn die Geschichte vom Flugzeugabsturz erzählt? Sie weiß doch seit mindestens fünfzehn Jahren, dass sie ein Märchen ist. Ehrlich gesagt, kommt mir das Ganze schon wieder komisch vor. Manchmal glaube ich, ich bin verrückt, dass mich die Geschichte so beschäftigt. Wie kriege ich sie nur aus meinem Kopf?

xoxo

Gretchen

Vielleicht komme ich Ende August nach Berlin. Wirst du da sein?

Überrascht hatten mich Gretchens Zeilen kaum. Tara hatte mir nicht die Wahrheit gesagt, jedenfalls nicht die ganze. Aber daran war ich gewöhnt, man musste bei ihr alles hinterfragen. Es gehörte zu ihrer Natur, falsche Fährten zu legen, selbst wenn es um vollkommen unwichtige Dinge ging, spielte sie dieses Spiel der Verwirrungen.

Es war halb vier, als ich den Bus verließ. Ich überquerte die Kochstraße und lief die Friedrichstraße bis zum Checkpoint Charlie herunter. Vorm Mauermuseum drängten sich Menschenmassen, an der weißen Holzbude, die mitten auf der Straße dem ehemaligen US Army Checkpoint nachempfunden war, ließen sich ein paar Japaner mit amerikanischen und sowjetischen Militärmützen fotografieren, in den Händen hielten sie die Flaggen der beiden Länder.

Zwanzig Jahre waren vergangen, seitdem aus Ernst Spaß geworden war, aus bitterem Bohnenkaffe Latte Macchiato. Das Café Adler, in dem sich John le Carré einst für seinen *Spion, der aus der Kälte kam* inspirieren ließ und auf dessen Terrasse ich 1995 Philipp Bach getroffen hatte, hieß inzwischen Café Einstein und gehörte wie so vieles in der schönen neuen Welt einer Kette an. In den Räumlichkeiten des

Cafés hatte ich vor langer Zeit den aufgebrachten Günter Grass erlebt. Der Dichter nahm an einer Abschiedsfeier für den geschassten Chefredakteur einer ehemaligen DDR-Wochenzeitung teil, die von einem westdeutschen Verlag übernommen worden war. Auf der Veranstaltung hielt er eine flammende Rede gegen den Turbo-Kapitalismus und rief zum Ungehorsam und zur Verweigerung auf. Die Abschiedsfeier endete in einem Meer von Tränen. Wenn ich mich recht erinnerte, spielte am Schluss ein Gitarrist sogar Bob Dylans *Times they are a-changin'*.

Jahre später stand ich nun vor demselben Gebäude und beobachtete die Spaßgesellschaft. Ich nahm an einem der Tische auf dem Trottoir Platz, bestellte mir eine Cola mit einer halben Zitrone und dachte an Bach, dessen Überreste zusammen mit dem *Roman des Jahrhunderts* in der Ostsee abgetaucht waren.

Jetzt saß ich genau dort, wo unsere Beziehung damals ihren Anfang genommen hatte. Ich sah ihn vor mir, wie er mit seiner PanAm-Tasche in der Hand die Friedrichstraße herauf schlenderte und vor einem der Souvenirstände mit dem Ostkitsch Halt machte.

Hallo Moskowicz, hab dich gar nicht erkannt … Siehst ja aus, als wärste ganz frisch aus 'ner Modezeitschrift rausgelaufen …

Ich erinnerte mich noch an jeden Satz, an jede Geste von ihm an dem Nachmittag Anfang Mai 1995. Ich sah, wie er den Filter von seiner Zigarette abbiss und in den Rinnstein spuckte, ich sah, wie er nervös in seiner Tasche nach dem Zettel mit den Fragen kramte, ich sah, wie er bei der Kellnerin einen Wodka Tonic bestellte, ohne sie eines Blickes zu würdigen. Ich sah all das, und dabei spürte ich die Verzweiflung und die Versagensängste, die ihn plagten und die er mit Frechheit und Hochmut zu kaschieren versuchte.

Roman des Jahrhunderts – was für ein Größenwahn!

Wie hatte es Tara nur solange an seiner Seite ausgehalten? Die Frage habe ich mir oft gestellt, sicher auch deshalb, weil sie mir den Laufpass gegeben hatte und nicht ihm.

Heute stellte ich sie aber nicht mehr als verlassener Liebhaber, sondern als Autor, der dabei war eine Geschichte über dieses ungleiche Paar zu schreiben. Ohne Antwort kein Roman. So einfach war das.

Ich trank einen Schluck Cola und hielt mein Gesicht noch ein paar Minuten der Sonne entgegen, dann stand ich auf, zahlte und machte mich auf den Weg ins Bötzowviertel.

Vielleicht fand ich dort, wonach ich suchte.

Es war ein weiter Fußmarsch, den ich mir vorgenommen hatte, aber ich war mir sicher, ich würde ihn genießen. Zu lange hatte ich mich in den letzten Wochen in meinem Apartment zwischen all dem Material über Bach verbarrikadiert und auf den Geistesblitz gehofft.

Nach einer guten Viertelstunde hatte ich die Spree erreicht. Auf der Mühlendammbrücke verweilte ich für ein paar Minuten und sah mich um. Der Fluss unter mir erweckte den Eindruck, als sei er stehengeblieben, links von ihm lag das Rote Rathaus, dessen Backsteine im Licht der Sonne zu glühen schienen, dahinter, noch ein paar hundert Meter Luftlinie weiter, blendete mich die goldene Kuppel der Synagoge an der Oranienburger Straße.

Auf der rechten Seite der Brücke lag das Alte Stadthaus, das zu Ostzeiten dem Ministerrat diente. Der erste Vorsitzende dieses Vereins hieß Otto Grotewohl. Als der Mann im Herbst des Jahres 1964 zu Grabe getragen wurde, lag ein Trauerschleier über der Stadt. Tausende folgten dem Zug mit der aufgebarten Leiche. Nur zwei Menschen schien der Tod des Mannes nicht wirklich zu berühren, den Dichter Franz Krohn und seinen jungen Freund Philipp Bach. Die beiden fuhren auf ihren Fahrrädern vom Bötzowkiez zum

Tierpark Berlin in Friedrichfelde, wo ein schwarzer Schwan das Licht der Welt erblickt hatte.

Der dreizehnjährige Philipp hatte sich damals gewundert, warum sein Freund Franz nicht an dem Trauerzug teilnahm. Er hatte viele Menschen mit Orden unter den Trauernden entdeckt, und Franz hatte für seinen Roman *Der Berg* doch auch einen Orden verliehen bekommen. Dass sein Freund nicht dabei war, ging ihm anfangs partout nicht in den Kopf.

Du bist doch auch berühmt, hatte er gesagt.

Als Bach und ich Jahre später den Abstecher ins Bötzowviertel unternahmen und auf dem Weg dorthin die Spree an Otto Grotewohls ehemaligen Arbeitsplatz überquerten, hatte er mir erzählt, dass er an dieser Stelle des Flusses zusammen mit Biermann seine erste Wasserleiche gesehen habe. Jetzt war ihm selbst durch das Schicksal (oder was auch immer) ein ähnliches Ende am Ufer eines kaltes Flusses beschert worden.

Biermann – er war der Grund gewesen, warum Bach damals in den Westen aufgebrochen war.

Auf der Brücke fragte ich mich, warum der Sänger nicht an der Seebestattung Bachs vor Rügen teilgenommen hatte. Die beiden waren doch angeblich Freunde gewesen, Bach hatte das immer betont. Gute Freunde. Und wahrscheinlich war da sogar etwas dran. Als Biermann im Roten Rathaus 2007, kurz nachdem er den regierenden Senat als Verbrecherverein abgekanzelt hatte, die Ehrenbürger-Urkunde überreicht bekam, war Bach jedenfalls auch dabei gewesen.

Ich hatte zufällig ein Foto der Verleihung in der Zeitung entdeckt, auf dem nicht nur Biermann mit dem Bürgermeister abgebildet gewesen war, sondern im Hintergrund auch Bach zusammen mit Tara. Tara trug auf der Fotografie das blaue Wickelkleid mit den roten Punkten, was mich unendlich traurig machte. Sie hatte mich damals angeschwindelt und gesagt, sie könne mich an diesem Tag, an dem wir fest verabredet gewesen waren, nicht treffen, weil sie über hundert Seiten vom *Roman des Jahrhunderts* lesen müsse.

»Philipp wartet schon ungeduldig auf meine Meinung«, hatte sie behauptet. »Und du weißt doch, wie er ist, wenn er glaubt, man nimmt ihn und seine Arbeit nicht ernst.«

»Und was ist mit später?«

Auch da könne sie nicht. Sie sei mit ihrer alten Schulfreundin Beatrix verabredet, die sie Jahre lang nicht gesehen habe. Trixi gehe es nicht gut, ihr Mann habe sie gerade verlassen. Sie seien zum Essen verabredet und anschließend wollten sie sich im Kino aufheitern – mit Woody Allen. Der Film heiße *Scoop*.

»Sorry, Lukas. Aber das verstehst du doch, oder? Wir sehen uns dafür dann morgen. Okay?«

Tara besaß die besondere Begabung, auch ihre kleinen Lügen detailliert auszuschmücken, weshalb man erst gar nicht auf die Idee kam, an ihren Worten zu zweifeln. Jede Lüge war perfekt und sicher in Watte verpackt. Gelegentlich hatte ich sie sogar dabei ertappt, wie sie Gerüche von Orten beschrieb, die sie nie besucht hatte.

Nachdem ich das Foto in der Zeitung gesehen hatte, war es zu einem handfesten Krach zwischen uns gekommen.

»Du hast mich angelogen«, hatte ich geschrien. »*Scoop* von Woody Allen ... Ich fass es nicht!«

Tara hatte daraufhin nur laut gelacht und mir an den Kopf geworfen, dass ich eifersüchtig sei und vielleicht sogar ein bisschen neidisch – nicht nur auf Bach, sondern auch auf Biermann.

Besonders das Wort *neidisch* hatte mich damals auf die Palme gebracht.

Es war kurz nach fünf, als ich am Filmtheater am Friedrichshain in die Bötzowstraße einbog. Ich war über eine Stunde lang gelaufen und fühlte mich erschöpft. Die Sonne brannte noch immer mit Macht vom Himmel, mein Hemd war durchgeschwitzt. Ich bummelte auf der Schattenseite der Straße entlang, in der ich nicht mehr gewesen war, seit Tara mich im April 2008 verlassen hatte. Die Geschäfte waren menschenleer. An der Hauswand neben dem Eingang zur chemischen Reinigung las ich einen von Taras Lieblingssprüchen: *It's better to be a pirate than to join the navy*. Über dem blutroten *pirate* war ein martialisch dreinblickendes Männergesicht abgebildet, dessen rechtes Auge eine Totenkopfklappe kaschierte. Das Graffiti erinnerte mich an Bach, nachdem wir Fofis Restaurant in der Fasanenstraße verlassen hatten.

Hatte Tara etwas mit dem Graffiti zu tun?

Ich ging weiter, die ganze Gegend wirkte an diesem Sommertag wie ausgestorben, nur die Gemüsefrau saß vor der Tür ihres Ladens und strickte. Ich nickte ihr zu.

»Für meine Enkelin«, sagte sie lächelnd und hob stolz die Wolle hoch, die schlaff zwischen den Nadeln hing. Dabei fiel ihr das Knäuel vom Schoß und rollte ein paar Meter den Bordstein entlang. Ich hob es auf und reichte es ihr.

Ich konnte mich nicht erinnern, wann ich zum letzten Mal eine Frau gesehen hatte, die strickte.

»Was wird es?«, fragte ich.

»Ein Pullover«, antwortete sie.

Ein paar Meter weiter warf ich einen Blick in das Schaufenster der Buchhandlung, die ich oft besucht hatte, als ich mich noch regelmäßig in der Gegend aufhielt. Die Erstausgabe von Isherwoods *Leb wohl Berlin* hatte ich hier einmal in einer Grabbelkiste entdeckt und für fünf Euro erstanden. Jetzt war das Geschäft geschlossen, Sommerferien.

Als ich die Bötzowstraße an der Ecke erreichte, wo die Lieselotte-Herrmann-Straße rechts Richtung Volkspark Friedrichshain abgeht, sah ich aus der Entfernung Hermine Evers vor ihrem Haus. Bei Wärme und Sonnenschein verbrachte die Alte ihre Nachmittage im Schaukelstuhl auf dem Trottoir neben dem französischen Restaurant und unterhielt sich mit jedem, der vorbeikam, über Gott und die Welt.

In meiner Zeit mit Tara haben auch wir einige Male zusammen geplaudert, was anfangs wegen ihrer Schwerhörigkeit nicht ganz einfach für mich war. Es fiel mir nicht leicht, mit ihr zu reden und dabei die ganze Umgebung mit zu unterhalten. Irgendwann hatte ich mich aber daran gewöhnt, und es machte mir nichts mehr aus.

»Ach sieh mal einer an, der Herr Lukas«, hatte sie immer gesagt, wenn wir uns zufällig im Treppenhaus oder vor der Tür über den Weg gelaufen waren. »Was macht denn das Fräulein Tara? Ich habe sie lange nicht mehr gesehen.«

Obwohl Tara Hermine Evers mochte, war sie ihr so gut wie möglich aus dem Weg gegangen. »Das Leben ist zu kurz, um zum zehnten Mal dieselben Geschichten über das Viertel zu hören«, hatte sie immer gesagt. Nur wenn die Evers mit der eingemachten Marmelade vor der Tür stand, konnte sie sich ihr nicht entziehen. Aber das passierte höchstens einmal im Monat, öfter mochte die Frau sich nicht die Treppen zumuten, die zu Taras Wohnung unter dem Dach führten.

Die Augen der Alten schienen besser zu funktionieren als ihr Gehör. Sie winkte mir schon von weitem zu.

Ich kam an dem Haus vorbei, vor dessen offenem Fenster im Erdgeschoss sich Franz Krohn und der junge Philipp Bach 1959 kennengelernt hatten. Mit der Milchkanne in der Hand war der Junge vor dem Fenster des Dichters stehen geblieben und hatte ihn neugierig hinter seiner Schreibmaschine angestarrt.

Na, Emil, wo kommst du denn her?

Ich heiße nicht Emil, ich heiße Philipp.

Aus demselben Fenster blickte jetzt ein schlecht rasierter Mann in einem weißgerippten Unterhemd. Hinter seinem rechten Ohr klemmte eine Zigarette, auf seiner Schulter saß ein Papagei. »Flitzpiepe«, krächzte der Vogel, als ich einen Blick auf ihn warf. Der Mann sah mich mürrisch an. Ich grüßte, er grüßte nicht zurück.

Das Haus sah aus wie neu. Seit ich die Gegend verlassen hatte, musste es restauriert worden sein. Die Einschusslöcher aus dem Zweiten Weltkrieg waren verschwunden, die Fensterrahmen erneuert. Ockerfarben glänzte es im Sonnenlicht.

»Ach sieh mal einer an, der Herr Lukas«, rief die Evers, als ich auf sie zukam. »Sie haben sich ja lange nicht mehr bei uns blicken lassen.«

Ich gab der Frau die Hand und sagte, es sei mir eine große Freude, sie so gesund und fröhlich und in alter Schönheit zu sehen.

»Sie Charmeur! Das Fräulein Tara haben Sie nicht zufällig mitgebracht?«

Ich schüttelte den Kopf.

»Schade, ich hätte ihr gern die Leviten gelesen. Nachdem die dumme Liese endgültig rübergemacht hat, ist sie wie vom Erdboden verschluckt. Sie hat sich nicht mehr gemeldet, seit der Geschichte von damals. Dabei hat sie nicht zuletzt mir ihr spätes Glück zu verdanken.«

Hermine Evers machte eine kurze Pause, so als überlegte sie, ob sie mir den nächsten Satz zumuten könne. Dann sagte sie durch die Brille lächelnd: »Ihre Freundin ist ein wirklich untreues Geschöpf. Ich hoffe, Sie sind sich dessen bewusst.«

Die Frau schien zu glauben, Tara und ich seien immer

noch ein Paar. Sie sah auf die Uhr und stemmte sich aus dem Schaukelstuhl.

»Halb sechs«, sagte sie, »Zeit für meine Medizin.«

»Was meinen Sie mit der Geschichte von damals?«, fragte ich in der Lautstärke, die ich gewohnt war mit ihr zu sprechen. »Und welches späte Glück?«

»Sie müssen nicht so schreien, Lukas. Seitdem ich dieses Ding auf der Nase habe, höre ich wieder ganz passabel.« Sie zeigte auf ihre Brille. »In den Bügeln ist die neueste Technik versteckt, digital nennt man das heute. Es ist schon ein Wunder, was die Menschen alles fertigbringen. Wir hören plötzlich durch die Brille, und wenn die mal versagen sollte, gibt immer noch die Möglichkeit eines Knochenleitungshörgeräts …« Sie lachte, bevor sie das Wort langsam Silbe für Silbe wiederholte. »Dafür müsste der Arzt mir allerdings eine Titanschraube unter der Schädeldecke implantieren. Das habe ich erstmal abgelehnt, ich bin auch ohne Titan schon eine wandelnde Prothese.« Ihr Zeigefinger wanderte von einem Ohr über die Augen auf den Mund, dann deutete sie mit beiden Händen auf ihre Hüften. »Die Zeit wird kommen, da bestehen wir nur noch aus Ersatzteilen. Beim Klassenfeind …«, sie zwinkerte mir zu, »… in Amerika lassen sich heute schon Vierzigjährige einfrieren. Haben Sie das gelesen? Sie wollen erst wieder aufgetaut werden, wenn sichergestellt ist, dass es für jedes Organ ein Ersatzteil gibt. Auch für Ihren …« Sie blickte auf meine Hose und kicherte. »Na, Sie wissen schon …«

Die Evers griff mit beiden Händen nach dem Schaukelstuhl und schüttelte amüsiert den Kopf.

»Knochenleitungshörgerät«, wiederholte sie noch einmal.

Ich fürchtete, sie könnte sich verabschieden und fragte: »Haben Sie fünf Minuten Zeit?«

Sie musste mir noch Fragen beantworten. Wieso hatte

Tara der Alten ihr Glück zu verdanken? Und was war das für eine Geschichte von damals?

»Sicher, keine Angst, Lukas. Ich hatte nicht vor, Sie loszuwerden. Ich bin froh um ein bisschen Unterhaltung. Nur sitze ich hier nur schon seit über drei Stunden, und jetzt ist es genug«, antwortete sie. »Kommen Sie doch mit hoch und trinken Sie ein Glas bei mir. Sie dürfen sogar den Schaukelstuhl mitnehmen.«

Noch einmal zwinkerte sie mir durch ihre Brille zu.

Fünf Minuten später hatte ich in einer überhitzten Küche an einem Tisch mit geblümter Wachstuchdecke Platz genommen. Die Evers selbst war für einen Moment verschwunden, nachdem sie mir zwei Schnapsgläser und eine halbvolle Flasche Eierlikör vor die Nase gestellt hatte.

Die Küche wirkte groß. Um den Holztisch herum standen fünf Stühle, an der mit Geschirr überladenen Anrichte daneben klebte eine Postkarte, sie zeigte Rosa Luxemburg und Clara Zetkin 1910 eingehakt auf dem Weg zum Parteitag der Sozialdemokraten in Magdeburg. Auf der Arbeitsplatte der Anrichte stand ein schwarzes Telefon mit weißer Wählscheibe. Der Herd gegenüber war ein Ofen mit einer Platte aus Gusseisen, wie ich ihn als Kind zuletzt bei meiner Urgroßmutter gesehen hatte. Hier wurde offensichtlich noch auf Feuer gekocht. Mein Blick fiel auf eine Tüte mit Eierkohlen und einen Feuerhaken, der an der blankpolierten Messingstange hing, die den Ofen umrahmte. Auf der Herdplatte köchelte irgendetwas in einem großen Topf vor sich hin. Es roch deftig, ich konnte nicht sagen, wonach. Essig roch ich heraus, vielleicht auch Lorbeer und Speck.

Nach Sommer roch es jedenfalls nicht.

Auf der Fensterbank lag ein Stapel vergilbter Zeitungsseiten, ich blätterte sie durch. Auf den meisten fanden sich Nachrichten aus dem Viertel oder leere Kreuzwort- und Silbenrätsel, die wahrscheinlich für weniger unterhaltsame Abende aufbewahrt wurden.

Beim Anblick einer Seite stutzte ich allerdings. Sie stammte aus dem Berliner Kurier und zeigte dasselbe Porträtfoto Philipp Bachs, das ich bereits in der *New York Times* gesehen hatte. Die Schlagzeile zu dem Artikel lautete: *Bötzow-Dichter tot unter Glienicker Brücke gefunden*, dahinter, in Klammern und in fetten Buchstaben, *2,6 Promille!* Ich begann zu lesen. Bis auf die Promille-Zahl, die leicht übertrieben war, erfuhr ich aus dem Artikel nichts, was ich nicht schon aus meinen Unterlagen kannte.

Die Evers kam in die Küche zurück, hob den Deckel des Topfes auf dem Herd hoch, schnupperte daran und rührte seinen Inhalt für ein paar Sekunden um. »Schwarzsauer«, sagte sie. »Wenn Sie nachher auch einen Teller wollen, Lukas – nur zu, es ist genug da … Aber zuerst trinken wir einen Schluck von meiner Medizin. Einverstanden?«

Ich schob den Bach-Artikel beiseite.

Bevor sie sich setzte und ihre Füße auf einen Holzschemel stellte, schenkte sie die beiden Gläser voll. Sie hatte sich ihre Lippen angemalt und die Dauerwelle gerichtet. Ich roch ihr Parfum. Um den Hals hatte sie sich eine Goldkette mit einem blauen Medaillon gelegt. Ich war mir nicht sicher, ob sie den Kittel gewechselt hatte, wahrscheinlich ja. Jedenfalls sah sie frisch aus, gesund und braungebrannt. Die achtzig Jahre oder mehr, die sie auf dem Buckel haben musste, sah man ihr trotz der vielen Gebrechen nicht an.

Wir prosteten uns zu.

»Ist das nicht eine furchtbare Geschichte«, sagte sie und zeigte auf die Zeitungsseite neben mir auf dem Tisch. »Besonders für Sie muss es doch ganz furchtbar sein, Lukas.«

Sie leerte das Glas in einem Zug und leckte sich über die Lippen.

»Warum für mich?«

»Sie waren doch sehr eng mit ihm, nicht wahr?«

»Eng?«

»Ja. Bei uns hat er sich ja ewig nicht blicken lassen. Nur einmal habe ich ihn mit Tara im Viertel gesehen. Er führte sich auf, als besuche er eine Leprastation in Angola – dabei war das hier einmal seine Heimat. Ich habe ihn schon als kleinen Knirps gekannt, nachdem er mit seinen Eltern von Rügen hergezogen war, er wirkte immer vollkommen verloren mit seinem Schlüssel um den Hals. Wenn der Franz ihn damals nicht aufgefangen hätte, ich weiß nicht, was aus ihm geworden wäre. Philipp hat wirklich großes Glück gehabt. Und dann so ein jämmerliches Ende an einem kalten Fluss …«

Die Evers schüttelte den Kopf.

»Aber Ihnen, Lukas, Ihnen muss sein Tod doch richtig nahegegangen sein, Sie waren doch ständig mit ihm zusammen.«

»Wieso glauben Sie das?«

»Na, so eine *ménage à trois* … da lässt es sich doch wohl kaum vermeiden, dass …«

»Ménage à trois?« Ich unterbrach die Evers und musste lachen.

»Sie sollten sich nicht dafür genieren, Lukas. Fräulein Tara war ganz ehrlich zu mir, sie hat mir alles von ihren beiden Männern erzählt … Ich glaube sogar zu wissen, dass Sie immer ein bisschen eifersüchtiger waren als Philipp. Aber vertrauen Sie mir, Sie haben alles richtig gemacht. Die Ungerade ist immer spannender als die Gerade. Sie hält einen auf Trab und gibt dem Leben die richtige Würze. Ich jedenfalls habe Ihr Trio sehr gut verstanden. Nichts ist langweiliger und trügerischer als der kürzeste Weg zwischen zwei Punkten. Meine eigene Ehe war so spannend wie der Anblick von brütenden Hühnern. Ich hätte es so machen sollen wie Sie, oder jedenfalls wie die Luxemburg ... die hat nichts ausgelassen.« Die Evers deutete auf die Postkarte, die an der Anrichte klebte.

»Die Luxemburg?«

»Ja, die hat sich immer das junge Gemüse geangelt. Mit dem Sohn der Zetkin war sie jahrelang zusammen, er war vierzehn Jahre jünger als sie ... Für so eine Geschichte hat mir leider immer der Mut gefehlt. Und jetzt ist es zu spät ...«

Ich wusste nicht, worauf Hermine Evers hinauswollte, ich verstand nicht, wovon sie sprach. Ganz offensichtlich hatte Tara ihr ein vollkommen falsches Bild unserer Beziehung gemalt. Mich wunderte, dass sie überhaupt etwas davon wusste, denn Tara war der Alten, solange ich mich in ihrem Kiez aufgehalten hatte, immer aus dem Weg gegangen.

Ich unternahm einen neuen Versuch, eine Antwort auf die Fragen zu bekommen.

Die Evers war mehr als überrascht, sie konnte nicht glauben, dass ich von den Ereignissen nichts wusste, die sich Mitte April 2008 in der Bötzowstraße abgespielt hatten.

»Über was reden Sie denn, wenn Sie zusammen sind?«, fragte sie, dabei schüttelte sie verständnislos den Kopf und begann, ohne eine Antwort abzuwarten, zu erzählen. Sie tat es in aller Ausführlichkeit und mit großer Leidenschaft. Als habe sie Angst, ich könnte sie dem angebrochenen Abend allein überlassen, ließ sie nichts aus. Detailliert beschrieb sie, wie aus Tara innerhalb von ein paar Minuten ein anderer Mensch geworden war. »Es kam mir vor wie eine Erweckung«, sagte sie. Zwischendurch füllte sie immer wieder die Gläser mit dem zähflüssigen Likör. Und als die Flasche leer war, servierte sie in tiefen Tellern das Schwarzsauer mit dem Speck, den Kartoffeln und dem Lorbeer, dessen Essiggeschmack ich noch Wochen später auf der Zunge spürte.

Um kurz vor zehn verabschiedete ich mich von ihr mit dem Versprechen, sie nicht wieder zwei Jahre lang allein zu lassen.

Vor der Haustür fühlte ich meinen Kopf, er war schwer, und alles um ihn herum drehte sich. Ich warf noch einen letzten Blick auf die Wohnung der Evers. Sie stand in der hell erleuchteten Küche am Fenster, mit der einen Hand hielt sie die Gardine geöffnet, mit der anderen winkte sie mir zu.

Ich winkte zurück.

Dann beschloss ich, die frische Luft der Sommernacht auszukosten und zu Fuß nach Hause zu gehen. Weniger das deftige Essen und der süße Likör machten mir zu schaffen, es war Taras Geschichte, die mir nicht aus dem Kopf ging und meine Gedanken verwirrte.

Hatte sie mit mir gebrochen, weil ihr Leben plötzlich aus den Fugen geraten war?

War ich vielleicht nur das Opfer der neuen Umstände, die sie gezwungen hatten, einen anderen Weg einzuschlagen?

Was Tara in den Apriltagen 2008 widerfahren war, erschien mir so unglaublich, so surreal, dass ich keinen klaren Gedanken mehr fassen konnte.

Erst als ich gegen Mitternacht die Meinekestraße erreichte, hatte ich mich wieder gefangen. Ich wusste, dass der Roman, an dem schrieb, mir noch einige Umwege und Irrwege zumuten würde. Ich musste lernen, ein paar Volten zu schlagen.

Nichts ist langweiliger und trügerischer als der kürzeste Weg zwischen zwei Punkten.

Die Evers hatte recht.

Berlin, April 2008

Die ersten beiden Wochen im April 2008 gehörten zu der glücklichsten Zeit, die ich zusammen mit Tara verbracht hatte.

Philipp Bach war auf Lesereise in Österreich und der Schweiz und hatte seine Rückkehr erst für Mitte des Monats angekündigt. Tara und ich hielten uns während seiner Abwesenheit meistens bei mir in der Meinekestraße auf, die sie wegen der Nähe zu Bachs Wohnung normalerweise mied. Von dort aus gingen wir ins Museum, ins Restaurant und ins Kino, und gönnten uns sogar ein langes Wochenende in einem teuren Wellness-Hotel auf Usedom. Tara wollte zuerst nach Rügen, aber das hatte ich abgelehnt.

»Nur weil Philipp von dort stammt, willst du nicht … Hab ich recht?«

»Unsinn.«

»Doch, nur deshalb. Du hast Angst, ich könnte mich auf die Spuren seiner Vergangenheit machen, du fürchtest Philipp in meinen Gedanken. Ich weiß es genau, ich spüre es. Ich habe es von Anfang an gespürt, schon auf Big Pine Key. Ich kenne dich inzwischen auswendig, Lukas Moskowicz. Du musst gar nicht versuchen, es abzustreiten.«

Tara lachte, während sie mich umarmte.

Ich wiederholte noch einmal, dass ihre Unterstellungen blanker Unsinn waren, doch sie ließ sich nicht davon abbringen.

»Ist schon gut, Lukas«, sagte sie gönnerhaft, »ich betrachte deine Weigerung als Liebesbeweis. Alles ist gut, wirklich. Also, reg dich nicht auf, wir fahren nach Usedom.«

Dieser kurze Dialog war der einzige während der zwei Wochen, in dem Bach erwähnt wurde. Nicht einmal als wir seinen letzten Gedichtband in einem der Schaukästen bei

Kohlhaas & Co. sahen, der Buchhandlung im Literaturhaus, erwähnte einer von uns seinen Namen.

Wir kamen in diesen Tagen ganz ohne Bach aus. Und andere Meinungsverschiedenheiten hatten wir auch nicht … bis auf eine kleine Ausnahme vielleicht.

An einem späten Nachmittag, wir hatten uns gerade den neuesten Chabrol-Film – *Die zweigeteilte Frau*, eine Dreiecksgeschichte mit tödlichem Ausgang – im Cinema Paris am Kurfürstendamm angesehen, kam Tara auf die Idee, dem zunehmend gebrechlicheren Alexander Bezard einen Besuch abzustatten. Ich hatte zwar keine Lust, den Alten zu sehen, aber da Tara auf die Reise nach Rügen verzichtet hatte, beugte ich mich nun ihrem Wunsch. Außerdem beruhigte der Besuch mein Gewissen ein wenig, ich war drei Wochen nicht bei ihm gewesen, obwohl ich wusste, dass die meisten Freunde seines sonntäglichen Salons ihn mit dem Fortschreiten seiner Krankheit im Stich gelassen hatten. Normalerweise schaute ich dreimal die Woche bei ihm vorbei, wenn auch meistens nur für eine Viertelstunde.

Um halb sechs klingelten wir an der Tür seiner großen Wohnung am Fasanenplatz. Beata öffnete uns, eine hübsche, dralle Krankenschwester, die tagein tagaus mit bewundernswerter Zähigkeit dafür sorgte, dass Bezard seine Medizin einnahm, sich anständig wusch, genug aß und trank. Die Polin war heilfroh über unser unerwartetes Auftauchen, sie hatte an diesem Abend Predigtwerk für die Zeugen Jehovas zu leisten und war schon am Rande eines Nervenzusammenbruchs, weil der Alte sich weigerte, sie gehen zu lassen.

»Er ist zur Zeit unausstehlich«, jammerte sie. »Er triezt mich, wo er nur kann, es wird von Tag zu Tag schlimmer.« Sie machte einen so verzweifelten Eindruck, dass man fürchten musste, sie würde gleich in Tränen ausbrechen.

Bezard konnte sehr herrisch sein. Einmal hatte ich erlebt,

wie er Beata als Betrügerin und Taschendiebin abkanzelte, weil sie ihm kein Restgeld von den fünf Euro zurückgeben konnte, die er ihr für Einkäufe in die Hand gedrückt hatte. Er hatte von mir sogar verlangt, die Polizei zu rufen. Je schwächer und bettlägeriger er wurde, desto ungehemmter kultivierte er seinen Egoismus.

Tara konnte mit seinen Launen gut umgehen, sie erklärte sich sofort bereit, Beata für ein paar Stunden auszuhelfen. »Lassen Sie sich Zeit, Schwester«, sagte sie, »wir haben ohnehin nichts anderes vor.« Ich ließ mir meine Verärgerung über das großzügige Angebot nicht anmerken, aber mir war im selben Augenblick klar, dass unser gemeinsamer Abend anders verlaufen würde als ursprünglich geplant.

Bereits zwei Minuten, nachdem die Polin gegangen war, saß Tara am Krankenbett und fütterte Bezard mit der Blaubeer-Tarte, die sie kurz zuvor im Pagnol besorgt hatte.

»Alexander liebt doch das Süße, Lukas«, hatte sie gesagt. »Wir bringen ihm eine Tarte mit.«

Tara schätzte Bezard sehr und verzieh ihm so ziemlich alles, und das nicht erst, seitdem sein körperlicher und wohl auch geistiger Verfall rapide voranschritt. Sie hatte ihm die Anzüglichkeiten, mit denen er sie gern bedachte, nie übel genommen. Im Gegenteil, man konnte manchmal sogar den Eindruck gewinnen, als fasste sie die beiläufig geäußerten Obszönitäten, die ihren Körper oder ihre sexuelle Aura betrafen, als Kompliment auf.

»Was ist schlimm daran, wenn mich ein Mann begehrt, egal, wie er das Begehren ausdrückt«, hatte sie mir einmal während eines sonntäglichen Salons zugeflüstert, nachdem Bezard coram publico eine Bemerkung über ihren *süßen, reizvollen Hintern, der wie eine Einladung zum Tanz wirke*, gemacht hatte.

Jetzt saß Tara mit übereinandergeschlagenen Beinen auf

einem Holzhocker neben dem Bett und schob Bezard Löffel für Löffel von dem mit Schlagsahne verzierten Kuchen in den Mund. Seine Gesichtshaut war farblos fahl und wirkte brüchig wie Pergament, seine Augen hingegen strahlten in Taras Anwesenheit hellwach. Von der Tür aus beobachtete ich, wie sein Blick neugierig ihren Körper abtastete, seine rechte, von hellblauen Adern durchzogene und mit Altersflecken übersäte Hand lag auf ihrem Knie, die Kuppen der Finger bewegten sich wie in Zeitlupe. Tara trug einen Rock und – angeblich nur mir zuliebe – hauchdünne, fleischfarbene Strümpfe.

Nachdem Bezard langsam das letzte Stück der Tarte zerkaut und heruntergeschluckt hatte, nuschelte er mit kraftloser Fistelstimme irgendetwas vor sich hin. Tara beugte sich zu ihm vor und bat ihn zu wiederholen, was er gesagt hatte. Bezard flüsterte ein paar Worte in ihr Ohr, woraufhin sie ein wenig hysterisch kicherte.

»Was sagt er?«, fragte ich.

»Er sagt, er sei leider zu schwach für eine Partouze, aber er würde gerne sehen, wie wir es treiben. Er fragt, ob wir ihm den Gefallen tun könnten …«, flüsterte sie.

»Das hat er gesagt … wie wir es treiben?« Ich traute meinen Ohren nicht.

»Ja, hat er … Und? Was meinst du, wollen wir ihm den Gefallen tun?«

Mir schoss das Blut in den Kopf, ich war wütend, richtig wütend – auf beide, auf Bezard und auf Tara. Auch wenn sie kicherte, wusste ich, dass sie mit dem Gedanken spielte, sich auf das Ansinnen einzulassen.

»Er hat Notstand, Lukas. Da muss man doch verstehen, dass die Fantasie mit einem durchgeht, selbst dann, wenn die Lenden nicht mehr mitspielen und die Kraft versagt. Nichts ist so stark wie die Fantasie.«

»Spinnst du jetzt vollkommen, oder was?«

»Nein, wieso?«, entgegnete sie. Sie spielte das Unschuldslamm.

Ich traute Tara wirklich alles zu, aber das, was sie im nächsten Moment abzog, übertraf meine Vorstellungskraft bei weitem. Sie rückte den Hocker ein bisschen näher ans Bett und ließ ihre rechte Hand unter der Decke verschwinden. Wie ein Maulwurf tastete sie sich zu ihrem Ziel vor. Als sie es erreicht hatte, zuckte Bezard zweimal kurz zusammen, dann begannen seine Nasenflügel zu zittern und ein zufriedenes Lächeln machte sich auf seinem eingefallenen, knochigen Gesicht breit.

Tara sah mich mit großen Augen an. »Er ist so hart wie Stein, Lukas. Ich kann es kaum glauben …«, flüsterte sie. Ihr Blick wanderte zu Bezard. »Du bist so hart wie Stein, Alexander. Von wegen schwach, was erzählst du denn da für einen Unsinn! Du bist ein ganzer Kerl!«

Ihre Worte klangen, als spreche sie zu einem Kind, das eine Aufgabe gut erledigt hatte und dafür nun ein Lob verdiente. Es fehlte nur noch ein lautes: Bravo!

Ich war außer mir. Ich drehte mich um und ging durch den langen Flur ins Berliner Zimmer. Dort setzte ich mich in einen tiefen Sessel und starrte auf das Bord mit den von Bezard verfassten Werken. Er waren verschiedene Ausgaben von sieben oder acht Büchern. Er hatte mir einmal gesagt, er habe mit keinem von ihnen Glück gehabt, nicht einmal das schmale Bändchen über die Schönheit der Frau oder seine intimen Memoiren aus sechzig Jahren hätten sich verkauft.

Irgendwann gegen neun Uhr kam Beata von ihrem Predigtwerk zurück und erlöste mich.

Tara und ich verließen die Wohnung. Auf dem Weg nach Hause wollte sie sich bei mir einhaken. Ich ließ es nicht zu.

»Komm, Lukas«, sagte sie, »sei nicht so. Stell dir einfach

vor, wir haben einen alten Mann glücklich gemacht … Es war wahrscheinlich sein letztes Mal.«

»Wir?« Ich wurde laut. »Spinnst du jetzt vollkommen? Wir, wir haben ihn glücklich gemacht?«

»Ja, wir. Und nun hör schon auf.«

Ein paar Tage später, am fünfzehnten April, einem Dienstag, saßen wir beim Frühstück im Pagnol und lasen Zeitung. Meine Laune war nicht die beste, Philipp Bach hatte für Mittwoch seine Rückkehr nach Berlin angekündigt, und ich fürchtete, Taras Zeitplan würde von da an wieder ganz von ihm bestimmt werden.

Ich hatte mir ein Müesli bestellt, Tara aß drei Spiegeleier mit Speck. Sie sah schön aus, sie hatte die Haare zurückgebunden und trug eine Brille, die ihren Silberblick zu verstärken schien. Dass Bachs rote Fliegerjacke über ihren Schultern lag, übersah ich. Wenn sie in der Zeitung etwas Interessantes fand, las sie es mir vor, umgekehrt hielt ich es genauso.

»Zusammen Zeitung lesen ist die vollendetste Form von Intimität«, sagte sie plötzlich.

»Wieso das?«

»Stell dir vor, wir sitzen hier. Wir frühstücken, unterhalten uns und lachen. Dann kommt Philipp zufällig vorbei … was glaubst du, denkt er?«

»Keine Ahnung, was soll er denken?«

»Er denkt, Tara und Moskowicz haben sich auf einen Kaffee getroffen und unterhalten sich.«

»Ja, und?«

»Jetzt stell dir vor, wir sitzen hier, frühstücken und lesen schweigend nebeneinander Zeitung, dann kommt Philipp zufällig vorbei … Na? Was denkt er?«

Ich zuckte mit den Schultern. »Na, was schon? Er denkt,

Tara und Moskowicz, der Ochse, trinken Kaffee und lesen Zeitung.«

»Eben nicht, Lukas! Das ist eine vollkommen falsche Einschätzung der Situation. Das denkt er nicht. Er denkt: Die beiden haben was miteinander. Er denkt: Moskowicz, das Dreckschwein, fickt meine Tara!«

Ich verdrehte die Augen, Tara lachte.

»Du musst jetzt gar nicht die Augen verdrehen. Es ist so, wie ich es sage, und ich kann es dir auch beweisen. Zusammen schweigend Zeitung lesen ist so intim wie ... na, sagen wir mal ...«

Bevor sie noch weiter ausholen konnte, wurde sie von dem Klingelton ihres Handys gestört. Sie blickte auf das Display, legte ihre Stirn in Falten und nahm das Gespräch an. In der folgenden Minute hörte man von ihr nur Worte wie

Aha

Oh Gott!

Nein

Das ist ja unglaublich!

Wirklich?

Immer wieder benutzte sie einen dieser Ausdrücke, dabei presste sie das Handy mit Kraft aufs Ohr, als versuchte sie zu verhindern, dass ich hörte, was am anderen Ende der Leitung gesprochen wurde. Am Schluss des Telefonats sagte sie dann: »Ja, ist okay, Hermine. Ich bin gleich da, ich mach mich sofort auf den Weg. Sie können sich darauf verlassen, spätestens in einer Dreiviertelstunde bin ich bei Ihnen. Und sagen Sie denen, sie sollen nur nichts entscheiden, bevor ich da bin.«

Tara wirkte verwirrt. Nachdem sie das Gespräch beendet hatte, schwieg sie für ein paar Sekunden. Ich musste dreimal nachfragen, was los war.

»Ach, zu blöd«, antwortete sie schließlich. »Die Evers meint, ich müsse sofort kommen, im Haus habe es einen Wasserrohrbruch gegeben, auch meine Wohnung sei betroffen, sie haben die Tür aufgebrochen. Die Alte sagt, es sehe aus wie beim Elbhochwasser 2002. Tut mir leid, Lukas. Ich fürchte, du musst allein zu Bellmer gehen.«

Wir hatten eigentlich vor, zusammen in den Osten der Stadt zu fahren, in die Ehrenfelsstraße nach Karlshorst, wo mittags eine Berliner Gedenktafel für Hans Bellmer eingeweiht werden sollte, der eine Zeitlang dort gewohnt hatte. Tara wollte in ihrem Blog etwas über das Ereignis schreiben. Ich selber hatte noch nie etwas von Bellmer gehört, sie aber schätzte das Werk des Künstlers sehr, besonders seine Arbeiten mit den Puppen hatten es ihr angetan, sein neurotisches Verhältnis zur Sexualität und sein schamloser Voyeurismus.

»Es ist ein Jammer«, sagte sie.

»Wenn du nicht gehst, gehe ich auch nicht«, sagte ich. »Lieber begleite ich dich in deinen Kiez.«

»Bist du verrückt? Nein, du musst zu Bellmer gehen. Hier, nimm meine Kamera und mach ein paar Fotos für mich, auch von der Wohnung. Ich brauch sie für den Blog. Du nützt mir gar nicht in der Bötzowstraße.« Dann seufzte sie: »Ach, das ärgert mich jetzt aber wirklich.«

Zehn Minuten später küssten wir uns am Pagnol vor einem Taxi. Es war ein seltsames Gefühl, ich weiß nicht warum, aber ich glaubte plötzlich, es sei die letzte Zärtlichkeit, die wir austauschten. Obwohl die Geschichte von dem Wasserrohrbruch logisch klang, zweifelte ich an ihrem Wahrheitsgehalt. Irgendetwas war faul an ihr.

Gegen elf Uhr am Vormittag dieses fünfzehnten April 2008 stand Hermine Evers in ihrer Küche und wählte am schwarzen Telefon die Nummer von Philipp Bach in der Mommsenstraße. Sie wollte dem Dichter mitteilen, dass man in der Bötzowstraße einen unglaublichen Fund gemacht hatte, der ihn interessieren müsste. Eine Truhe mit Besitztümern von Franz und Tomke Krohn, hauptsächlich Dokumente und Manuskripte, war dort auf dem Dachboden der Nummer 37 aufgetaucht. Da keiner den Anruf in der Mommsenstraße entgegennahm, versuchte die alte Frau Bachs Freundin Tara auf dem Handy zu erreichen. Sie hatte Glück, Tara saß mit Lukas Moskowicz in einem Café in Wilmersdorf und frühstückte. Die Evers war aufgeregt, sie erzählte Tara die Geschichte, die sie eigentlich Bach erzählen wollte, und forderte sie auf, sofort zu kommen, weil der neue Eigentümer der Immobilie angedroht hatte, das Fundstück zu entsorgen, sollte sich bis Mittag der Besitzer nicht melden.

Um halb zwölf ging Hermine Evers nervös vor ihrer Eingangstür in der Bötzowstraße auf und ab. Es war ein typischer Tag für die Jahreszeit, es war windig, mal regnete es ein paar Tropfen, dann wieder schien die Sonne. In einem Anflug von Optimismus hatte der Wirt des französischen Restaurants Chez Maurice schon ein paar Tische und Stühle und zwei Heizpilze auf den Trottoir gestellt.

Als er seine Nachbarin unruhig hin und her laufend vor seinem Lokal entdeckte, kam er heraus und servierte ihr einen Milchkaffee.

»Ist was passiert, Hermine?«, fragte er mit französischem Akzent. »Kann ich dir helfen?«

»Nein, nichts«, antwortete sie. »Außer, dass mich die Vergangenheit einholt. Ich denke gerade daran, wie es war, als der alte Henning hier noch sein Berliner Pilsner ausgeschenkt und ein kleiner Junge Abend für Abend davon einen halben Liter davon für seinen Vater in der Milchkanne geholt hat. Jetzt bist du da, Maurice. Und wir sind bei Chez Maurice ...«

Die Evers schüttelte den Kopf. Sie trug einen hellblauen Kittel, darüber eine selbstgestrickte, braune Wolljacke, die Füße steckten in braunen Filzpuschen. Ihre Haare hatte sie mit einem geblümten Kopftuch geschützt, unter dem ein paar Lockenwickler hervorsahen. Sie wirkte wie eine Trümmerfrau im Sommer 1945.

Um kurz vor zwölf hielt ein Taxi vor der Nummer 37. Tara stieg aus und winkte der Evers zu. Als die sie nicht wahrnahm, rief sie zweimal hintereinander laut ihren Namen: »Hermine! Hermine!«

Während die Evers die fünfzig Meter bis zu dem Haus zurücklegte, studierte Tara die Fassade, an der sie normalerweise jeden Tag ein paar Mal vorbeiging. Mindestens zehn Arbeiter waren damit beschäftigt, sie einzurüsten, ein paar von ihnen pfiffen anerkennend, als sie die Frau in der roten Fliegerjacke erblickten. Bis zum dritten Stock des Hauses hatten die Männer die Eisenrohre, Stahlträger und Holzstege bereits verlegt.

»Was ist denn hier los?«, fragte Tara, nachdem die Evers sie erreicht hatte.

»Die Münchner sanieren das Haus. Als erstes ist der Dachboden dran. Der kommt ganz weg, haben sie mir gesagt. Sie wollen ein neues Geschoss draufsetzen mit modernen, schrägen Wänden.«

»Welche Münchner?« Tara sprach so laut, dass selbst die Passanten auf der anderen Straßenseite sie noch verstehen mussten.

»Na, die, die hier schon seit Jahren die ganze Gegend aufmischen. Alles wird Luxus«, antwortete Hermine Evers.

»Und was machen sie?«

»Was werden sie schon machen? Sie fangen an zu hämmern, bohren und sägen, bis auch der letzte Mieter die Nerven verliert und sich bereit erklärt, als Übergangslösung erst einmal in die Schweineöde oder nach Marzahn in die Platte zu ziehen. Und Sie können sich sicher vorstellen, was Übergangslösung heißt …«

»Auf Nimmerwiedersehen?«

»So ist es.«

»Und was ist das für eine Geschichte mit der Truhe, die angeblich den Krohns gehört hat?«

»Nicht angeblich, sie hat ihnen gehört. Sie steht hier auf dem Dachboden, ich hab sie mir schon angesehen. Die Münchner haben zum Enkel vom alten Henning gesagt – Sie wissen schon, dem Wirt von Hennings Bierstuben –, dass die Kiste bis heute Mittag weg muss. Und der hat es wiederum aus reiner Nettigkeit mir gesagt, weil ich die einzige im Quartier bin, die den Franz und seine Tomke noch gekannt hat. Mich hat der Papierkram ja nicht interessiert, aber ich dachte für Ihren Freund könnte er von Interesse sein.«

»Für Philipp?«

»Ja. Nicht für den andern. Der kannte Franz ja gar nicht.«

»Und was hat der Enkel des alten Wirts mit der Geschichte zu tun?«

»Ihm hat dieses Haus gehört, das wusste ich allerdings auch nicht. Scheinbar hat er es nach einem jahrelangen Rechtsstreit am Ende des Jahrtausends zugesprochen bekommen. Und jetzt hat er es an die Münchner verscherbelt. Ich nehme mal an, sie haben ihm dafür einen Batzen Knete hingeblättert.«

Die Evers rieb Daumen und Zeigefinger der rechten Hand gegeneinander, dann fuhr sie fort: »Na ja, wie auch immer … Jedenfalls beginnen die Arbeiten am Dachboden schon heute Nachmittag, und wenn die Truhe bis dahin nicht verschwunden ist, landet sie auf der Müllhalde.«

»Wollen wir raufgehen und sie uns gemeinsam ansehen?«, fragte Tara.

»Nein, noch einmal mute ich mir die fünf Stockwerke nicht zu. Wirklich nicht. Sie müssen schon allein gehen. Das Möbel steht ganz rechts auf dem Boden, das Schloss ist aufgebrochen. Und wundern Sie sich nicht über den Dreck, es sieht dort aus wie nach dem Krieg. Ich warte hier auf Sie.«

Die Evers wartete über eine Viertelstunde, bis Tara endlich wieder auftauchte. Zwei Arbeiter folgten ihr mit dem Kasten, er war sicher einsfünzfig lang mal einen Meter breit und mindestens ebenso tief, er sah schwer aus. Neben dem Schloss klebten zwei romantische Kofferaufkleber, der eine vom Bad Hotel in Überlingen am Bodensee, der andere vom El Minzah in Tanger. Zwei Träume auf Papier.

Tara fuhr mit der flachen Hand über das Holz des Kastens. »Eiche mit Messingbeschlag«, sagte Hermine Evers, »ein gutes Stück.«

Die Männer stellten ihn auf dem Trottoir ab und japsten. Einer der beiden zündete sich eine Zigarette an, sein geripptes, ärmelloses Unterhemd war vom Schweiß durchnässt, sein Kollege wirkte kräftiger und durchtrainierter, aber auch er hatte Schweißperlen auf der Stirn.

»Und nun, was machen wir?«, fragte er, während er seine Mütze vom Kopf nahm und mit dem behaarten Unterarm über die Stirn fuhr.

»Vielleicht bringen wir das Ding erst einmal zu mir«, sagte Tara. »Aber lassen Sie Ihren Freund doch vorher ein wenig verschnaufen.«

»Wenn wir die Kiste zu Ihnen bringen, müssten die Jungs sich ja noch einmal fünf Stockwerke quälen, Tara«, sagte die Evers.

»Sie haben Recht, Hermine. Wir gehen zu Ihnen. Das meiste von dem Zeugs kann man wahrscheinlich sowieso gleich entsorgen. Es sind viele alte Zeitungen dabei. Was glauben Sie, wie die Truhe auf dem Dachboden gelandet ist?«

»Das habe ich mich heute Morgen auch schon gefragt. Wahrscheinlich hat der alte Henning sie dort versteckt, nachdem sie Tomke Krohn und das Baby im Sommer 1977 auf der Flucht erwischt haben und sie nicht mehr zurückgekommen sind. Die Krohns haben ja im ersten Stock gewohnt, seinen Arbeitsraum aber hatte der Franz im Erdgeschoss. Ich nehme an, die Kerle vom Amt, die damals die Wohnung leer geräumt haben, wussten nichts von dem Arbeitszimmer. Der alte Henning wird die Truhe versteckt haben. Er hat sich wohl gedacht, dass Tomke und das Baby irgendwann wieder aus der Versenkung auftauchen. Aber da hat er sich geirrt.«

»Die Kerle vom Amt?«

»Stellen Sie sich nicht dumm, Tara.«

Keine zehn Minuten später standen die beiden Frauen in der Küche von Hermine Evers. Die Truhe hatten die Bauarbeiter neben dem Herd abgestellt, mangels eines Zehners hatte Tara ihnen einen Zwanzig-Euro-Schein zugesteckt. Die Evers hatte den Kopf geschüttelt. Sie setzte Wasser für den Kaffee auf und legte einen Filter in den Behälter, dann verschwand sie ins Badezimmer, um ihre Haare von den Lockenwicklern zu befreien.

»Fühlen Sie sich wie zuhause«, sagte sie, bevor sie die Küche verließ.

Tara begann die Truhe zu leeren. Die scheinbar unwichtigen Dinge, die sie darin fand, plazierte sie auf dem Boden neben dem Herd – Zeitungen, ein Dutzend westdeutsche Literaturjournale aus den siebziger Jahren, Bücher, die nicht von Krohn selbst verfasst waren, Kritiken …

Die Aktenordner, die Manuskripte und die Fotoalben

stapelte sie auf dem großen Küchentisch. Den von einem Gummiband zusammengehaltenen Packen Stifte, darunter ein grüner Füllfederhalter, legte sie ebenso auf die Ablage der Anrichte wie die Spielzeug-Dampfmaschine mit dem Messingkessel und dem hohem Schornstein aus demselben Material.

Zuletzt hievte sie eine Reiseschreibmaschine aus der Truhe. Als Hermine Evers in die Küche zurückkehrte, testete Tara gerade, ob das Farbband noch Spuren an ihren Fingern hinterließ, was natürlich nicht möglich war.

»Genauso eine hatte ich auch einmal, es ist eine Erika 10«, sagte die Evers, »die Schreibmaschinen-Werke Dresden haben sie produziert, nachdem die ursprüngliche Firma enteignet worden ist. Eigentlich war das Ding nur für den Export in den Westen gebaut worden. Wir kamen an so was auf normalem Weg gar nicht heran.«

Hermine Evers schüttete Kaffeepulver in den Papierfilter und goss kochendes Wasser darüber, dann setzte sie sich Tara gegenüber an den Tisch, griff nach einem der Fotoalben und begann darin zu blättern. »Jetzt wollen wir mal …«, sagte sie. »Auf in die Vergangenheit!«

Sie wirkte aufgeregt und schien sich über die Abwechslung zu freuen. Wie eine Schatzsucherin komme sie sich vor, sagte sie.

Tara durchstöberte die grauen Aktenordner. In den meisten waren Manuskripte abgelegt, in einem fand sie die Urfassung von Franz Krohns preisgekröntem Werk *Der Berg*, in anderen Gedichte und Kurzgeschichten. Alle Ordner waren mit Titeln versehen, nur ein roter Ordner der westdeutschen Firma Leitz nicht. Tara begann darin zu lesen, ihre Ellenbogen ruhten auf der Wachstuchdecke, die Hände stützten ihren Kopf. Sie las die erste Seite, dann die zweite, und je mehr sie las, desto nervöser wurde sie. Von Zeile zu Zeile atmete sie schneller. Der Text schien sie durcheinander zu bringen, sie wirkte ergriffen und verstört.

»Ist irgendetwas?«, fragte Hermine Evers, die spürte, dass Tara aufgewühlt war.

Tara antwortete nicht.

Nach einer Zeit sprach die Evers sie wieder an. »Hören Sie mich? Was ist denn los, Fräulein Tara?«

»Nichts, gar nichts«, murmelte sie. »Ich bin nur ein wenig überrascht.«

»Überrascht? Über was?«

Die Evers stand auf und goss eine zweite Ladung heißes Wasser in den Kaffeefilter.

Als Tara auf Seite vier oder fünf angekommen war, richtete sie für eine halbe Minute ihren Kopf auf und starrte an der Evers vorbei auf die gegenüberliegende Wand, so als versuchte sie, das Mauerwerk mit der Kraft ihrer Augen zu durchbrechen. Schließlich wanderte ihr Blick zurück auf den Tisch, sie blätterte nervös den Aktenordner durch, überflog die mit sauberer Handschrift korrigierten Seiten, bis sie zur letzten kam. Die las sie dann wieder ganz aufmerksam.

»Was ist denn los?«, fragte die Evers noch einmal. »Ist das ein unveröffentlichtes Manuskript von Krohn?«

Tara antwortete wieder nicht.

»Nun sagen Sie schon, Tara! Lassen Sie sich nicht alles aus der Nase ziehen ... ja oder nein? Ist es ein unveröffentlichtes Manuskript von ihm oder nicht?«

»Es sieht so aus, ja.«

»Und wie heißt es?«

»Es scheint noch keinen Titel zu haben. Jedenfalls steht hier keiner geschrieben. Nur eine Widmung lese ich: *Für Franziska.*«

»Franziska? Franziska ... so hat die Krohn doch ihre Tochter genannt.«

»Dann hat Krohn den Roman seiner Tochter gewidmet, die er selbst nie gesehen hat.«

»So ist es wohl. Aber nun legen Sie doch endlich das Buch beiseite! Lesen Sie es später, und lassen Sie uns jetzt ein paar Fotos angucken, es sind lustige darunter ...«

Tara stand auf und füllte sich Kaffee in eine Tasse. Bevor sie sich neben die Evers an den Tisch setzte, warf sie einen nachdenklichen Blick aus dem Fenster. Es hatte angefangen zu regnen, Wolken verdunkelten den Himmel.

Hermine Evers bildete sich ein, dass Tara ein Zeichen darin sah.

In der nächsten halben Stunde beugten sich die beiden Frauen über die Fotoalben. Die Evers wusste zu den meisten Bildern eine Geschichte zu erzählen. Sie holte weit aus, sie erzählte von den fünfziger, sechziger und siebziger Jahren des letzten Jahrhunderts im Bötzowviertel, und sie ließ keinen Zweifel daran, dass sie das Leben in der Zeit damals für lebenswerter hielt, auch wenn man mit großen Entbehrungen zu kämpfen hatte. Eines ihrer Lieblingsworte, die sie immer wieder gebrauchte, war Solidarität.

Tara wirkte abwesend, sie schien noch immer an das Buch zu denken, in dem sie gerade ein paar Seiten gelesen hatte. Erst als sie ein Foto erblickte, auf dem ein lachender Junge abgebildet war, gewann die Evers ihre Aufmerksamkeit zurück.

»Und hier, das ist einer Ihrer beiden Männer, Tara.«

Das Foto zeigte den dreizehnjährigen Philipp Bach vor dem Plakat vom Tierpark Berlin. Neben ihm stand ein Tierpfleger, der ein Küken in seinen Händen hielt, es war schwarz. Auf der gleichen Seite im Album klebte das gleiche Motiv, diesmal nur mit Franz Krohn und dem Tierpfleger. Krohn und Philipp mussten sich hinter der Kamera abgelöst haben.

»Gibt es noch mehr Bilder von meinem Freund?«, fragte Tara. So wie sie *meinem Freund* aussprach, klang es spitz und ein wenig ironisch.

»Ja, sicher. Allein in diesem Album befindet sich mindestens noch Dutzend. Hier sehen Sie … das sind Philipp und Tomke in der Mokka-Milch-Eisbar an der Stalinallee oder Frankfurter Allee oder was auch immer … Bei uns muss man bei Straßennamen ja immer auf das Verfallsdatum gucken.«

Tara ging ganz nah an die Aufnahme heran und kniff ihre Augen zusammen.

»*Die Dame mit dem Hündchen*«, murmelte sie.

»Wie bitte?«

»Tomke scheint *Die Dame mit dem Hündchen* zu lesen«, wiederholte Tara laut. »Jedenfalls liegt das Buch auf dem Tisch neben dem lila Stiefmütterchen.«

Die beiden Frauen sahen sich alle Fotos an, auf denen Bach abgebildet war. Viele davon kannte Tara bereits, sie hatte sie bei ihm in der Mommsenstraße gesehen. Einige hatte sie sogar gescannt und in ihrem iPhoto-Archiv abgelegt, so zum Beispiel die letzten Aufnahmen in dem Album, die Philipp Bach in einem dunkelblauen Dufflecoat neben Franz Krohn und der hochschwangeren Tomke auf der Bötzowstraße zeigten. Die Fotografien waren entstanden, kurz bevor sich der fünfundzwanzigjährige Bach auf den Weg zur österreichischen Botschaft gemacht hatte. Auf einem Bild erkannte man den Pilotenkoffer, mit dem er gereist war.

»Er sah gut aus damals, nicht wahr?«, sagte die Evers.

Tara antwortete darauf nicht, sie sah auf die andere Seite des Albums, und ihr Herz begann zu rasen, ihre Gedanken überschlugen sich. Sie blickte in das Gesicht eines Mannes, der ihr bekannt vorkam. Er umarmte Tomke Krohn von hinten, seine Hände lagen gefaltet auf ihrem dicken Bauch, er lachte, Tomke wirkte geniert.

»Wer ist das, Hermine? Kennen Sie ihn?« Mit unruhiger Hand deutete Tara auf den Mann hinter Tomke Krohn.

Hermine Evers beugte sich ein paar Sekunden über die Aufnahme, dann sagte sie: »Ja, natürlich das ist doch der Frohn. Der ist damals bei den Krohns ein und ausgegangen. Ich glaube, er war verliebt in Tomke.«

Im Bruchteil einer Sekunde schoss Tara das Blut in den Kopf. »Doktor Klaus Frohn«, murmelte sie.

»Was sagen Sie?«

»Doktor Klaus Frohn.«

»Ja, so hieß er, Klaus Frohn. Einen Doktor hatte er seinerzeit zwar nicht, aber das ist er. Kennen Sie ihn? Er war ein ganz schlimmer Finger. Ich bin mir sicher, Tomke hat ihr trauriges Schicksal allein diesem Mann zu verdanken. Er hat sie im Sommer '77 verraten. Alle haben damals gerätselt, wer es wohl war …« Die Evers tippte mit dem Zeigefinger auf die Fotografie. Er war es, kein Zweifel. Ich hab's auch nicht gut gefunden, dass Tomke mit dem Baby damals rübermachen wollte, aber verpfeifen, das wäre mir nie in den Sinn gekommen, nein, das wirklich nicht …«

Die Evers redete und redete. Tara hörte ihr nicht mehr zu, sie faltete ihre Hände hinter dem Kopf und starrte an die Decke.

Sie sah ihren Deutschlehrer vor sich, wie er mit einem selbstzufriedenen Lächeln auf den Lippen durch die Tür kam. Es war am Beginn ihres vorletzten Schuljahres, ein Jahr nach der Wende. Frohn hatte seine Anzüge und Krawatten abgelegt, seit der neuen Zeitrechnung unterrichtete er in Jeans und Pullover. Das Klassenzimmer war frisch gestrichen, man konnte die Farbe noch riechen und das Bohnerwachs auf dem polierten Linoleum. Die Eltern der Schüler hatten in den Sommerferien dafür gesorgt, dass die Schule was hermachte.

Frohn trat hinters Pult.

»Neues Leben! Neue Klasse! Neue Literatur!«, sagte er.

Im Raum herrschte Totenstille. Frohn öffnete die Gurte seiner Aktentasche, nahm zuerst eine Thermoskanne heraus und stellte sie auf den Tisch, es folgten die Blechbüchse mit dem Pausenbrot und schließlich *Der Berg* von Franz Krohn. Frohn hielt das Buch Sekunden lang schweigend in die Luft, bevor er sagte: »In den nächsten zwei Monaten werden wir einen der wichtigsten Romane unseres Landes durchnehmen. Ich habe ihn speziell für Tara ausgesucht.«

Tara rief sich in der Küche der Evers jede Bewegung, jede Geste des Lehrers in Erinnerung, sie sah seine Nickelbrille und die penibel gescheitelten Haare, und sie hörte seine leise, wie gehaucht wirkende Stimme.

Ich habe ihn speziell für Tara ausgesucht. Immer und immer wieder hörte sie den Satz. *Ich habe ihn speziell für Tara ausgesucht …*

Wie oft hatte sie in den vielen Jahren über die sieben Worte des Mannes nachgedacht. Hundertmal? Zweihundertmal? Tausendmal? Sie wusste es nicht. In diesem Augenblick wusste sie nur eines, nachdenken musste sie jetzt nicht mehr über sie. Plötzlich sah sie ganz klar, plötzlich fiel ihr alles wie Schuppen von den Augen.

Die Evers war zu sehr mit ihrer Geschichte beschäftigt, als dass sie bemerkt hätte, dass die Nachbarin ihr schon seit Minuten nicht mehr folgte. Erst als sie Tara ins Gesicht sah, unterbrach sie ihre Erzählungen.

»Tara! Was ist los?«

Die alte Frau stand auf und fuhr ihr mit den Fingern durch die Haare.

»Was haben Sie denn? Sie haben ja Tränen in den Augen. Um Gottes Willen … Hören Sie mich, Tara?«

Drei Tage nach den Feierlichkeiten für Hans Bellmer in Karlshorst und dem angeblichen Wasserrohrbruch in der Bötzowstraße, trafen Tara und ich uns in dem Bistrot am Fasanenplatz wieder. »Ich muss dich sehen, Lukas«, hatte sie am Telefon gesagt. »Um vier im Pagnol. Passt dir das?«

Das Treffen war eine furchtbare und niederschmetternde Begegnung für mich. In ein paar kurzen Sätzen teilte sie mir mit, dass sie mich nicht mehr sehen könne. Einen Grund nannte sie nicht. Während sie mir die Mitteilung machte, konnte ich nicht einmal ein Lächeln des Bedauerns auf ihrem Gesicht erkennen, jede Zärtlichkeit war aus ihrem Gesicht verschwunden, ihre Sätze klangen geschäftsmäßig kühl und erstaunlich gelassen. Als wären sie nichts gewesen, trat Tara zwei Jahre und vier Monate mit ein paar Worten in die Tonne.

Tut mir leid, Lukas. Es geht nicht, wirklich nicht. Ich kann dich nicht mehr sehen …

Das war's.

Ich habe mich selten so schwach und verloren gefühlt wie an diesem Aprilnachmittag 2008, als Tara das Bistrot verließ und sich in ihren Cowboystiefeln mit entschlossenem Gang auf und davon machte.

Bis ich sie aus den Augen verlor, hatte ich ihr hinterher gesehen. Ich hatte gehofft, dass sie sich noch einmal umdrehte. Aber das tat sie nicht.

Berlin am 1. Oktober 2010

Mitte September 2010 – ich war zu dieser Zeit tief in meine Geschichte verstrickt, Tara (im Roman Nike) befand sich mit dem Ich-Erzähler gerade auf der Rückfahrt von Bahia Honda nach Big Pine Key – erreichte mich eine Einladung zum Erscheinen von Franz Krohns *Schwanenkampf*. Sie war auf teurem Papier gedruckt und stellte auf der ersten Seite das Cover dar, das ich Ende Juni, während unserer ersten und einzigen Begegnung nach der Trennung, in Taras Arbeitszimmer in der Mommsenstraße gesehen hatte. Nur war auf der Einladung über den weißen und den schwarzen Schwan ein blutroter Balken gezogen, auf dem in fetten Lettern optisch ein wenig reißerisch, das Wort *Buchpremiere* geschrieben stand.

Auf Seite zwei las ich eine kurze Biografie Krohns sowie eine noch kürzere Würdigung seines Werks. Das Auftauchen des fast über dreißig Jahre lang verschollenen Manuskripts wurde darin als Sensation verkauft, die ein neues Licht auf die Literatur der DDR werfen würde.

Was für ein Unsinn, dachte ich.

Auf der dritten Seite standen Datum, Uhrzeit und Ort der Veranstaltung – Freitag, 1. Oktober, 18 Uhr, Literaturhaus Berlin, Fasanenstraße 23. Gastgeber waren der Verleger des Buches und Franz Krohns Tochter Franziska.

Am ersten Oktober verließ ich gegen halb sechs meine Wohnung. Es war ein schöner Spätsommertag, die Sonne hatte schon an Kraft verloren, aber sie strahlte trotzig, als wollte sie nie untergehen. Von der Meinekestraße bis zum Literaturhaus waren es nur ein paar hundert Meter. An der Lietzenburger bog ich links in die Fasanenstraße Richtung Kurfürstendamm ein. Dieser Abschnitt war der schönste Teil der Straße, vielleicht sogar der ganzen Stadt. Entlang der Häuser aus der Gründerzeit schlenderte ich vorbei an Galerien und Boutiquen, dachte dabei an Fofi, die Griechin, die inzwischen in Athen beobachtete, wie ihr Land zugrunde ging, und an Philipp Bach, der mich hier geprügelt hatte und jetzt in der Ostsee trieb.

An einem der schönsten Gebäude der Straße las ich das Schild einer Anwaltskanzlei, neben anderen war darauf der Name *Dr. Gregor Gysi* vermerkt. Ich fragte mich, wie der Mann sich wohl eingelebt haben mochte in der neuen Umgebung.

»Hier würde ich gern mit dir wohnen, wenn alles vorbei ist«, hatte Tara mir einmal vor dem Haus gesagt. »Glaubst du, wir werden uns das leisten können, Lukas?« Obwohl ich den Satz nicht verstanden hatte, war ich so gerührt gewesen, dass ich mich auf der Stelle in einen Vogel hätte verwandeln können.

Schräg gegenüber, auf der anderen Seite der Straße, lag das Wintergartenensemble mit der Villa Grisebach, dem Käthe-Kollwitz-Museum sowie dem Literaturhaus mit seinem ihm angeschlossenen Café und der Buchhandlung.

Es war erst zwanzig vor sechs. Ich beschloss, noch einen Espresso im Via Condotti zu trinken und setzte mich auf die Terrasse des Restaurants, das – wie der Striptease-Club Dorett ein paar Häuser weiter – einem geschäftstüchtigen Serben gehörte, der die Stadt Anfang der sechziger Jahre zu einem Zeitpunkt für sich entdeckt hatte, als viele betuchte Westberliner sich aus Angst vor den Russen aus dem Staub gemacht und ihre Besitztümer für eine Butterstulle verhökert hatten.

Von der Terrasse aus beobachtete ich, wie die Gäste der Buchpremiere den Garten des Literaturhauses betraten. Einer der ersten Besucher, den ich erkannte, war der Besitzer des Auktionshauses Grisebach.

Dem Auktionator folgten in immer kürzeren Abständen immer mehr Besucher, meist waren es Frauen, die durch das eiserne Tor das Gelände des Hauses betraten, viele kannte ich vom Sehen, einigen hatte ich bei eigenen Lesungen schon mal die Hand gedrückt.

Auch meine Agentin war darunter, die bei Ereignissen dieser Art aufzublühen schien wie eine Seerose. Die Strippen, an denen sie zog, hielt sie dabei allerdings immer fest in beiden Händen. An diesem frühen Abend hatte sie sogar ihren Ehemann mitgebracht, der es normalerweise vorzog, wie Oblomow vom Bett aus zu arbeiten.

Um zehn vor sechs entdeckte ich Tara. Eingehakt bei dem Verleger des Buches schlenderte sie an der Parfümerie Douglas vorbei, sie trug ein graues Kostüm und Schuhe mit halbhohen Absätzen. Vor dem Dessousladen blieb sie kurz stehen und zeigte ihrem Begleiter irgendetwas in den Auslagen, dabei lachte sie.

Während ich die Szene beobachtete, traf mich ganz kurz der Flügelschlag der Eifersucht, doch dann überwand ich das Gefühl schnell wieder und wunderte mich nur noch, wie gelassen Tara kurz vor dem großen Auftritt wirkte.

Zu gern hätte ich in diesem Augenblick Gretchen Rappaport an meiner Seite gewusst, aber ihr Chefredakteur hatte die Reise von New York nach Berlin nicht bewilligt. Ohne es zu wissen, war sie mir bei meinem Roman in den vergangenen Wochen sehr hilfreich gewesen. Immer wieder hatte sie mich mit kleinen Hinweisen gefüttert, die ich nur allzu gern aufnahm.

Seitdem ich von Hermine Evers Taras Geschichte erfahren hatte, standen Gretchen und ich in ständigem Kontakt. Ich hatte ihr alles erzählt, sie war über die Nachrichten außer sich geraten – zum einen, weil sie die Geschichte so unglaublich aufregend fand, zum anderen über Taras unmögliches Verhalten. Fast täglich hatte Gretchen versucht, sie zu erreichen. Es war ihr nicht gelungen. Sie hatte keine Antworten auf ihre Mails bekommen und ihre Anrufe verhallten ebenso im Nichts wie ihr Bemühen, mit der Freundin via Skype oder Facebook zu kommunizieren.

Auch mich hatte Tara abblitzen lassen. Einmal hatte ich Gretchen ein wenig widerwillig den Gefallen getan und in der Mommsenstraße angerufen. Tara nahm das Gespräch zwar an, aber sie sagte lediglich: »Du kannst dir nicht vorstellen, wie eingespannt ich zur Zeit bin, Lukas. Sei mir bitte nicht böse, aber lass uns über alles reden, wenn der Trubel vorbei ist. Ist das okay für dich? Im Augenblick liegen meine Nerven blank, ich bin nicht fähig über die Geschichte zu reden. Richte das bitte auch Gretchen aus … Sorry.«

Ihre Stimme klang professionell und für mein Gefühl furchtbar gestelzt.

Weder die Fahnen noch ein fertiges Exemplar vom *Schwanenkampf* konnte ich ihr abschwatzen, nicht für mich und erst recht nicht für Gretchen. Vor dem ersten Oktober sei gar nicht daran zu denken, sagte sie.

Und jetzt schrieben wir den ersten Oktober. Es war achtzehn Uhr, ich legte zwei Euro für den Espresso auf den Tisch und folgte dem Bürgermeister, der mit seinem Freund zu Fuß die Fasanenstraße heruntergekommen war, ins Literaturhaus. Ich nahm an, dass der Mann in seiner Rolle als Kultursenator an der Veranstaltung zu Ehren von Franz Krohn teilnahm. Ein paar Tische im Garten, der zum Restaurant des Hauses gehörte, standen noch draußen, die großen, weißen Sonnenschirme waren bereits heruntergeklappt. Nur noch ein Pärchen saß im Garten, es umarmte sich. Ich hätte gern mit dem Mann getauscht.

Die Buchpremiere fand im zweiten Stock des Hauses statt. Mindestens hundert Besucher, von denen höchsten siebzig einen Sitzplatz ergattert hatten, drängten sich in dem verhältnismäßig kleinen Saal.

Tara und der Verleger saßen auf einer Empore nebeneinander an einem Tisch, beide hatten ihre Hände um ein Mikrophon gefaltet. Ein paar Fotografen standen vor ihnen und machten Aufnahmen. Ich erkannte einige Journalisten im Publikum, unter ihnen die junge Volontärin, die mir 1995 in der Redaktionskonferenz behilflich gewesen war, meinen Bach-Artikel im Blatt unterzubringen, indem sie auf die Premiere des Stücks *Der zweite Frühling der Margot H.* aufmerksam machte, der im Herbst des Jahres im Theater am Hallischen Ufer uraufgeführt werden sollte. Offensichtlich hatte sie es zu etwas gebracht. Sie stand mir gegenüber und hielt einen Block und einen Stift in der Hand. Ich war neben der Tür stehen geblieben und hatte Tara von dort aus genau im Blick. Sie lächelte gelassen, unter der grauen Kostümjacke trug sie nur ein schneeweißes T-Shirt, um ihren Hals eine Perlenkette. Ich musste an den Anker und den Delphin denken und an Gretchens Deutung des Tattoos. *So beharrlich wie ein Anker, so schnell ein Delphin.*

Ja, das war sie.

Und sie konnte Volten schlagen. Diese Kunst der Camouflage beherrschte sie aus dem Effeff.

Um viertel nach sechs klopfte der Verleger mit der Rückseite eines Bleistifts ans Mikrophon. Als endlich Ruhe herrschte, begann er kurz den Ablauf der Veranstaltung zu skizzieren. Zuerst werde er, sagte er, einen kurzen Vortrag über Franz Krohn und die Entdeckung seines Romans *Schwanenkampf* halten, der über dreißig Jahre lang als verschollen galt, anschließend werde Franziska Krohn, der wir den Abend zu verdanken hätten, ungefähr eine halbe Stunde lang aus dem Buch lesen. Danach werden Frau Krohn und er *open end* alle Fragen, falls es welche gäbe, gewissenhaft bei Wasser, Wein und Canapés beantworten.

Schließlich begann er zu erzählen. Er erzählte von Krohns Erfolgen in den Fünfziger und Sechziger Jahren in der DDR, von den Gedichten und Erzählungen und nicht zuletzt von dem preisgekrönten Meisterwerk *Der Berg*, das eine würdige Fortsetzung im *Schwanenkampf* gefunden habe.

Während er sprach, beobachtete ich Tara, die plötzlich ihr Lächeln verloren hatte und mit ernstem, fast traurigem Gesicht dem Vortrag des Verlegers folgte.

Was mochte in ihr vorgehen?

Zum ersten Mal – ich erschrak über mich selbst, dass mir die Gedanken nicht vorher gekommen waren – versetzte ich mich in ihre Lage. Wie hätte ich reagiert, wenn ich herausgefunden hätte, dass ich eigentlich ein anderer Mensch war, als ich über dreißig Jahre lang geglaubt hatte? Für die nächsten Minuten dachte ich an nichts anderes mehr. Was mochte sie gefühlt haben, als sie bei der Evers ihren Deutschlehrer im Fotoalbum entdeckte, der ihre Mutter verraten hatte?

Und was war aus ihrer Mutter geworden – aus Tomke Krohn, deren Schicksal an einem Herbsttag 1964 besiegelt wurde, am selben Tag, als der Tierpark Berlin die Geburt eines schwarzen Schwans vermeldete?

Minutenlang gingen mir diese Gedanken durch den Kopf.

Dem Verleger hörte ich erst wieder zu, als er die Geschichte mit der Truhe, die im April 2008 auf dem Dachboden im Bötzowviertel aufgetaucht war, wahrheitsgemäß erzählte. Doch auch an dieser Stelle schossen mir Fragen durch den Kopf, die ich mir bis dahin nicht gestellt hatte.

Warum erschien der *Schwanenkampf* erst im Herbst 2010, obwohl Tara das Manuskript bereits im Frühjahr 2008 entdeckt hatte? Und was war mit Philipp Bach? Hatte Tara ihm von dem Manuskript erzählt, oder hatte sie den Fund vor ihm verheimlicht?

Erst als die Zuhörer den Verleger mit Applaus bedachten, wurde ich aus den Gedanken gerissen. Er bekam viel Applaus, das Publikum war sichtlich gerührt. Mir war plötzlich klar, ich nahm an einer perfekt inszenierten Marketing-Veranstaltung teil.

Nach dem Beifall erhob sich Tara von ihrem Platz und ging ganz ruhig ein paar Meter weiter zu einem hölzernen Stehpult. Sie lese lieber aufrecht, sagte sie leise ins Mikrophon. Das Gefühl, mit beiden Beinen fest auf der Erde zu stehen, gebe ihr Sicherheit. Ihr Lächeln eroberte das Gesicht zurück. Sie bekam Beifall, während sie das Buch, mit dem Cover nach vorn, ins Publikum hielt.

»*Schwanenkampf*«, sagte sie.

Ich sah aus der Entfernung das Gefieder, das mich seit nunmehr fünfzehn Jahren begleitete.

Tara erzählte kurz, worum es in dem Roman ging. Sie erzählte von zwei Frauen, einer schwarzen und einer weißen, im korrupten Berlin der zwanziger Jahre, die das Gesetz in die eigenen Hände genommen hatten, weil die Gesetze des Staates versagten.

Und dann begann sie zu lesen. Ruhig und mit glasklarer Stimme las sie das erste Kapitel. Das Publikum gab keinen Mucks von sich. Und ich hörte das, was ich schon in der Mommsenstraße gelesen hatte, aus ihrem Mund. Ich hörte den Streit zwischen der Bordellmutter und dem hochwohlgeborenen Freier und dachte wieder an Bach und die Recherche, um die er mich für den *Roman des Jahrhunderts* gebeten hatte.

Tara las prononciert, sie setzte die richtigen Akzente, bei den Dialogen klang sie wie eine großartige Schauspielerin, die ihren Text in allen Nuancen perfekt beherrschte. Als ich sie so sah, so schön und so unnahbar hinter dem Pult, bildete ich mir ein, ihr Parfum zu riechen.

Der Applaus, mit dem ihr Vortrag nach einer Viertelstunde bedacht wurde, währte lange. Sogar ein paar Bravorufe begleiteten ihn.

Bevor sie das nächste Kapitel in Angriff nahm – sie fuhr nicht chronologisch fort, sondern wählte eines aus der Mitte des Buches – trank sie einen Schluck Wasser, danach wanderte ihr Blick noch kurz durch den Raum, zuerst erfasste sie die Sitzreihen, dann die Stehplätze. Als sie mich an der Tür gewahrte, blieben ihre Augen stehen. Eine, vielleicht zwei Sekunden lächelte sie mich an, als wollte sie sagen: *Ich hab's geschafft, Lukas!* Dann begann sie mit kraftvoller Stimme den Text zu lesen, der, wie sie vorausschickte, eigentlich von einem Mann vorgetragen werden müsste.

Er spielte in Dortmund. Die beiden Charlottenburger Freudenmädchen, die es als schwarzer und weißer Schwan zu lokaler Bekanntheit gebracht hatten, waren von Berlin aus mit ihren Kerlen im Automobil dorthin gereist, um sich in der Westfalenhalle den Europameisterschaftskampf im Halbschwergewicht anzusehen.

Schon als ich das Wort Boxkampf vernahm, wurde ich hellhörig. Ich weiß nicht warum, aber Franz Krohn und Boxen, das passte für mich einfach nicht zusammen. Als anschließend aber die Namen Max Schmeling und Fernand Delarge über Taras rot geschminkte Lippen kamen, und ich die Zeit hörte, Juni 1927, in der der Kampf über die Bühne ging, läuteten bei mir alle Alarmglocken.

Wie aus dem Nichts tauchte Bachs speckiger Zettel mit den Notizen vor meinen Augen auf, den er mir im Café Adler in die Hand gedrückt hatte. Ich sah das Blatt bildhaft vor mir und las in der fein säuberlichen Handschrift, die mich 1995 erstaunt hatte, die Worte: *Zeitungsberichte über Europameisterschaftskampf Schmeling gegen Delarge (1927/Dortmund).*

Dann hörte ich Bach sagen: *Schmeling hat den Belgier damals verhauen, Moskowicz! Der Kampf ging über vierzehn Runden. Aber er hat ihn fertig gemacht, vernichtend.*

Tara las das Kapitel, Runde für Runde schien sie sicherer zu werden, sie gab den Worten Krohns genau die Betonungen, die sie brauchten, sie zündete ein Feuerwerk der Gefühle, jeder Schlag im Ring traf nicht nur das Berliner Quartett aus dem Rotlichtmilieu in der ersten Reihe und die zehntausend anderen grölenden Zuschauer in der Westfalenhalle, sondern auch das Publikum im Literaturhaus in der Fasanenstraße.

Ich erinnerte mich an die Artikel aus der *Frankfurter Zeitung* und aus der *Vossischen*, die das Hamburger Archiv für Philipp Bach herausgesucht hatte. Detailliert war in beiden Blättern der Kampf beschrieben.

Als Tara zum Schluss kam, herrschte für ein paar Sekunden Totenstille. Dann brandete Applaus auf, der nicht enden wollte.

Sie hatte gewonnen. Sie lächelte.

Für einen Moment versuchte ich noch einen Blickkontakt mit ihr herzustellen, doch sie sah mich nicht an.

Ich drehte mich um und verließ das Gebäude. Das, was ich wissen musste, wusste ich.

Im Garten saß noch das Liebespaar. Es umarmte sich und glich im Abendlicht einer Statue von Rodin.

Teil Drei

Big Pine Key, Dezember 2010

Mitte Dezember 2010 sah ich in Tara nichts anderes mehr als Nike, die Heldin meines Romans, von dem ich, wenn mich mein Gefühl nicht täuschte, zu dieser Zeit fast zwei Drittel hinter mich gebracht hatte. Die Leidenschaft, die ich jahrelang für die junge Frau aus Fleisch und Blut empfunden hatte, war der Leidenschaft für die Frau auf dem Papier gewichen.

Tara war tot, Nike war meine neue Königin.

Das ist das Schöne an meinem Beruf: Man kann sich seine Frau selber schnitzen. Wenn man das Quengeln nicht mehr hören mag, lässt man sie einfach nicht quengeln. Und wenn sie es trotzdem versuchen sollte, kann man ihr, ohne mit schwerwiegenden Konsequenzen rechnen zu müssen, einfach bedeuten, die Klappe zu halten.

Das heißt natürlich nicht, dass ich aus Nike ein willfähriges Schaf gemacht habe, das sich von mir nach Belieben herumschubsen ließ, nein, ich habe ihr viel von Tara mit auf den Weg gegeben. Nicht nur das hinreißende Äußerliche – die hohen Wangenknochen, den leichten Silberblick, die wohlgeformten, immer rot angemalten Lippen, die schöne Figur und das Tattoo auf dem Hintern – ich habe ihr auch ihren Charakter gelassen, die Schnelligkeit im Kopf, die aggressive Zärtlichkeit und die Unverfrorenheit, einem Lügen aufzutischen, wenn sie ihrer Sache dienten. All das habe ich ihr selbstverständlich nicht genommen.

Dafür habe ich mir die Freiheit genommen, dass sie mich (beziehungsweise mein Alter Ego im Roman) ein bisschen mehr liebt, als Tara mich geliebt hat.

In der Vorweihnachtszeit 2010 jedenfalls war das wirkliche

Leben für mich zur Nebensache geworden, ich lebte in meinem Buch, und ansonsten interessierte es mich herzlich wenig, was um mich herum und erst recht jenseits des Atlantiks geschah.

Sicher, manchmal, wenn ich zum Beispiel über die Seven Mile Bridge fuhr und am frühen Morgen die Sonne am Horizont sah oder am Abend bei Monte's ein paar Austern schlürfte, spürte ich plötzlich ein Verlangen nach Tara, aber das war rein körperlicher Natur, vergleichbar etwa mit dem Verlangen, das der alte Alexander Bezard verspürt haben musste, als Taras Hand unter seine Bettdecke kroch.

Den Entschluss, das Buch auf Big Pine Key zu beenden, hatte ich bereits ein paar Tage nach der Veranstaltung im Literaturhaus gefasst. Das mediale Feuerwerk, das Tara als Franziska Krohn mit dem *Schwanenkampf* und ihrem persönlichen *outing* gezündet hatte, war zu viel für mich. Es verging kein Tag, an dem nicht irgendeine Zeitung oder Zeitschrift, ein Radioprogramm oder eine Fernsehsendung über den sensationellen Fund und die tragischen Hintergründe berichtete.

Um mich und meine Geschichte zu schützen, musste ich mich vom realen Biotop, in dem sie spielte, verabschieden. Ich bildete mir ein, meinen Roman nur retten zu können, wenn ich den Tatort verließ und die Begleitmusik zum Verstummen brachte. Immerhin hatte sich das Abbild meiner Hauptfigur gerade verselbständigt. Sie hatte quasi meinen Roman und mich verlassen, um ihr eigenes Leben zu leben.

Das machte mich traurig und wütend zugleich. Nur in der Distanz sah ich noch die Rettung.

Und so mietete ich in der zweiten Oktoberhälfte das Holzhaus auf der kleinen Insel zwischen dem Atlantischen Ozean und dem Golf von Mexiko, in dem ich schon 2005 solange in Frieden gearbeitet hatte, bis Philipp Bach mit seiner jungen Freundin aufgetaucht war. Das konnte mir jetzt nicht mehr passieren. Dafür konnte ich von Glück reden, dass das Haus frei war. Den Vormietern war wegen ausstehender Zahlungen gerade gekündigt worden, was mich so sanftmütig und freudig stimmte, dass ich mich nicht einmal über den hohen Mietpreis aufregen mochte, der sich, trotz des großen Immobiliencrashs 2008, im Lauf der Jahre verdoppelt hatte.

Seit der letzten Oktoberwoche lebte ich also wieder auf Big Pine Key. Anders als in Berlin war hier alles beim Alten. Im Jahr 2010 hatte die Insel bereits zweiundachtzig Rehe zu beklagen, die unters Auto gekommen waren; der alte Luke Fisher malte auf Bahia Honda immer noch den Namen seiner Frau in den Sand und sah zu, wie das Wasser des Ozeans ihn wegspülte, damit er wieder von vorne beginnen konnte; die verhassten *snowbirds* verstopften den Overseas Highway in beide Richtungen; Hank Brown, der Pfandleiher, verkaufte nach wie vor vom Autor signierte Erstausgaben von *Huckleberry Finn* und Monte's Restaurant & Fish Market seine Jumbo Platters für 29 Dollar 95. Sogar Schröder war da. Ich weiß nicht, ob es derselbe Schröder war, aber ich hatte auch diesmal das Haus mit einem Kater gemietet, der dem des Jahres 2005 bis aufs Haar glich.

Die Sonne ging auf, die Sonne ging unter. Die Zeit schien hier stehen geblieben zu sein.

Lediglich von Betty McNamara und Bill Smith gab es Neuigkeiten. Mein Freund, der Sheriff, hatte den Job bei der Polizei aufgeben und kümmerte sich nur noch um seine Firma. Zwölf Angestellte arbeiteten inzwischen für ihn, plus Betty, die die Buchhaltung erledigte. *Kill Bill – The Best Exterminator South Of Alaska* hatte sich im wahrsten Sinne des Wortes zu einem florierenden Unternehmen auf den Keys gemausert. Von Key Largo bis zum *southernmost point* der kontinentalen Vereinigten Staaten kontrollierte Bill inzwischen das Geschäft der Schädlingsbekämpfung. Auch privat hatte sich in seinem Leben einiges getan. Seine Frau und sein Sohn waren nie mehr aus Manila zurückgekehrt, dafür hatte er bei Betty Trost und neuen Mut gefunden.

Ja, das konnte sie! Betty war wirklich eine großartige Trösterin, wahrscheinlich die beste unter der Sonne.

Betty und Bill lebten inzwischen zusammen auf der Atlantikseite der Insel, gleich neben der Marina, wo sie sich ein Haus aus Stein gebaut hatten, das angeblich einem Hurricane der Kategorie 5 standhielt, was natürlich blanker Unsinn war. Kein Gebäude hielt hier einem Hurricane der Kategorie 5 stand, ich würde sogar wetten, nicht ein einziges Gebäude würde einen Sturm der Kategorie 3 überleben.

Aber an irgendetwas musste man ja glauben.

Ein Segelboot hatten sich Betty und Bill, wie alle Leute hier, die über zwei Dollar fünfzig auf dem Konto hatten, natürlich auch zugelegt. Sie hatten es Tara genannt – in Erinnerung an ihre Freundin Tara aus Berlin, die ihnen in der Weihnachtsnacht 2005 zu verstehen gegeben hatte, dass sie gut zusammenpassten.

Mein Leben auf der Insel hatte nach der Ankunft schnell wieder zu seinem alten Trott gefunden. Ich stand morgens früh auf, arbeitete zwei, drei Stunden, dann fuhr ich in einem alten Pickup, den ich günstig geschossen hatte, zu Rita's Diner, um zu frühstücken. Meistens bestellte ich mir drei Spiegeleier mit Speck à la Tara und aß zum Kaffee noch einen fruchtigen Blueberry-Muffin. Manchmal spendierte Rita mir auch einen ihrer berühmten, hausgemachten Key Lime Pies mit Sahne, die allerdings gefährlich waren, weil sie sich, kaum geschluckt, auf den Hüften breitmachten. Ich bildete mir ein, man konnte dabei zusehen.

Am Nachmittag kümmerte ich mich schließlich wieder für zwei, drei Stunden um Nike. Unsere Beziehung war von einem gewissen Punkt des Buches an – ich kann nicht genau sagen ab wann – richtig harmonisch. Es schien so, als näherten sich unsere Interessen immer mehr an. So interessierte ich mich zum Beispiel plötzlich für die digitale Revolution und Nike sich für Fußball.

Außerdem konnten wir zusammen richtig lachen. Einmal hatte sie zu mir gesagt, sie habe mit keinem Mann so viel lachen müssen wie mit mir. Das Lachen, hatte sie mir verraten, sei für die moderne Frau heutzutage wichtiger als guter Sex, obwohl es damit zwischen uns auch recht gut klappte, seit ich gelernt hatte, mich unterzuordnen.

Ich hatte also keine Probleme auf der Insel, und Berlin vermisste ich keine Minute. Im Gegenteil, wenn ich am späten Nachmittag nach getaner Arbeit am Strand von Bahia Honda spazieren ging oder abends bei Monte's unter dem Dach aus weißem Segeltuch bei lauer Temperatur zur Nacht aß, hatte ich sogar Mitleid mit den Berlinern. Ich musste nur an die graubraune Suppe denken, die den Novemberhimmel trübte.

Einen Tag vor Heiligabend 2010 saß ich am späten Nachmittag auf der Veranda und las noch einmal die letzten fünfzig Seiten, die ich geschrieben hatte. Ich war unzufrieden. Ich zweifelte plötzlich, ob es richtig gewesen war, dass ich mich so nah an der wahren Geschichte orientiert hatte. Vielleicht hätte ich mir die dichterische Freiheit gönnen sollen, Philipp Bach alias Philipp Streitberg ein wenig sympathischer daherkommen zu lassen als er in Wirklichkeit war, und mich – mein Alter Ego, natürlich – nicht ganz so schwach. Ich sah durch das Fliegengitter auf die Palmen und überlegte, ob ich beide Figuren im Buch noch ein wenig schönen sollte, ob es überhaupt möglich war, sie zu schönen, ohne die Wahrheit vollkommen zu verbiegen.

Ich überlegte hin und her, und während ich dabei auf die jüngste Palme starrte, die genau auf dem Platz gepflanzt worden war, wo das von Bach überfahrene kleine Reh begraben lag, hörte ich plötzlich ein lautes Hupen, zwei kurze und dann einen ganz langen Ton. Schröder, der neben mir auf der Couch gedöst hatte, sprang vor Schreck auf und verschwand fluchtartig durch die Katzentür. Es hupte ein zweites Mal im gleichen Rhythmus, und dann noch einmal: kurz, kurz, lang. Immer wieder: kurz, kurz, lang. Ich stand auf und sah durchs Fliegengitter auf die Straße. Auf dem Schotter der Einfahrt neben meinem Pickup parkte ein zweiter Pickup, er war knallrot lackiert und sah aus wie neu. Am rechten Außenspiegel hing ein Wimpel in den Farben der konföderierten Staaten. Die Fahrertür ging auf und Philipp Bachs Hymne ertönte, so laut, dass selbst ein Siebenschläfer im Winterschlaf unvermittelt zu tanzen begonnen hätte.

Coffee black, cigarettes, start this day, like all the rest …

Ich schloss für ein paar Sekunden die Augen. Und als ich sie wieder aufschlug, stand Tara neben der offenen Tür, lächelnd und mit beiden Füßen fest auf dem Boden. *Das gibt mir Sicherheit*, hörte ich sie sagen.

Nicht noch einmal, dachte ich. *Nicht noch einmal alles von vorne erleben.*

Sie hatte ihre Haare, die sie schulterlang und nach innen geföhnt trug, pechschwarz gefärbt, kurz über den Brauen endete ein Pony, so gerade, wie mit dem Lineal gezogen. Eine große Sonnenbrille versteckte ihren Silberblick. Ein bisschen ähnelte sie Mia Wallace aus *Pulp Fiction*. Wenn sie keine Cowboystiefel getragen hätte und nicht mein Lieblingskleid, das dunkelblaue Wickelkleid mit den roten Punkten, hätte ich sie nicht erkannt.

Wie einen Schirm legte sie ihre flache Hand auf die Brauen. Als sie mich hinter der Verandatür entdeckte, winkte sie lebhaft, bevor sie die Hände zu einem Megaphon vor ihren Mund formte.

»Entschuldigen Sie«, rief sie, wobei die Kraft ihrer Stimme die Musik aus dem Auto noch übertönte. »Ich suche einen Lukas Moskowicz … Können Sie mir sagen, wo ich den finde? Man hat mir gesagt, er muss irgendwo hier leben, in einer dieser Hütten.«

Ich starrte immer noch ungläubig durchs Gitter und antwortete nicht.

»Lukas Moskowicz«, wiederholte Tara. »Er hat einen starken Akzent und wirkt ein wenig schüchtern, sieht dabei aber ziemlich sexy aus. Er trägt in dieser Jahreszeit meistens rote Boxershorts mit grünen Tannenbäumen und kratzt sich ständig am Ohr, wenn alles zu viel für ihn wird.«

Ich begann zu zittern. Ich hörte Tara und fürchtete im selben Moment, Nike zu verlieren. Tara würde ihr die Luft zum Atmen nehmen. Davon war ich in dem Augenblick fest überzeugt.

»Sir? Sind Sie stumm?«, rief sie, bevor sie die Musik abschaltete.

Ich gab auf und trat vor die Tür.

»Na, endlich, Lukas!« Tara lachte übers ganze Gesicht. »Ich dachte schon, ich müsste wieder umkehren und den ganzen Weg zurück nach Berlin fahren …«

»Vielleicht hättest du dich anmelden sollen?«

»Wenn das so einfach wäre. Du hast dein Telefon ausgeschaltet und die Mail-Adresse funktioniert auch nicht mehr.«

»Das sollte für ein Cyber-Mädchen doch das kleinste Problem sein.«

Tara antwortete nicht. Sie streckte einen Arm in den Wagen und zog die blaue PanAm-Tasche heraus.

»Ist das dein ganzes Gepäck?«

»Ja. Cyber-Mädchen brauchen nicht mehr. Ich kann doch bei dir schlafen, oder?«

Zum ersten Mal erlebte ich, dass sie eine Frage stellte, die wie eine Bitte klang.

Drei Stunden später fuhren wir auf dem Overseas Highway in dem roten Pickup bei geöffneten Fenstern und lauer Luft Richtung Süden. Wie ein Kind hielt Tara ihren Kopf ein paar Mal während der Fahrt gegen den Wind und lachte dabei. Sie hatte nach ihrer Ankunft geduscht und sich später in der Kammer neben der Küche eine Zeitlang aufs Ohr gelegt. Jetzt war sie wieder fit und hatte Hunger. Wahnsinnigen Hunger, wie sie meinte. Die ganze Fahrt vom Flughafen in Miami bis zu mir habe sie sich schon auf die Krebse in Monte's Restaurant und auf die Lieder des Rat Packs gefreut, sagte sie.

»Du gehst doch noch zu Monte's?«

»Jeden Abend.«

»Oh, ich könnte richtig neidisch werden, wenn ich jetzt nicht hier wäre.«

Bis wir das Restaurant auf Summerland Key erreichten, fragte sie mich über das Leben auf der Insel aus. Ich erzählte ihr, dass alles so war wie früher. Von Luke Fisher erzählte ich, den ich jeden Nachmittag am Strand traf, von Ritas gefährlichen Key Lime Pies und von den Samstagvormittagen, an den ich mit Betty, Bill und Paul Munder, dem Schweiger, Tennis spielte.

Dass Betty und Bill inzwischen ein Paar waren, erzählte ich natürlich auch. Diese Nachricht begeisterte Tara besonders. »Ich hab's doch gesagt«, jubelte sie, »schon vor fünf Jahren hab ich's gesagt: Die beiden passen einfach gut zueinander … Und seit wann sind sie ein Paar?«

»Keine Ahnung, aber sicher schon länger. Sie haben ihr Segelboot nach dir benannt.«

»Nein! Du verkohlst mich.«

»Doch. Sie sagen, sie haben ihr Glück dir zu verdanken.«

»Hör auf, Lukas! Das rührt mich jetzt fast zu Tränen. Ihr Boot heißt wirklich Tara?«

Über uns und unsere Arbeit sprachen wir an diesem Abend erst, als wir bereits bei Monte's unter dem Segeltuch am Tisch saßen. Wir tasteten uns ganz behutsam vor, es schien fast so, als wollte keiner von uns den ersten Schritt in die Vergangenheit wagen.

Das Risiko, die angenehme Stimmung, die von zuckersüßer Weihnachtsmusik untermalt wurde, zu zerstören, war groß. Tara wusste, sie hatte mich angelogen, und sie wusste auch, dass ich es wusste oder zumindest ahnte. Ich nahm an, dass es nicht nur ihre kleinen Lügen waren, die ihr durch den Kopf gingen, wie zum Beispiel die Behauptung, der Verlag habe das Manuskript vom *Schwanenkampf* an sie herangetragen. Wahrscheinlich war es auch die ganz große Lüge, die sie umtrieb und von der sie nicht wusste, wie sie mir gegenüber mit ihr umgehen sollte.

Also redeten wir, nachdem wir einen Jumboteller mit Meeresfrüchten bestellt hatten, bei zwei Pint Bier zuerst einmal weiter über die unverdächtigen Dinge des Lebens. Einmal hatte ich sie dabei aus Versehen mit Nike angesprochen. Sie war wie eine hungrige Wildkatze darauf angesprungen.

»Was hast du gerade gesagt?«, fragte sie lachend.

»Nichts«, antwortete ich, »was meinst du?«

»Tu nicht so, Lukas Moskowicz, du hast mich gerade Nike genannt. Und du weißt es genau.«

»Hab ich nicht.«

»Doch, hast du.« Sie lachte noch lauter. »Wer ist Nike? Komm, spuck's aus … Ich verkrafte das. Wer ist Nike?«

Tara ließ nicht locker, bis ich ihr sagte, dass Nike die Heldin meines Romans war, an dem ich gerade schrieb. Und obwohl die Antwort sie nicht vollkommen überzeugte, gab sie nach und fragte nicht weiter.

»Okay«, sagte sie. »da ich nicht annehme, dass Nike eine hässliche Hexe ist und strohdumm, betrachte ich das mal als Kompliment.« Sie lächelte mich an. »Kommst du mit dem Buch gut voran?«

»Ja, sehr gut.«

»Ich weiß nicht, ob ich das könnte …«

»Was?«

»Mir bei diesem Klima hier eine Geschichte vorstellen, die in Berlin spielt, und das womöglich noch im Winter. Der Roman spielt doch sicher wieder in Berlin, oder?«

»Ja, aber nicht im Winter.«

»Willst du mir sagen, worum es in ihm geht?«

»Nein, erzähl lieber von deinem Buch.«

»Was meinst du mit ›deinem Buch‹?«

»Der *Schwanenkampf*.«

»Es ist das Buch meines Vaters, Lukas.«

»Ja, ich weiß. Ich habe lange darüber nachgedacht, und eigentlich denke ich noch immer darüber nach. Es ist eine unglaubliche Geschichte. Ich weiß gar nicht, wie du damit fertig geworden bist.«

»Wer sagt dir, dass ich damit fertig geworden bin?«

In der nächsten halben Stunde, während wir mit Plastiklätzchen um den Hals und Holzhämmern in der Hand Hummerscheren und Hummerschwänze klein machten, während wir Austern schlürften und in Butter getränkte Langusten aßen, erzählte Tara die Geschichte noch einmal aus ihrer

Sicht. Ich war irritiert, wie cool die Sätze über ihre Lippen kamen. Manchmal lachte sie sogar dabei, große Emotionen ließ sie nicht an sich heran, nicht einmal, als sie über ihre leibliche Mutter sprach, die sie immer nur Tomke nannte oder Tomke Krohn.

»Was ist aus ihr geworden?«, fragte ich.

»Keine Ahnung, ich habe lange nach ihr gesucht, vergeblich. Keiner konnte oder wollte mir helfen. Die Typen von früher stecken doch alle unter einer Decke. Aus denen ist nichts rauszuholen, die kassieren ihre Rente und lachen einen aus. Es sind Schweine, Lukas. Ich bin von Pontius zu Pilatus gelaufen, Tomke ist wie vom Erdboden verschluckt. Wahrscheinlich hat sie sich noch in den siebziger Jahren aufgehängt, auf Schloss Hoheneck oder wo auch immer.«

»Und du hast wirklich erst im April 2008 bei der Evers von deinem Schicksal erfahren?«

»Ich hatte schon lange vorher den Verdacht, dass irgendetwas nicht stimmte. Man fühlt so etwas. Schon als ich siebzehn war, habe ich die Geschichten, die man mir über meine leiblichen Eltern erzählt hatte, nicht mehr geglaubt. Es gab zu viele Ungereimtheiten. Aber die ganze Wahrheit habe ich erst begriffen, als ich bei Hermine Evers in der Küche saß und in dem Fotoalbum den Frohn gesehen habe, wie er die schwangere Tomke Krohn von hinten umarmte ... Du weißt, wer Frohn ist.«

»Ja, sein Sohn war deine erste Liebe. Und die Geschichte mit dem Foto von Vater Frohn und deiner Mutter hat mir die Evers erzählt.«

»Ja, richtig. Du warst ja bei Hermine, du Maulwurf. Das habe ich schon wieder vergessen.«

»Und das Buch?«

»Welches Buch?«

»Das Manuskript, das du in der Truhe gefunden hast ...«

»Was ist damit?« Tara klang zum ersten Mal an diesem Abend gereizt, ich spürte, dass sie von dem Thema nichts mehr wissen wollte. »Die Geschichte ist doch inzwischen bekannt. Es steht seit fast drei Monaten auf den Bestseller-Listen. Ein Jammer, dass Franz Krohn das nicht mehr mitbekommt.«

Sie versuchte von ihrem Nachmittag bei der Evers im April 2008 abzulenken, indem sie über den Coup sprach, den sie im Oktober 2010 gelandet hatte. Doch ich ließ nicht locker, ich wollte es genauer wissen.

»Warum ist das Buch so spät erschienen?«

»Was meinst du mit spät?«

»Du hast das Manuskript vor über zwei Jahren entdeckt, warum ist es erst jetzt veröffentlicht worden?«

»Lukas!« Tara seufzte. »Du weißt doch selbst, wie so was läuft – Planung, Werbestrategien, Marketing ... all dies Zeugs. Gut Ding will eben Weile haben ...«

Ich musste lachen. Wieder gebrauchte sie eine Redensart, die für mich weit zurück ins letzte Jahrhundert gehörte und überhaupt nicht zu ihr passte. Schon bei Pontius Pilatus hatte ich aufgehorcht.

Tara klang gereizt, ich spürte, dass sie von dem Thema nichts mehr wissen wollte und gab vorerst auf. Es war einfach nicht mehr aus ihr herauszubekommen.

Erst spät in der Nacht, als wir uns auf der Veranda gegenübersaßen und mit Wodka auf Eis auf unsere Vergangenheit und auf Philipp Bach in der Ostsee anstießen, wurde ich plötzlich das Gefühl nicht los, Tara wollte mir etwas sagen. Sie wurde immer stiller, und es schien so, als hörte sie mir nicht mehr richtig zu. Anfangs dachte ich, es seien der Jetlag und der Alkohol, die ihr zu schaffen machten, schließlich war sie erst mittags in Miami gelandet.

Doch daran lag es nicht.

Nachdem wir Monte's verlassen hatten, waren wir in Erinnerungen geflüchtet. Mit einem Hauch von Wehmut erzählten wir uns Geschichten, wie sich Menschen Geschichten erzählten, deren große Liebe in die Brüche gegangen war, und die sich dann nach langer Zeit zum ersten Mal wiedersahen.

Dabei erwähnte ich auch mein Treffen mit Philipp Bach an dem Frühlingstag 1995 im Café Adler und den Zettel mit seinen Notizen. Ob ich noch dazu gekommen war, den *Groschen*, das *Pfund* und die *Sarggeburt* anzusprechen oder den Kampf Schmeling gegen Delarge 1927 in der Westfalenhalle ... ich kann es nicht sagen.

Tara muss meine Äußerung aber als Anspielung verstanden haben, jedenfalls unterbrach sie mich plötzlich mitten in einem Satz und sagte: »Du weißt es, Lukas. Nicht wahr? Sag ..., du weißt es?« Sie saß in dem gepunkteten Kleid und mit angewinkelten Beinen in Bettys altem Ohrensessel und lächelte.

»Ich weiß, dass du es weißt.«

»Wovon sprichst du?«

»Hör auf, Lukas! Tu nicht so ...«

Ich überlegte noch ein paar Sekunden, ob ich antworten sollte, oder ob ich ihr die Antwort überließ. Schließlich sagte ich: »Du hast nicht den *Schwanenkampf* in der Truhe entdeckt, sondern *Miss Bohemia*. Den *Schwanenkampf* gab es zu der Zeit noch gar nicht ... Meinst du das?«

»Wusste ich doch, dass du es weißt«, sagte Tara, sie war plötzlich todernst, sie trank noch einen Schluck Wodka, dann holte sie weit aus. »Ich hoffe, du kannst dir vorstellen, was ich in der Küche der Evers gefühlt habe, Lukas. Innerhalb von Sekunden stand meine Welt Kopf. Zuerst öffne ich den roten Leitz-Ordner, und eine Kopie des Manuskripts von

Miss Bohemia taucht vor meinen Augen auf, schon die ersten Zeilen treffen mich wie ein Dutzend Peitschenhiebe. Kurz darauf sehe ich Frohn, der die schwangere Tomke Krohn von hinten umarmt. Und dazu höre ich den Kommentar der Evers ... Die Bilder flogen im Zeitraffer an mir vorbei, ich sah Philipp am Checkpoint Charlie im Dufflecoat und mit Krohns Roman im Pilotenkoffer, ich sah, wie Krohn den Herzinfarkt erlitt und daran starb, ich sah Frohn Jahre später lächelnd mit Krohns *Berg* in der Hand und hörte ihn sagen: *Ich habe das Buch speziell für Tara ausgesucht.* Und dann sah ich Tomke, ich sah, wie eine Frau ihr das Baby wegnahm und zwei Männer sie abführten ...«

Tara hielt kurz inne und leerte ihr Glas, bevor sie mit schwerer Zunge fortfuhr: »Ich sah ganz viele grässliche Ratten, Lukas. Eine davon war Philipp, und ich wusste, ihm würde ich den Verrat nicht durchgehen lassen.«

Während sie redete, erinnerte ich mich an den Sonntag im Juni, als ich ihr vom Cantina in die Mommsenstraße gefolgt war. Sie hatte sich stur gestellt, als ich wissen wollte, welches Opfer sie für welche Schweinerei von Bach eingefordert hatte. Jetzt musste ich nicht mehr danach fragen, jetzt gab sie ungefragt die Geschichte preis.

In den Wochen nach ihrer Entdeckung in der Küche der Evers hatte sie nur noch ein Ziel. Sie versuchte, Bach den *Roman des Jahrhunderts* auszureden. Anfangs war er wütend gewesen und erklärte sie für total verrückt, doch sie ließ nicht locker. Beharrlich nahm sie solange neue Anläufe, ihm ihre Idee schmackhaft zu machen, bis er schließlich nachgab.

Sie hatte Bach überzeugt, aus dem schönsten Teil seines unfertigen Jahrhundertwerks einen eigenen Roman zu machen. Monatelang hatten die beiden daran gefeilt. Und als sie fertig waren, gaben sie ihm den Titel *Schwanenkampf*.

Am letzten Märztag dieses Jahres, am Tag der Ablieferung

an den Verlag und einen Tag vor Bachs Tod, hatte Tara das saubere Manuskript noch einmal ausgedruckt. Unter den Titel des Romans hatte sie den Namen des Autors gesetzt: *Franz Krohn*, und als Widmung hatte sie *Für Franziska* hinzugefügt.

»Als Philipp die Seite gesehen hat, hat er mich gefragt, was der Unsinn soll …«

»Und was hast du geantwortet?«, fragte ich.

»Tit for tat – wie du mir, so ich dir.«

Tara erhob sich aus dem Sessel, der lange Tag und der Alkohol hatten ihr zugesetzt. Sie umarmte mich und sagte: »Für dich war leider kein Platz in dieser Zeit, Lukas. Beim besten Willen nicht. Das hätte mich überfordert.«

Ich blieb noch für einen Moment auf der Veranda sitzen und beobachtete, wie sie leicht schwankend in der Kammer verschwand. Dann ging auch ich schlafen.

In einem wilden Traum musste ich etwas später hilflos mit ansehen, wie Tara und Nike sich stritten.

In aller Herrgottsfrüh wurde ich am nächsten Morgen unsanft geweckt. Tara schüttelte meine Schulter.

»Lukas, wach auf! Wach auf, Lukas! Ich habe einen Entschluss gefasst …«

»Wie spät ist es?«

»Zwanzig nach sechs … Ich habe einen Entschluss gefasst, Lukas.«

»Was denn?«

»Wir fangen einfach noch einmal von vorne an.«

»Was meinst du?«

»Wir tun so, als haben wir uns gestern erst kennengelernt, als habe es die letzten fünf Jahre nicht gegeben.«

»Das geht doch nicht, und das weißt du auch …«

»Doch, das geht. Du wirst es sehen.«

»Und was heißt das jetzt für uns? In diesem Augenblick, meine ich?«

»Das heißt, dass du aufstehen musst, weil wir sonst den Sonnenaufgang auf der Brücke verpassen. Wir machen alles genauso wie heute vor fünf Jahren. Verstehst du? Alles genauso, nur ohne den Ballast von gestern.«

Eine Viertelstunde später fuhren wir in Taras Pickup auf dem Overseas Highway Richtung Norden, Tara saß hinterm Steuer, ich auf dem Beifahrersitz. Im Radio sang Johnny Cash eines seiner traurigen Lieder, die er aufgenommen hatte, als er seinem Tod schon in die Augen sah. Es roch nach Pampelmuse im Auto, Tara hielt einen Pappbecher mit der Aufschrift *Rita's Diner* zwischen ihren Schenkeln, sie trug mein Lieblingskleid, ihre Lippen waren rot geschminkt und der schwarze Pony lag so gerade wie mit dem Lineal gezogen auf den Augenbrauen. Auf ihrem Kopf klemmte eine Sonnenbrille mit kleinen Schmetterlingen.

Wir schwiegen.

Manchmal sah sie mich an und lächelte. Kurz vor der Seven Mile Bridge fragte sie: »Was denkst du?«

Und ich antwortete: »Gretchen glaubt, du bist die Wiedergeburt Miss Bohemias.«

»Lukas! Gestern war gestern, lass es uns vergessen ...«

»Bist du es?«

»Was?«

»Die Widergeburt?«

»Hör auf, Lukas! So ein Quatsch! Miss Bohemia, also diese Sabina, ist eine grausame Mörderin. Bin ich etwa eine Mörderin? Gretchen spinnt. Sie geht mir seit Monaten mit ihren Fragen auf die Nerven. Ich beantworte ihre Mails schon lange nicht mehr, und ihre Anrufe nehme ich auch nicht an. Glaub mir, die Frau spinnt vollkommen. Sie ist das traurige Opfer ihrer Hirngespinste. Sie verkraftet den Tod des Mannes nicht, der sie zur Frau gemacht hat. So einfach ist das.«

»Was war das für ein Schwarzweißfoto, das die Polizei in der Fliegerjacke von Philipp gefunden hat?«

»Das war Franz Krohn.«

»Und wieso trug Philipp das Bild bei sich?«

»Ich habe es ihm gegeben, als Andenken. An seinem letzten Tag habe ich es ihm in die Hand gedrückt, damit er nie vergisst, wen er verraten hat, damit er nie vergisst, wessen Werk er seinen Ruhm verdankt. Danach hat er mich geschlagen … Aber jetzt hör endlich auf, Lukas. Zerstör den romantischen Anfang einer großen Lovestory nicht mit unromantischen Fragen.«

In den nächsten anderthalb Stunden machten wir alles genauso wie fünf Jahre zuvor. Nachdem wir den Sonnenaufgang auf der Brücke erlebt hatten, fuhren wir an den Strand von Bahia Honda. Dort liefen wir barfuß durch den Sand, bis wir Luke Fisher begegneten, der mit seinem Stock *Valery* in den Sand malte. Luke beachtete uns nicht. Als das Meer *Valery* wieder zu sich geholt hatte und Luke von neuem begann, gingen wir weiter.

»Da siehst du's«, flüsterte Tara in mein Ohr, »wahre Liebe gibt nicht auf.« Sie kicherte.

Danach liebten wir uns, das heißt, sie liebte mich, und ich folgte ihr. Alles war wirklich so wie damals.

Nur etwas später, auf dem Rückweg zum Auto, wurde das Programm geändert. Tara schlug einen Wettlauf am Wasser vor. Ich lehnte ab, doch sie bestand darauf. »Sei kein Frosch, Lukas«, sagte sie.

Schon nach ein paar Metern lief sie mir davon, ihre Füße wirbelten Sand auf. Ich hörte sie lachen, siegesgewiss. Sie war schneller als der Wind, und ich sah, wie der Delphin und der Anker immer kleiner wurden.

Wir liefen lange. Irgendwann – ich hatte mich schon längst aufgegeben – ging mir die Puste aus. Ich ließ mich fallen und blieb japsend mit ausgestreckten Armen am Boden liegen. Nur mein Herz raste noch. Eine Hand grub sich in den feuchten Sand, die andere lag im Wasser.

Es kam mir so vor, als vergingen Minuten, bis Tara vor meinen Augen wieder auftauchte. Schließlich stand sie breitbeinig über mir und lächelte. Ein paar Augenblicke verweilte sie in dieser Stellung, dann beugte sie sich herunter und kreuzte meine Arme über meiner Brust.

»Ich habe gewonnen, Lukas«, sagte sie.

Und ich fragte mich, ob sie den Satz fast genauso schon einmal in diesem Jahr von sich gegeben hatte.

»Ich habe gewonnen, Philipp.«

ENDE